Graf Petöfy

HERAUSGEGEBEN VON
LIESELOTTE VOSS

PHILIPP RECLAM JUN. STUTTGART

Universal-Bibliothek Nr. 8606
Alle Rechte vorbehalten
© 1989 Philipp Reclam jun. GmbH & Co., Stuttgart
Gesamtherstellung: Reclam, Ditzingen. Printed in Germany 1998
RECLAM und UNIVERSAL-BIBLIOTHEK sind eingetragene Marken
der Philipp Reclam jun. GmbH & Co., Stuttgart
ISBN 3-15-008606-X

Erstes Kapitel

In einer der Querstraßen, die vom »Graben« her auf den
Josephsplatz und die Augustinerstraße zuführen, stand das in
den Prinz-Eugen-Tagen erbaute Stadthaus der Grafen von
Petöfy mit seinem Doppeldach und seinen zwei vorspringenden Flügeln. Ein altmodisches Hochparterre, dazwischen ein
Hof und ein etwas vernachlässigtes, den ganzen Bau nach
vornhin abschließendes Eisengitter. Ging man an einem
dunklen Tage hart an diesem Eisengitter vorüber und sah
durch seine rostigen Stäbe hin auf den mit Kies bestreuten
Vorhof, so gewann man den Eindruck, daß hier alles längst
tot und ausgestorben sei; trat man aber umgekehrt auf das
Trottoir der andern Straßenseite hinüber, so bemerkte man
an allerlei kleinen Zeichen und nicht zum wenigsten an einem
gedämpften Lichtschimmer, der abends durch die nicht zuge-
zogenen Gardinen fiel, daß, wenn nicht der ganze Bau, so
doch die zwei vorspringenden Flügel desselben bewohnt sein
mußten.

Und so war es auch.

Die beiden letzten Petöfys, Graf Adam und seine Schwester Judith, eine seit vielen Jahren verwitwete Gräfin von
Gundolskirchen, bewohnten das Palais in getrennter Wirt-
schaftsführung und benutzten in Gemeinschaftlichkeit nur
die dem Corps de Logis angehörigen Repräsentationsräume.

Die »Gesellschaft«, die sich in diesen Räumen zu versammeln pflegte, war, je nachdem der Bruder oder die Schwester
»invitiert« hatte, von sehr verschiedenem Gepräge.

Beide Geschwister gefielen sich nämlich in einem ausge-
sprochenen Protegieren; aber während die Protektion des
Grafen der Kunst galt, galt die der Gräfin der Kirche, weshalb
es weder ausbleiben noch überraschen konnte, daß sich in
denselben Empfangsräumen eine sehr verschiedene Gesell-

schaftselite: die Wolter und der Kardinal von Schwarzenberg, abwechselnd bewegte. Nur selten, daß man eine Vereinigung beider Elemente wagte.

Graf und Gräfin waren jeder zu seinem Teil ebenso voll Hingebung wie voll Wohlwollen, und doch hätt' es keiner allzu scharfen Beobachtung bedurft, um wahrzunehmen, daß die Protektion, in der sie sich ergingen, etwas von einer noblen Passion an sich trug. Sie fühlten eine gewisse Leere, wollten sie standesmäßig ausfüllen und trafen darnach unter dem, was ihnen zur Hand war, ihre Wahl.

Aber dieser Entstehung ihrer Passion waren sich beide seit lange nicht mehr bewußt und standen vielmehr in Aufrichtigkeit und gutem Glauben jeder an seinem Platz.

Zweites Kapitel

Es war Ende Januar, einer jener unfreundlichen Tage, wo der Himmel nicht weiß, ob er nebeln oder nieseln soll. Grau zogen die Wolken über die Dächer hin, und die stille Straße, darin das Petöfysche Palais gelegen war, war noch stiller als gewöhnlich. Aber vor dem Palais selber herrschte Leben, und nicht nur Azaleen, Rhododendren und andere hohe Topfgewächse, sondern auch allerlei Kästen und Futterale mit Musikinstrumenten und endlich Körbe, darin kunstvoll aufgetürmtes Gebäck die schrägstehenden Deckel wie zur Seite geschoben hatte, wurden abgeladen.

Kein Zweifel, der alte Graf gab heute sein Winterfest.

Inzwischen war die zwölfte Stunde herangekommen, das Gewölk zog ab, der Himmel begann zu blauen, und als angesichts dieser erfreulichen Zeichen ein in der Nähe wohnender Taubenzüchter ein Volk Tauben in die Luft steigen ließ, um den bevorstehenden Wetterumschlag aller Welt zu verkünden, fuhr vor dem Petöfyschen Palais ein elegantes Kabriolett vor. In dem Hause gegenüber aber, in dessen erstem Stock ein großes Putz- und Konfektionsgeschäft war, erschienen sofort

4

drei, vier Mädchenköpfe, junge Demoiselles, am Fenster und sahen neugierig auf den jungen Offizier, der eben die Zügel in die Hand seines Dieners legte.

»Ah, der Herr Neffe, Graf Egon!« rief eines der jungen Mädchen. »Und wie ihm der Attila sitzt! Ein Husar ist doch das Schönste.«

Niemand widersprach, entweder, weil man derselben Ansicht war, oder vielleicht auch, weil die Sprecherin ein für allemal als Autorität in derlei Dingen einschließlich aller Angelegenheiten des Hauses Petöfy galt; der junge Kavalier aber, der zu dieser Bemerkung über die Vorzüge von Husarentum und Attila Veranlassung gegeben hatte, wandte sich seinerseits vom Gitter rasch auf das Portal zu, vor dessen Eingang ein pechschwarzer Walache stand, ein Ideal von einem Türhüter, groß und dick und mit zwei Schnurrbärten, von denen der eine, der kleinere, wie ein Dachreiter auf dem andern saß.

»Noch zu Haus?« fragte der als Graf Egon und Neffe des Hauses bezeichnete junge Offizier und stieg, als der Walache gravitätisch sein »Ja« genickt hatte, die breite, nur wenig Stufen zählende Marmortreppe hinauf.

Ein langer Korridor lief auf das Frontzimmer zu, das von Graf Adam bewohnt wurde. Niemand erschien, um zu melden, auch Andras nicht, der erst sechzehnjährige Groom und Liebling, der seit kurzem an des erkrankten Kammerdieners Stelle den persönlichen Dienst beim Grafen hatte. So trat der Neffe denn unangemeldet ein, streckte sich ohne weiteres, den Oheim bei der Toilette vermutend, in einen Schaukelstuhl und musterte das Zimmer, das er von langher kannte, doch so genau zu betrachten nie zuvor Gelegenheit gehabt hatte. Der Charakter seines Bewohners sprach sich in allem aus und verriet gleichmäßig den Militär wie den Junggesellen und Theaterhabitué. Vor dem Fenster stand ein beinahe mannshohes Bauer mit einem Kakadu darin, während im übrigen alle Wände mit einer ganzen Galerie von Bühnengrößen, unter denen die Rachel den Ehrenplatz einnahm, überdeckt waren. Ebenso lagen Albums umher, auf deren einem in großer Golddruckaufschrift »Collection of beauties« zu lesen war.

Egon begann eben darin zu blättern, als er den kleinen, staffeleiartigen, immer das Neueste tragenden Ständer eines aquarellierten Blattes gewahr wurde. Neugierig trat er heran und sah nun, daß es die Wolter als Messaline war in jenem verführerischen Moment, wo sie den Sohn des Paetus auf einem Blumenlager empfängt.

Egon war noch in Bewunderung vertieft, als der alte Graf eintrat und den Neffen in einem eleganten Visitenanzuge, den er augenscheinlich eben erst angelegt hatte, begrüßte.

»Nun, Egon, zufrieden mit dem Bilde?«

»Süperb!«

»Mein' ich auch. Makart hat sich hier selbst übertroffen. Ich ziehe diese Skizze seinen größeren Bildern vor. Überhaupt in dem, was Künstler Ausführung nennen, geht so viel von der Hauptsache verloren. Was der Moment schafft, ist immer das Beste. Byron hatte ganz recht, sich mit einem Tiger zu vergleichen, der alles gleich im ersten Sprunge pakken müsse. Gleich oder gar nicht. So liegt es.«

»Die Fachleute denken meist anders darüber«, entgegnete der Neffe, der die Vorliebe des Oheims für Kunstgespräche kannte. »Hört man *sie*, so sollte man glauben, skizzieren könne jeder, und Ideen haben sei so ziemlich das Trivialste von der Welt. Aber lassen wir das. Ich komme, nach deinen Befehlen zu fragen. Es wird heute getanzt werden. Für den Fall, daß du noch Aufträge hast, steh' ich mit meiner ganzen Zeit zu Diensten. Ich habe mich beurlaubt und bitte dich, über mich zu verfügen.«

»Obligiert, Egon. Aber es ist alles im Gange, die Kotillonüberraschungen mit eingeschlossen, und das eine, was noch fehlt, muß ich selber beschaffen, oder sag' ich lieber, in Ordnung bringen. Eben deshalb siehst du mich bereits gestiefelt und gespornt. Es handelt sich um die reizende Franz, die heute, Pardon, wenn ich etwas übertreibe, die Königin unseres Festes sein soll.«

»Sagen wir die Nouveauté.«

»Gut, auch das. ›Nouveauté‹; nicht übel. Und um diese Nouveauté soll ich kommen, weil es der unbedeutenden, kleinen Stiglmayr, die gerade so hausbacken ist wie ihr Name, beliebt hat, sich einen Katarrh anzuschaffen oder eine Migräne. Nun soll die Franz statt ihrer spielen. Lies. Es ist zum Rasendwerden. Du siehst mich auf dem Wege zu ihr. Es wird sich doch unter den zwanzig jungen und alten Damen irgendeine Vertretung finden lassen, ohne gerade die Franz für diese Rolle heranzuziehen. Wirklich, so mal à propos wie möglich! Denn gerade heute hatt' ich vor, sie deiner Tante Judith vorzustellen, woran mir, offen gestanden, liegt. Den Rest überlass' ich schließlich der Franz selbst, ihrer Klugheit und ihrer Anmut.«

»Anmut?«

»Ja, so sagt' ich. Überrascht dich das Wort?«

»Einigermaßen. Um anmutig zu sein, ist sie nicht mehr jung genug. Es gibt eine Frauenanmut von vierzig, aber keine Mädchenanmut von sechsundzwanzig.«

»Du gehst höher hinauf, als die Galanterie gestattet, oder meinetwegen auch weiter zurück.«

»Und ich meinerseits fürchte nur, daß das Kirchenbuch noch weiter zurückgeht.«

»Oh, nichts davon. Es gibt nichts Gröblicheres als Kirchenbücher. Aber alt oder jung, ich habe sie gern und mag sie für mein Fest nicht entbehren, am wenigsten heut'. Scheitert alles, so muß sie noch nach der Vorstellung erscheinen. Das dumme Ding von Lustspiel, das gegeben wird, kann doch höchstens vier Akte haben, vielleicht nur drei; gegen neun ist alles aus, und das Fräulein hat noch vollauf Zeit zur Toilette.«

»Wird aber angegriffen sein.«

»Um desto besser. Ich habe das beobachtet. Unsere Theaterdamen sind nie reizender, als unmittelbar nach dem Spiel. Sie haben dann noch etwas von dem künstlerischen Hochflug und sind doch zugleich leise fatiguiert von der Anstrengung. Dieser Kampf ist entzückend. Un peu languissant. Aber wem sag' ich das?«

Egon wollte sich mit Rücksicht auf die Visite, die der Oheim noch vorhatte, von seinem Platz erheben, der alte Graf aber hielt ihn zurück und sagte:

»Noch ein Wort, ehe ich dich fortlasse. Du kennst Tante Judith besser als ich, – Geschwister kennen sich eigentlich überhaupt nicht –, wogegen du des Vorzugs genießest, nur ihr Neffe zu sein, und so sage mir denn, glaubst du, daß wir der Tante die Franz plausibel machen oder, mit anderen Worten, daß ich ihr zumuten darf, sie bei nächster Gelegenheit in ihren petit cercle zu ziehen? Haben wir Chancen oder nicht? Judith ist im ganzen genommen ohne Standesvorurteile, was ich gerecht genug bin ihr als eine der wenigen Segnungen ihrer strengen Kirchlichkeit in Rechnung zu stellen. Jedenfalls bin ich mitunter überrascht, sie so zu sehen, wie sie ist. Aber eine Schauspielerin! Und nun gar noch eine solche! Ja, wenn es eine Tragödin wäre, Volumnia oder Arria oder mindestens die alte Galotti. Das Fach der Heldenmütter ist, wenn nicht geradezu sakrosankt, so doch immer mehr oder weniger zulässig, eine Respektabilitätsflagge, die das Fahrzeug deckt. Aber Liebhaberin, Soubrette! Soubrette, die reine Piratenflagge!«

»Doch wen soll sie rauben?«

»Vielleicht mich«, lachte der Oheim, und fuhr dann fort: »Es gibt keine Torheit, deren sie mich nicht für fähig hält. Sie würde schließlich jede verzeihen, aber die tollste hält sie für möglich. Sie sieht in mir einen ewigen Jüngling und beweist mir, daß mein Leben eine Kette von Jugendtorheiten sei, ja, sie hat sich, glaub' ich, in den Kopf gesetzt, eine Jugendtorheit werde auch mein Leben beschließen. Zuletzt wär' es nicht das Schlimmste. Jedenfalls gut ungarisch, und am Ende stirbt sich's besser jugendlich als ältlich.«

In diesem Augenblick hörte man Militärmusik, und der alte Graf erhob sich. »Ein Uhr. Es ist die höchste Zeit. Und nun mache der Tante drüben deinen Besuch und sondiere. Du mußt sehen, aus des Fräuleins Namen einigen Nutzen zu ziehen. ›Franziska Franz‹ – man kann kaum österreichischer aus der Taufe gehoben sein. Ist es nicht, als flattere der Doppeladler direkt über einem? Ich vertraue ganz deiner Klugheit. Und erzähl' ihr auch, vielleich käme Liszt; das macht sie guter Laune. Alles, was Pio nono mit der Hand gestreift hat, ist gesegnet ein für allemal. Ich persönlich ziehe die Wolter vor.«

Und so sprechend, gingen sie den Korridor hinunter bis an die Marmortreppe, wo man sich rasch trennte, der alte Graf, um dem Fräulein, Graf Egon aber, um der Tante seinen Besuch zu machen. Alles, was er eben gehört hatte, ging ihm durch den Kopf, ohne daß es ihn geradezu verstimmt hätte, denn er liebte den Oheim wirklich und verzieh ihm gern und leicht seinen dann und wann etwas exzentrisch auftretenden Theaterenthusiasmus. Aber wenn dieser Enthusiasmus auch noch größer und seine Liebe zum Oheim geringer gewesen wäre, – der Onkel war eben ein »Erbonkel« und mußte daraufhin um so vorsichtiger behandelt werden, als das durch die Tante repräsentierte Gundolskirchensche Vermögen ohnehin in einer steten Gefahr war, von der Familie fort- und irgendeinem kirchlichen Orden, sehr wahrscheinlich dem der Liguorianer, zuzufallen.

Drittes Kapitel

So verging der Vormittag.

Am Abend war das Fest, die junge Schauspielerin erschien und wurde der Gräfin Judith vorgestellt.

Aber ehe diese Vorstellung stattfinden konnte, hatte sich ein Zwischenfall ereignet, der, wenn nicht das Fest selbst, so doch die Stimmung desselben ernsthaft in Frage gestellt hatte.

Zu neun Uhr war geladen worden, und der alte Graf wartete schon der ersten Gäste, namentlich aber Judiths, als Egon in Begleitung zweier Freunde, der Grafen Pejevics und Coronini, erzherzogliche Adjutanten wie er, im Festsaal erschien und in sichtlicher Erregung auf den Oheim zuschritt. Dieser begrüßte die Herren mit der ihm eigenen Artigkeit, nahm aber an ihrer Haltung sehr bald wahr, daß etwas geschehen sein müsse.

»Was gibt es, Egon?«

»Gablenz . . .« Er stockte.

»Nur heraus. Ich ahne.«

»Hat sich erschossen. Eben hatten wir das Telegramm. Ich wollte nicht, daß dir unvorbereitet und inmitten deiner Gäste die Nachricht käme.«

Die beiden jungen Grafen bestätigten die Mitteilung.

Es war in einer kleinen, aus Lorbeer und Palmen arrangierten Nische, wo man das kurze Gespräch geführt hatte.

Der alte Graf antwortete nicht, stützte sich nur auf einen Marmortisch, der hier samt ein paar Stühlen stand, und machte dann eine Handbewegung, in der er die Herren aufforderte, sich zu setzen. Gleich darnach aber nahm er selbst Platz und sah, während er an seinem weißen Bart drehte, stumm vor sich hin. Es war augenscheinlich, daß er mit seinen Gedanken abwesend war und momentan seiner Besucher vergaß.

»Er war dir lieb und wert«, nahm Egon, dem die Situation peinlich zu werden anfing, endlich das Wort.

Aber der Graf verharrte noch immer in seinem Schweigen. Erst nach einer Weile war es, als ob er erwache. »Lieb und wert, sagtest du, wohl, aber das sagt nicht genug. Er war mein Freund, das sagt mehr.« Und dabei flogen ihm die Lippen. »Ich weiß, es wird viel gegen ihn gesagt werden, und es *ist* viel gegen ihn zu sagen, oder doch manches. Aber gegen wen *nicht?* Er war ein vollkommener Kavalier und hielt es mit dem Wort: ›Ich marchandiere nicht.‹ Und an dem Festhalten an diesem Wort ist er zugrunde gegangen. Hätt' er mit dem Ehrenpunkte marchandieren können, er lebte noch.«

»Unter allen Umständen ein beklagenswerter Ausgang«, antwortete Graf Coronini, dem die Verteidigung in ihrem Überschwang und zum Teil auch in einer Verkennung des Tatsächlichen offenbar mißfiel. »Ein beklagenswerter Ausgang, und um so beklagenswerter, als der Zweck, um dessentwillen so gehandelt wurde, nicht erreicht wird. In

gewollter Wahrung seiner Ehre hat er sie nur aufs neue bloß-
gestellt.«

Ein scharfer Blick, der den jungen Grafen traf und in nicht
geringe Verlegenheit brachte, schoß in diesem Augenblick
aus dem von Natur schon etwas geröteten Auge des alten
Petöfy. Zugleich aber nahm dieser wieder das Wort und
sagte: »Graf Coronini, Pardon, aber dem Ernste solcher Fragen ist mit Alltagsbetrachtungen und einer landläufigen
Moral nicht beizukommen. Ich bin mit Ihrem Vater, dem
Grafen, jung gewesen, ein halb Jahrhundert liegt dazwischen,
und so müssen Sie mir, einem alten Grognard, diese Sprache
zugute halten. Es ist ein tiefes und schönes Wort, das Wort
von der süßen Gewohnheit des Daseins; alles, was lebt, hängt
auch am Leben, und nur der geht, der gehen muß. Unter den
vielen Bücherweisheitssätzen, die mir von Grund aus zuwi-
der sind, steht der von der besonderen Feiglingschaft derer,
die das Pistol in die Hand nehmen, obenan. Nach dem bißchen Lebensweisheit, das ich mir anzueignen in der Lage war,
hört das Pistol auf, wo die Feigheit anfängt, und hört die
Feigheit auf, wo das Pistol anfängt. Wer es in die Hand
nimmt, ist durch schwere Kämpfe gegangen. Achtung vor
dem Unglück! Und nun gar der Ehrenpunkt; die Ehre! Jeder,
der überhaupt davon hat, weiß allein, wo sie für ihn liegt oder
nicht liegt. Bitten wir Gott insgesamt, daß der Kelch der
Erniedrigung, welchen Inhalts er auch sein möge, gnädiglich
an uns vorübergehe; wenn er aber doch kommt und der, der
ihn trinken soll, ihn nicht trinken mag und gewaltsam und für
immer seine Lippen dagegen schließt, so denk' ich, wir
respektieren den Toten und sein Tun.«

Graf Coronini, den eine glückliche Leichtlebigkeit auszeichnete, sprach in gewinnendster Weise sein Bedauern über
das ihm entschlüpfte Wort aus, und als wenige Minuten später unter einem raschen Zustrome der Saal sich zu füllen
begann, zeigte sich's, daß der kleine Disput ein Glück für den
Verlauf des Festes gewesen war. Der alte Graf, eine durchaus
nervöse Natur, hatte sich in seiner Philippika gegen Graf
Coronini nicht nur den aufsteigenden Groll, sondern vor

allem auch die voraufgegangene schmerzliche Bewegung von der Seele heruntergeredet und ließ nun als Wirt bis zum letzten Geigenstriche nichts von seiner gewöhnlichen Liebenswürdigkeit vermissen.

Seit jener Soirée war eine volle Woche vergangen, und selbst die jungen Demoiselles in dem gegenübergelegenen Konfektionsgeschäfte hatten den anfänglich unerschöpflich scheinenden Gesprächsgegenstand als erledigt außer Kurs gesetzt, um sich in ihrer Eigenschaft als Chorus des Hauses Petöfy neuen intrikaten Fragen zuzuwenden.

Es war Abend, nicht mehr ganz früh, und der Gaskronleuchter, der mit seinen Milchglasglocken über dem Arbeitstische hing, brannte schon seit Stunden.

»Ich weiß etwas«, sagte Resi, die heute wie gewöhnlich den Chorführer machte.

»Was?«

»Die Franz ist heute bei der alten Gräfin drüben. Ganz intim. Kleiner Zirkel. Bei dem Grafen in der Soirée neulich, nun, das war nicht viel. Aber bei der Gräfin, die so fromm ist, das bedeutet etwas. Was wohl Pater Feßler dazu sagen mag?«

»Ja, *der*«, unterbrach eine Kleine, nach innenhin Verwachsene, von der Resi mit Vorliebe zu sagen pflegte, der liebe Gott hab' ihr eine Stufe ins Kleid genäht. »Ja, *der*, der Feßler! Ein schöner Mann, dem könnt' ich alles beichten. Und es übergruselt mich ordentlich, wenn ich bloß daran denke.«

»Du?« lachten alle. »Du? Was beichtest du denn?«

Als aber die Heiterkeit sich wieder gelegt hatte, sagte eine dritte: »Ja, der Feßler! Sage, Resi, du hörst ja das Gras drüben wachsen, wie kommt *der* nur ins Petöfysche Haus? Er ist ja doch ein Steirer, und drüben ist alles ungrisch.«

»Oh, nicht doch«, antwortete die Gefragte. »Nicht alles; nur halb. Auf der linken Seite, wo der Graf wohnt, da freilich ist alles ungrisch, aber auf der rechten, wo die Gräfin wohnt, ist alles deutsch. Und der Graf und die Gräfin sind auch immer im Krieg.«

»Aber sie sind doch Geschwister, oder sind sie nicht?«

12

»Gewiß sind sie. Graf Adam und Gräfin Judith und die Gräfin Eveline, die die schönste war und nun tot ist, die waren Geschwister. Und waren alle drei rabiat ungrisch, und die beiden jungen Gräfinnen am meisten. Ich weiß es von dem alten Koloman Czagy, des Grafen Kammerdiener, der jetzt krank auf Schloß Arpa liegt, weil er die Gelbsucht hat, er soll ganz abgemagert sein und auch aussehen wie eine Zitrone. Ja, von dem weiß ich es. Als dann aber die Gräfin Judith den alten Gundolskirchen und die Gräfin Eveline den schönen Asperg heiratete, den Vater von dem jungen Grafen, da war es mit dem Rabiatischen und dem Ungrischen vorbei. ›Nix mehr Magyar.‹ Und beide wurden gut steirisch. Und von daher schreibt sich auch der Feßler.«

Pater Feßler, als dies Gespräch geführt wurde, saß bereits drüben in dem kleinen Salon der Gräfin, in dem mehrere Lampen brannten, aber alle mit einem durch Bilderschirme gedämpften Licht. Diese Lichtschirme waren eine Spezialität des Salons und spielten eine Rolle darin, insonderheit einer, der auf der einen Seite die Correggiosche »Nacht« und auf der andern die »büßende Magdalena« von Carlo Dolci zeigte. Alles machte den Eindruck von Behagen und Stille. Dicke Teppiche lagen ausgebreitet, und ein feiner Parfüm wie von Ambra war in der Luft. Er schien von einem Lämpchen zu kommen, das auf einem Ecktisch stand und mit einer kleinen blauen Flamme brannte. Darüber hing der Gundolskirchensche Lieblingsheilige, der heilige Florian.

Es schien, daß der Pater eben aufbrechen wollte. Die Gräfin hielt ihn aber zurück und sagte: »Nein, lieber Freund, Sie müssen noch bleiben und den Tee mit uns nehmen. Es liegt mir daran. Und doch andererseits . . .«

Er verbeugte sich, um seine Zustimmung auszudrücken.

»Und doch andererseits«, wiederholte die Gräfin, »bin ich in einiger Sorge vor Ihrer Kritik. Es entgeht Ihnen nichts, und ich fürchte, Sie werden allerlei sehen und hören müssen, was Sie, das mindeste zu sagen, nur wenig angenehm berühren kann. Denn um was wird es sich handeln? Um Rivalitäten und Theaterintrigen. Aber ich konnt' es meinem Bruder, dem Grafen, nicht abschlagen und mocht' auch nicht.«

Feßler schien hier unterbrechen zu wollen, aber die Gräfin fuhr fort: »Und dann ist sie Lutheranerin oder Calvinistin, oder was weiß ich, und wird also sehr wahrscheinlich an der ewig wiederkehrenden protestantischen Ungezogenheit kranken, ihre ketzerischen Naivitäten in einem Tone vorzutragen, als ob ein Appell unmöglich sei.«

»Lassen wir sie, meine Gnädigste«, sagte der Pater. »Ich für meine Person habe nichts lieber als diesen Ton und vergnüge mich immer wieder, die verlorengegangenen oder doch in Abfall geratenen Kinder unserer Kirche von kirchlichen Dingen reden zu hören, von Dingen also, die sie nicht verstehen und doch auch wieder sehr gut verstehen. Es ist immer unterhaltlich und lehrreich. Und am unterhaltlichsten und lehrreichsten erscheinen mir allemal diese Preußen in ihrer rechthaberischen Ausgesprochenheit und ihrem ehrlichen Glauben an eine preußische Verheißung mit dem alten Fritzen als Gott oder wenigstens als Nationalheiligen. Ich habe viel gegen sie zu sagen und nehme sie, wie sich von selbst versteht, als unsere geschworenen und allerechtesten Feinde, zugleich aber doch als solche, denen gegenüber mir das sonst so schwierige ›Liebet eure Feinde‹ nie sonderlich schwer geworden ist. Sie haben etwas Anregendes und überhaupt manches vor uns voraus. Und darunter sogar Großes.«

»Und das wäre?«

»Beispielsweise die Freiheit. Nicht die politische, die nicht viel, und auch nicht die soziale, die noch weniger bedeutet, aber die innerliche. Sie prüfen die Dinge, sind kritisch und leben selbständig aus sich heraus. Und das ist ein Heilsweg; ja, lassen Sie mich hinzusetzen: unter richtiger Voraussetzung der einzige Weg, der zum Heile führt.«

Die Gräfin sah ihn verwundert an, Feßler aber fuhr fort: »Sie sind überrascht, gnädigste Gräfin, und doch bin ich Ihrer schließlichen Zustimmung sicher. Es gibt eine höchste Lebensform, und diese höchste Lebensform heißt: ›in Freiheit zu dienen‹. Das Dienen aus bloßem Zwang heraus ist tot, und erst aus einem selbstgewollten, weil als unerläßlich erkannten Verzicht auf die Freiheit erblüht uns der echte, welterlösende Glauben. Aber um auf die Freiheit verzichten zu können, dazu muß man sie vorher haben. Sie haben ist das Erste, sich ihrer begeben das Zweite. Den ersten Schritt hat der Protestantismus getan. Vermag er auch den zweiten Schritt zu tun, den Schritt zu Rückkehr und freiwilliger Unterordnung unter das Gesetz, so haben wir in ihm das Ideal. In hoc signo vinces. Da liegt die Zukunft, das Geheimnis einer höher potenzierten Welt.«

Als die Gräfin eben antworten wollte, wurde der als Portiere dienende Teppich zurückgeschlagen, und die junge Dame, die zu diesem Gespräche wenigstens mittelbar die Veranlassung gegeben hatte, trat ein und schritt rasch und mit einem leisen Anfluge von Verlegenheit auf die Gräfin zu. Diese hatte sich erhoben und bot ihr die Hand, die die junge Schauspielerin mit Devotion küßte. Dann verneigte sie sich gegen den Geistlichen, der sich mit erhoben hatte, während die Gräfin vorstellte: »Pater Feßler – Fräulein Franziska Franz.«

»Ich erwarte seit einer halben Stunde schon meinen Bruder, den Grafen«, fuhr die Gräfin fort, während sie die junge Dame neben sich einlud. »Er ist sonst die Pünktlichkeit selbst. Bis zu seinem Erscheinen, liebes Fräulein, werden wir uns also mit Pater Feßler einzurichten haben. Glücklicherweise sind Sie lange genug in Wien, um zu wissen, daß die Jesuiten, um das Schrecklichste vorwegzunehmen, aller Schrecklichkeit unerachtet, doch sehr umgängliche Leute sind. Und die Liguorianer eifern ihnen wenigstens nach. Nicht wahr, Pater Feßler?«

Dieser lächelte, während Franziska nicht zögerte, das Wort »umgänglich«, das ihr sehr apropos ausgesprochen worden war, geschickt aufzugreifen, um nun ihrerseits daran anknüpfend die »Tugend der Umgänglichkeit« als eine spezifisch wienerische zu preisen.

»Ich hör' es gern«, erwiderte die Gräfin, »daß Ihnen unser Wien gefällt. Es ist nicht immer so. Das norddeutsche Wesen ist doch sehr anders.«

»Sehr anders«, wiederholte die junge Schauspielerin. »Gewiß. Aber vielleicht liegt gerade hierin der Grund, daß sich das Norddeutsche zu dem Wienerischen hingezogen fühlt, denn das Wienerische hat neben dem Vorzuge der Umgänglichkeit auch noch andere Vorzüge, die das in den Schatten stellen, was gelegentlich mit zuviel Güte gegen uns als unsere besondere Tugend betrachtet wird. Wir empfinden tief das Unausreichende des bloß Angelernten. Eine Sehnsucht nach dem Einfacheren, Natürlicheren regt sich beständig in uns, und diese Sehnsucht ist vielleicht unser Bestes.«

Ein freundlicher Blick Feßlers, der mit feinem Ohre heraushörte, daß all das, wenn nicht selbständig gedacht und gefühlt, so doch wenigstens aufrichtig nachempfunden war, streifte die Künstlerin, die, nunmehr ihrerseits durch diesen Blick ermutigt, in ihrem Thema fortfuhr:

»Und diese sich in gefällige Formen kleidende Natürlichkeit, die Wien so zweifellos vor uns voraus hat, woher kommt sie? Wenn mich nicht alles täuscht, so spricht die Kirche dabei mit, die ja von alten Zeiten her die Formen des Lebens bestimmte, die Kirche samt den Dienern der Kirche. Pater Feßler wolle mir nach einer nur nach Minuten zählenden Bekanntschaft eine solche Liebeserklärung in Überfallsform freundlichst zugute halten. Aber dabei muß es auf jede Gefahr hin bleiben, außer Ihrer schönen Kaiserin hat Wien nichts, das mich so sympathisch berührte wie seine Geistlichkeit, Jesuiten und Liguorianer mit eingeschlossen.«

Viertes Kapitel

Das Erscheinen des alten Grafen, der sich lebhaft und beinahe hastig entschuldigte, die Stunde so schlecht gehalten zu haben, unterbrach das Gespräch. Graf Egon war mit ihm. Eine Vorstellung fand nicht statt; man kannte sich bereits von der Soirée her.

»Oh, nichts von Entschuldigungen!« sagte die Gräfin, als beide Herren ihre Plätze eingenommen hatten. »Wir haben dich, um die Wahrheit zu gestehen, nicht vermißt, auch Egon nicht, am wenigsten in dieser letzten Minute, wo wir in der bevorzugten Lage waren, Confessions entgegennehmen zu können. Und du weißt ja, Bruder, wieviel uns Confessions bedeuten! Unser lieber Gast sprach nämlich mit Vorliebe von Wien, und nicht bloß von Wien, sondern auch von Liguorianerpatres, was dich vielleicht am meisten überraschen wird. Ob auch erfreuen?«

»Mich erfreut alles, was unsere liebe Freundin sagt oder tut, und selbst Feßler wird mir in diesem Falle zustimmen.«

Dieser nickte.

Die junge Schauspielerin aber warf einen Blick auf Egon, dessen Gegenwart sie befangen zu machen schien, und sagte dann, während sie den leichten Ton ihres voraufgegangenen Geplauders wieder zu gewinnen trachtete:

»Fast muß ich fürchten, mich mit meinen Confessions ins Komische gestellt zu haben. Aber mein Rollenfach, das das Naive wenigstens streift, mag mich entschuldigen. Unser Beruf gibt uns schließlich unsern Ton und unsere Haltung.«

»Und wenn nun das Naive vielleicht Ihre Naturanlage wäre?« scherzte der alte Graf.

»Das ist es leider nicht. Ich bilde mir wenigstens ein, überlegend und beinahe berechnend zu sein, eine nüchterne norddeutsche Natur. Und wenn sich mir meine Wünsche erfüllen, so werd' ich eine Kaufmannsfrau.«

»Das werden Sie nie«, warf Egon kurz und mit großer Bestimmtheit ein. »Angenommen selbst, meine Gnädigste, daß Sie's in Ihrer Charakteraufrechnung in jedem Einzelpunkte getroffen hätten, in der Summa: ›Kaufmannsfrau‹ sicherlich nicht.«

»In der Summa sicherlich nicht«, wiederholte der alte Graf. »Egon spricht, als ob er einen Zahlkellner reprimanden wollte. Summa, Fazit, Addition. Ich bitte dich, von welcher Welt ziehst du den Vorhang! O diese moderne Jugend! Etwas unselig Geschäftliches ist in Sprache, Bilder und Anschauungen eingedrungen. Ein Unglück, daß sich unsere Jugend dem Theater so sehr entfremdet.«

Feßler lächelte.

»Sie lächeln, Feßler, und wollen andeuten, alles moderne Weltenunglück, das in Ihren Augen natürlich sehr anders aussieht als in den meinigen, komme von etwas ganz anderem her. Aber glauben Sie mir, die Kirche tut es nicht, und unter allen Umständen läßt sich auf dem ihrem Zepter unterstellten Gebiete jede Stunde gründlich und erfolgreich nacherzieren. Nur bei der Kunst heißt es: ›Was Hänschen nicht lernte, lernt Hans nimmermehr‹, während es doch zum Fromm- und Christlichwerden eigentlich nie zu spät ist.«

»Und doch empfiehlt es sich, vor Toresschluß damit anzufangen.«

Alles lachte, nicht zum wenigsten der alte Graf, der in übermütiger Laune fortfuhr: »Vor Toresschluß sagen Sie, Feßler. Bah, in diesen heiligen Hallen, in denen man die Rache nicht kennt und kaum die Sünde, kann von ›vor Toresschluß‹ überhaupt nie die Rede sein. Ja, Judith. Ein Gefühl, als ob in deinem Salon tagaus, tagein zelebriert werde, kann ich nie loswerden, und daran ist neben anderem die kleine Ambralampe schuld, der ich mich beständig versucht fühle, das Lebenslicht auszublasen. Aber sie steht ja direkt unterm Schutz des Gundolskirchenschen Spezialheiligen, und so bin ich mir nie sicher, ob ich sie nicht allen Ernstes als eine halbe ewige Lampe ansehen muß.«

Das Eintreten eines Dieners unterbrach ihn; Kuverts wurden gelegt und Gläser gestellt, ohne daß im übrigen die Plätze gewechselt worden wären. Auch eine Zeitung kam, und während Franziska mit dem Pater, Egon aber mit der Tante sprach, tat der alte Graf einen Blick in das Wochenrepertoire.

»Seh' ich recht, man hat den Zriny wieder hervorgesucht, beiläufig nicht die schlechteste Wahl. Et voilà mes amis, die Helene Zriny. Aber wissen Sie, meine Gnädigste, daß ich Ihnen ernstlich zürne, mir gerade das verschwiegen zu haben, mir, Ihrem Verehrer und Freunde!«

»Vielleicht aus Sorge.«

»Wie das?«

»Ich bange mich vor der Rolle.«

»Dann freilich sind Sie verloren. Denn Sie werden dann das nicht treffen, was in dieser Rolle das meiste bedeutet: das *Nationale*. Sich fürchten ist das Unungrischste von der Welt. Aber Sie werden sich nicht fürchten, und wenn Ihnen doch vielleicht ein paar Anwandlungen kommen, so wird der Elan Ihres Talents groß genug sein, Ihr Temperament zu zwingen und siegreich mit fortzureißen. Oh, daß Sie Magyarin wären!«

»Ungefähr das Schmeichelhafteste, mein liebes Fräulein«, unterbrach hier lächelnd die Gräfin, »das Ihnen im Hause Petöfy gesagt werden kann. Denn mein Bruder erklärt Sie damit auf halbem Wege für würdig, eine Magyarin zu sein, er würde sonst die Tatsache, daß Sie's *nicht* sind, nicht so lebhaft beklagen. Und dabei sind Sie mutmaßlich ohne jede Vorstellung von dem Vollgewicht einer solchen Ehrenbezeugung und kennen überhaupt nichts von Ungarn als den Attila unserer Husaren.«

»O doch, doch; das Fräulein kennt und weiß mehr, viel mehr, und sie soll uns selber sagen, *was* sie von Ungarn weiß.«

»Es ist nicht viel und wohl eigentlich zu wenig, wenn ich bedenke, daß ich nun schon ins dritte Jahr eine Wienerin bin, und außerdem hinzurechne, daß Wien, ich möchte sagen, die Vorhalle von Ungarn ist, die Tempelstufe.«

Die Liguorianer, ein ausgesprochener Steirer, freute sich des kleinen Spottes, und Egon kaum minder. Der alte Graf aber gab sich das Ansehen, als nähme er's ernsthaft und sagte: »Vorhalle, Tempelstufe; davon dürfen unsere Wiener nichts hören, die sich das Herz der Welt bedünken. Im übrigen schuldet uns das Fräulein immer noch ihren Bericht über Ungarn, und ich kann ihr ein Examen rigorosum auf diesen Punkt hin nicht ersparen, schon weil ich recht behalten möchte.«

»Nun, ich gebe gern, was ich weiß«, entgegnete das Fräulein, »und ich unterscheide deutlich zwei Grade der Erkenntnis: einen romantischen und einen lyrischen. Das sind freilich keine rechten Unterscheidungen, denn die Romantik kann lyrisch und die Lyrik kann romantisch sein; aber ich bitte nichtsdestoweniger, es gelten zu lassen.«

»O gewiß«, sagte die Gräfin. »Also das Romantische.«

»Ja, damit fing es an. Es war, als ich noch ein Kind war und auf unserem Kirchplatze, gerade vor unserer Tür, alljährlich zweimal die Jahrmarktsbuden standen: Buden mit Naschwerk und Pfefferkuchen und dazwischen allerlei Bänkelsänger und Leiermänner. Und immer wo solch ein Leiermann stand, stand auch eine buntbemalte Leinewand, auf der eine Geschichte, meist in zwölf Bilderfeldern, abgebildet war. Auf dem ersten Bilde lag die Welt allemal in bürgerlichem Frieden, und eine junge Mutter beugte sich über ein Wiegenkind; auf einem der Mittelbilder trat dann in gebotener dramatischer Steigerung ein schwarzer, bärtiger Mann aus einem Waldesdunkel hervor und an die junge, zufällig des Weges kommende Mutter heran, während auf dem zwölften und letzten Bilde Mal für Mal ein Gerüst aufgeschlagen war, mit einem niedrigen Stuhl darauf, und auf eben diesem Stuhle saß der bärtige Mann aus dem Waldesdunkel. Aber jetzt mit verbundenen Augen und einem Rotmantel mit dem Schwerte hinter sich. Und wenn ich dann dem Liede, das dazu gesungen wurde, begierig und angstvoll zuhörte, so vernahm ich jedesmal, das sei geschehen im schönen Ungarlande zwischen Stuhlweißenburg und Debreczin, und ich darf wohl sagen, ich kenne bis diese Stunde keine Stadt und keinen Namen, die mir so mit Schreck und Grusel imprägniert erschienen, wie diese beiden.«

»Ei, das beklag' ich, meine Gnädigste«, sagte der Graf. »Da wird unser altes Schloß Arpa darauf verzichten müssen, Sie je in seinen Mauern zu sehen, denn Stuhlweißenburg ist unsere nächste große Stadt.«

»Oh, ich hab' es auch überwunden. Und Ungarn selbst hat es mich überwinden gelehrt.«

»Mit Hülfe der zweiten Epoche?«

»Ja, die gnädigste Gräfin erraten es; mit Hülfe der zweiten Epoche. Da war ich in einer Pension. Aber ich war schon fast erwachsen und in Vorbereitung auf das, was aus mir werden sollte. Da hatten wir von Zeit zu Zeit auch Deklamierübungen, und bei solcher Gelegenheit war es, daß eine Mitschülerin von mir ein Lied von Lenau vortrug.«

»Ah, von Niembsch!«

»Ich kannte Lenau schon. Er ist überhaupt sehr beliebt in Norddeutschland, und den ›Teich, den regungslosen‹, in den der Mond seine ›bleichen Rosen‹ flicht, kennt jedes dreizehnjährige Mädchen und jubelt in ihrem kleinen Herzen, wenn die berühmte Stelle von dem ›süßen Deingedenken‹ kommt, am meisten aber, wenn sie zum Schluß erfährt, daß dies süße Deingedenken auch ein ›stilles Nachtgebet‹ gewesen sei.«

Feßler lächelte vor sich hin, und auch die Gräfin, die nach Art aller vornehmen alten Damen eine Vorliebe für kleine Gewagtheiten hatte, war ganz enchantiert und nickte dem Bruder zu.

»Wohl, ich kannt' ihn also«, nahm Franziska wieder das Wort. »Aber speziell *das* Gedicht, das an jenem Tage deklamiert wurde, das kannt' ich nicht, und als es zu Ende war, war ich so hingerissen, daß ich auf die Mitschülerin zustürzte und sie umarmte und küßte, was mir beiläufig einen nachträglichen Verweis zuzog.«

»Und wie hieß es?«

»Ich weiß es nicht mehr sicher, aber ich glaube fast, es hieß ›Nach Süden‹. Und vielleicht erkennen Sie's, wenn ich Ihnen den Inhalt in aller Kürze skizzierte.«

»Wir bitten darum.«

»Es leitet sich mit einer Gewitterschilderung ein, und die halb schon wieder von Licht durchglühten Wolken ziehen südwärts auf Ungarn zu. Der Dichter selbst aber folgt dem Zuge dieser Wolken und begleitet ihr Südwärtsziehen mit dem sehnsuchtsvollen Ausrufe: »Ja, nach Süden steht mein Herz!««

»Und nun?«

»Und nun, auf dem dunklen Hintergrunde der Wolken, erwächst ihm fata-morgana-artig ein Heimatsbild: ein Waldtal und ein Mühlbach, und an dem rauschenden Mühlbach erblickt er die Geliebte, die, sein eigenes Sehnsuchtsgefühl

21

erwidernd, in Verlangen nach ihm aussieht und Wind und Wellen um ihn befragt. Aber Wind und Wellen ziehen weiter und weigern ihr die Antwort, und das Lied selbst verklingt in der wunderbaren Strophe:

> ›Dunkler wird der Tag und trüber,
> Lauter wird der Lüfte Streit, –
> *Hörbar rauscht die Zeit vorüber*
> *An des Mädchens Einsamkeit.‹«*

»Ah, das ist schön«, sagte der alte Graf, »und ich klage mich an, es nicht gekannt zu haben. Er war ein Freund unseres Hauses und speziell das enfant gâté meiner Mutter, die sich, wenn das Gespräch auf ihn kam, jedesmal ihres ganzen Albionstolzes entschlug, womit sie sonst stärker, allerdings auch berechtigter als Lady Milford umgürtet war, und nicht müde wurde, zu versichern, ›daß sie die ganze großbritannische Lyrik um eines einzigen Lenauschen Gedichtes willen hingebe‹. Ja, Feßler, das war unser altes Wien, an das ich doch oft mit herzlicher Freude zurückdenke. Da wurde noch vieles verziehen, was jetzt unverzeihlich dünkt, und beispielsweise mit dem lieben Gott auf dem Kriegsfuß zu stehen, galt noch einfach für interessant. Auch unser guter Lenau verstand sich darauf, aber es war au fond nicht böse gemeint, und aller atheistischen Rodomontaden unerachtet, spukte doch eigentlich das Kirchliche darin vor. Er kam nur nicht voll damit zurecht und starb zu früh. Und zudem der verdammte Poetenehrgeiz! Unter allen Umständen aber sind wir ihm zu Dank verpflichtet, uns das auf dem Wege zwischen Stuhlweißenburg und Debreczin fast schon verlorengegangene Herz unserer lieben Freundin in einer zweiten ungrischen Epoche zurückerobert zu haben. In einer zweiten ungrischen Epoche, nach der wir hoffentlich sehr bald eine noch schönere dritte zu verzeichnen haben werden.«

»Ich glaube, daß sie für mich bereits begonnen hat.«

Eine kleine Stutzuhr schlug eben zehn, und die junge Schauspielerin erhob sich. Egon bat, sie begleiten zu dürfen. Sie nahm das Anerbieten an ganz nach Art einer Dame, die solche Huldigungen und Dienste gewöhnt ist, und verabschiedete sich, wie sie gekommen, mit einem Handkuß bei der Gräfin, während sie sich gegen Feßler verneigte.

Der alte Graf aber geleitete sie bis in das Vorzimmer und half ihr hier sich in ein Spitzentuch hüllen, das sie kleidsam um Kopf und Hals trug. Dann in den Salon der Schwester zurückkehrend, ließ er sich in einen Fauteuil in aller Bequemlichkeit nieder und sagte: »Nun, Judith, wie findest du sie?«

»Charmant.«

»Und?«

»Und pointiert.«

»Und?«

»Ich weiß nichts weiter zu sagen. Aber fragen wir Feßler.«

»Und klug«, fügte dieser hinzu, während er wie zerstreut mit einer an der Tischdecke herabhängenden Seidenpuschel spielte. »Wir werden allerhand von ihr lernen können.«

»Lernen! Ein Liguorianerpater und lernen! Und da spricht man noch von dem Hochmut der Kirche.«

Es hatte mittlerweile geschneit, und ein paar Hausdiener fegten eben den Schnee beiseite. Egon reichte Franziska den Arm, war aber ersichtlich in Verlegenheit, wie das Gespräch beginnen, und so hatten sie denn schon den Vorhof und das Gitter passiert, als er endlich das Wort nahm.

»Ein trübseliges Wetter«, begann er. »Nun wieder Schnee. Der Wind dreht sich in einem fort. Ich mache mir nichts aus dem Winter.«

»Oh, da denk' ich doch anders. Ich liebe den Winter, nur muß er wirklich ein Winter sein. Es ist damit wie mit den Menschen: auf Beständigkeit kommt es an. Mit einem launenhaften Winter, der heute so ist und morgen so, mit dem ist nichts anzufangen, aber ein echter und zuverlässiger Winter, der sich einrichtet, als woll' er nie wieder gehen, der ist schön, wie der schönste Sommer. Doch das wissen sie hier nicht. Einen Schneesturm haben sie wohl, aber die stille, feste Kälte, die Brücken baut und trägt und hält, die fehlt ihnen.«

Egon antwortete nicht; es schien nur, daß er überlegte, was sie mit dem allem gemeint haben könne. Denn obwohl sie sich selbst für berechnend ausgegeben hatte, so hielt er sie doch für noch viel berechnender, als sie war. Erst als sie bei dem hellerleuchteten und noch vollbesetzten Café Daum vorüberkamen, wies er darauf hin und sagte:

»Das Theater muß eben aus sein. Ich wette, daß in diesem Augenblicke Dutzende von Pfeilen gespitzt und abgeschossen werden. Ein Glück, daß sie vorbeifliegen.«

»Ach, solche Pfeile fliegen nie vorbei, wenigstens nie ganz, und die spitzigsten am wenigsten.«

»Aber sie töten nicht, solange sie nicht vergiftet sind.«

»Die ganz spitzen sind immer vergiftet. Das läßt sich an jedem Mückenstiche studieren.«

»Aber Gott sei Dank auch die Ungefährlichkeit.«

»Nur leider nicht die Schmerzlosigkeit, und wenn ihrer viele kommen, so hat man ein Fieber und eine schlaflose Nacht.«

»Und so spricht ein Liebling des Publikums, ein Verzug, ein Glückskind?«

»Viel Feind', viel Ehr'. Aber auch viel Ehre, viel Feind'. Und ein Glückskind! Nun ja, vielleicht. Aber an jedes Glück hängt sich ein Unglück.«

»Umgekehrt, ein Glück kommt nie allein.«

Unter so zugespitzter Rede waren sie bis an den Kärntnerring und die Schwarzenbergbrücke gekommen und gingen nun auf die Salesinergasse zu, deren vorderstes Eckhaus Franziska bewohnte. Das eine Fenster war hell erleuchtet und schickte sein Licht ihnen entgegen über den Platz hin.

»Und was, wenn die Frage nicht zudringlich ist, finden Sie nun daheim, meine Gnädigste?« nahm Egon das Gespräch wieder auf.

»Oh, das Beste, was man finden kann: ein Feuer im Kamin und ein Paar warme Schuhe.«

»Einigermaßen genügsam.«

»Und dazu Lieb' und Treue und ein Geplauder von der Heimat.«

»Und wer gewährt Ihnen das?«

»Mein zweites und mein besseres Ich, meine Freundin und Dienerin zugleich. Und wenn sie nicht gleichen Alters mit mir und sehr streng und sehr tugendhaft wäre, so würd' ich sie Ihnen kurzweg als die Amme der italienischen Komödie vorstellen. Aber eins ist sie gewiß: in jeder Sorge mein Trost und in jeder unklaren Sache mein gutes Gewissen.«

»Beneidenswert!«

»Ei, das mein' ich auch . . . Aber hier sind wir am Ziel, Graf Egon.« Und die Glocke ziehend und ihm dankend, stieg sie rasch die Stufen hinauf.

Auf der dritten Treppe wurde sie von ihrer Dienerin empfangen und trat gleich darnach in den Vorflur, wo sie die Schneestäubchen von ihrem Mantel abschüttelte. »War niemand da, Hannah? Nein? Nun, desto besser, und nun bringe mir den Tee.«

»Ja, darauf ist heute nicht mehr gerechnet, Schatz. Ich habe keinen Tropfen Rahm im Hause.«

»Tut nichts, dann nehmen wir einen Tropfen Kirschwasser. Irgendwas wird doch da sein. Aber eile dich. Ich hab' es so kalt.«

Und eine Viertelstunde später saß Franziska zurückgelehnt in einem Schaukelstuhl und sah in die Kaminflamme, während Hannah ihr den Tee bot und sich neben sie setzte.

»Hier, noch ein Oblatenbrot«, sagte diese; »glücklich gerettet. Und nun erzähle.«

»Ja, das ist leicht gesagt, Hannah. Erzähle! Aber was? Eigentlich weiß ich selber nichts, und woher sollt' es auch kommen? Eine Gräfin kann einem doch nicht gleich ihre Lebensgeschichte zum besten geben.«

»Ist auch nicht nötig und will ich auch nicht wissen. Nur ein bißchen von allem oder doch von der Hauptsache. Nimm also wenigstens einen Anlauf und sage mir, wer da war und wie sie hießen.«

»Nun gut. Also da war zunächst die Gräfin selbst, von der die Karte kam, und dann ihr Bruder, der alte Graf. Nun, den kennst du. Du hast ihn ja neulich selber gesehen und gesprochen und könntest mir eigentlich sagen, ob er *dir* gefallen hat. Was denkst du von ihm? Was sagst du?«

»Dreierlei.«

»Gut; nenn' es.«

»Er ist alt und möchte gern jung sein, er spielt den Weltmann und ist eigentlich bloß ein Wiener, und drittens und letztens: er glaubt, daß sich alle Weiber um ihn reißen, und wird doch eigentlich nur genasführt.«

»Er gefällt dir also nicht?«

»O doch. Er gefällt mir schon.«

»Ein Geck kann einem nicht gefallen.«

»Er ist auch kein Geck. Mitunter streift er daran oder steht auch schon mitten drin. Denn er hat all die Narrheiten eines alten Junggesellen und Theaterenthusiasten. Aber ganz zuletzt ist er doch wieder anders. Ich glaube, daß er ein sehr gutes und braves und sogar ein edles Herz hat. Er ist vornehmer und besser als irgendeiner der jungen und namentlich der alten Herren, die dir einen Besuch gemacht haben.«

»Sieh, das freut mich, daß du das sagst. Und in seinem eigenen Hotel oder in dem seiner Schwester ist er noch viel liebenswürdiger als hier. Denn hier fühlt er die Verpflichtung, mir nach Art alter Herren den Hof zu machen, in seinem Hause dagegen fühlt er nur die Verpflichtung, artig zu sein. Und das ist für unsereins schließlich mehr. Du weißt ja, wie man gewöhnlich mit uns spricht. Und nun will ich dir auch sagen, wer die beiden anderen in der Gesellschaft waren. Der eine war ein Liguorianerpater, ein Fünfziger, groß und stattlich, und der andere, nun, der andere, das war ein junger Graf, Graf Egon, ein Neffe des alten, ich glaube, sehr hübsch und Adjutant bei Erzherzog Rainer.«

»Und hat dir natürlich am besten gefallen?«

»Nein, nicht das. Er hat mir nur nicht mißfallen; das ist alles, was ich sagen kann. Er hat etwas von dem mir unerträglichen ›von oben herab‹, und wenn ich mich entscheiden und jedem einzelnen einen Rang in meinem Herzen anweisen sollte, so würd' ich die Gräfin obenan stellen und dann den

Pater. Oh, sie waren beide charmant und dabei so klug und verbindlich, wie nur vornehme Katholiken sein können. Schon ihre Stimmen . . .«

»Ja, sie haben eine verführerische Stimme, Fränzl! Ich weiß davon. Aber das darfst du mir nicht antun und deinem Pastorvater im Grabe nicht, so lau und flau er war, daß du zuviel auf diese Stimme hörst . . . Nur auf *meine* mußt du hören, wenigstens jetzt, in diesem Augenblick, und die mahnt dich, daß es auf Mitternacht geht und morgen um zehn Uhr Probe ist. Mach' also, du mußt ausschlafen.«

»Aber erst noch unsern Spaziergang, sonst schlaf' ich überhaupt nicht. Und außerdem bin ich abergläubisch.«

Hannah brachte Mantel und Kappe, wickelte Franziska darin ein, und nun stiegen Herrin und Dienerin eine nur wenige Stufen zählende Treppe hinauf, die vom dritten Stock aus direkt auf das Flachdach des Hauses führte. Hier standen den Sommer über allerhand Kübel und Topfgewächse, jetzt aber sah man nichts als ein paar Bretterlagen und einen Berg Schnee, den der Wind nach der einen Seite hin zusammengefegt hatte.

Sie gingen ein paarmal auf und ab und sahen auf die Stadt, auf deren verschneite Dächer das Mondlicht fiel. Aus der Ferne hörte man das Läuten einzelner Schlitten, aller eigentliche Lärm aber schien erstickt unter dem weißen Tuch.

Und nun traten sie bis an die Brüstung, wo der zusammengewehte Schnee lag, und sahen in den Winterhimmel hinauf, der in wundervoller Pracht über ihnen glitzerte.

»Sieh, das ist der Große Bär. Und da sind wir zu Haus, da liegt unsere Jugend, unsere Kindheit. Ach, Hannah, es war doch unsere schönste Zeit, als wir noch abends in den Turm gingen und die Betglocke läuteten und die Grabsteine der alten Pastoren anstarrten, die mit ihren Ringkragen an den Wänden umherstanden. Und wenn uns dann der Glockenstrick aus der Hand fuhr und mit einemmal in die Höhe schnellte, sieh, da war mir's immer, als hätte sich der Gottseibeiuns über unser Läuten gebost und den Strick uns weggezogen.«

»Ach, rede nicht so, Fränzl; wenn du so sprichst, dann
überdenkst du jedesmal etwas Tolles oder Törichtes.«

»Aber diesmal nicht. Ich überdenke gar nichts. Ich habe
nur mit einemmal eine schmerzliche Sehnsucht nach dem Kir-
chenplatz hin, wo wir spielten und uns auf die Holzstämme
setzten und Geschichten erzählten. Und von fernher hörten
wir dann das Meer, das draußen rauschte. Mir ist's, als hört'
ich's noch.«

»Willst du zurück?«

Franziska schüttelte den Kopf. »Nein, nicht zurück. Eine
Sehnsucht ist etwas anderes als der Wunsch, es wiederhaben
zu wollen. Was sollt' ich auch da? Mit einer Schauspielerin ist
es ein eigen Ding. Im Petöfyschen Hause gilt sie viel oder
vielleicht viel, aber im Hause vom Bäckermeister Utpatel, auf
dessen Bank wir immer saßen und Butterblumenstengel zu-
sammensteckten, in dessen Hause gilt sie wenig oder nichts.
Nein, Hannah, nicht zurück! Aber zurück oder nicht, die
Liebe bleibt, und einen Gruß wollen wir wenigstens in die
Heimat hinüberschicken.«

Und sie nahm eine Handvoll Schnee vom Boden und warf
ihn nach Norden zu. Der Nachtwind aber, der ging, zer-
stäubte den Ball wieder und trug die Kristallchen blinkend
durch die Luft.

Fünftes Kapitel

Einige Wochen lang setzte sich der Verkehr Franziskas mit
dem Petöfyschen Hause fort, dann aber brach er etwas auffäl-
lig ab, und selbst die Besuche, die der Graf noch eine Zeitlang
in dem Eckhause der Salesiner Gasse gemacht hatte, hörten
auf. Es hieß, was auch zutraf, er sei verreist, und erst von
Paris aus gab er wieder ein Lebenszeichen und entschuldigte
sich in den verbindlichsten Worten seiner plötzlichen Abreise
halber. Aber so verbindlich diese Worte waren, so waren sie
doch kühler als gewöhnlich oder wenigstens befangener.

Franziska fühlte das heraus, war indessen an derartig wechselnde Vorgänge zu sehr gewöhnt, um ein besonderes Gewicht darauf zu legen.

Anders in dem engeren Zirkel, der sich nach wie vor an jedem dritten Abend im Salon der Gräfin versammelte. Hier wurde nicht bloß dem Ausbleiben des Fräuleins, sondern weit mehr noch der Abreise des Grafen eine gewisse Bedeutung beigelegt, bei welcher Gelegenheit man nicht unterließ, sich die seltsamsten Dinge zuzuflüstern. Der alte Graf sei regelrecht verliebt oder interessiere sich wenigstens bis zur Torheit für das junge Fräulein, und so sei denn die ganze Pariser Reise nichts weiter als eine Flucht. Die Gräfin habe mit Rücksicht auf den eigensinnigen Charakter des Grafen anfänglich seiner Reise widersprochen, natürlich nur in der Absicht, ihn durch solchen Widerspruch in seinem Plane desto fester zu machen. Andere dagegen wollten von dem allem nichts wissen und hoben ihrerseits hervor, daß die »jours de fête« für den alten Grafen vorüber seien; sie begegneten aber nur dem Spott aller medisanten Klub- und Kasinohabitués, die nicht müde wurden, auf den siebenzigjährigen Goethe, ja zuletzt sogar auf König Sigurd Ring hinzuweisen, der noch mit neunzig Jahren in Leidenschaft verfallen und auf die Freite gezogen sei. Der Graf aber sei Vollblutungar und könne mehr.

Ein Echo dieser Gespräche würde zweifellos auch bis zu Franziska hinaufgedrungen sein, wenn diese nicht durch ein nervöses Fieber, in das sie bald nach der Abreise des Grafen verfiel, vor allem derartigen Gerede bewahrt geblieben wäre. Sie lag wochenlang in jenem apathischen Dämmerzustande, der der Begleiter und fast auch der Freund dieser Krankheit ist, und als endlich dieser Zustand geschwunden und ihr ein wenigstens umschleiertes Interesse für die Dinge des Lebens zurückgekehrt war, da waren viele Wochen vergangen und beinahe heiße Sommertage da, trotzdem erst Frühling im Kalender stand.

Am letzten Apriltage saß Franziska an ihrem Fenster und sah zum ersten Male wieder auf das bunte Treiben der Stadt unten, und siehe da, noch ehe die Mitte des Mai heran war,

war sie schon in einem jener reizend gelegenen, in weitem Halbkreis die Hauptstadt nach Süden hin umziehenden Villendörfer einquartiert und genoß hier die Wonne der Rekonvaleszenz. Es hatte sich dabei so glücklich getroffen, daß eine befreundete Kollegin – und zwar um so befreundeter, als sie das Fach der hohen Tragödie kultivierte – mit ihr in die Sommerfrische gegangen war, einer Molkenkur halber, die sie sich unter Hinweis auf ihr »total erschöpftes Organ« vom Theaterarzt hatte verordnen lassen. Eine Verordnung, in die dieser lächelnd, aber doch zugleich auch mit der Bemerkung gewilligt hatte: »Wollte Gott, Fräulein Phemi, daß ich mich annähernd *Ihres* Organs erfreute.«

Natürlich war auch Hannah mit draußen, und alle drei bewohnten ein halbes Parterre, das nach der Rückseite hin einen einfachen Garten mit Kaiserkronen und Feuerlilien, in Front aber eine durch Glasfenster und Leinwandwände geschützte Veranda hatte. Schräg gegenüber von ihnen befand sich ein großes, mit Oleanderbäumen umstelltes Hotel, und zwischen hüben und drüben lief ein chaussierter Straßendamm, auf dem, die heißen Mittagsstunden abgerechnet, ein beständiges Fahren war. Denn der Ort war nicht nur Eisenbahnstation, sondern von alter Zeit her auch Knotenpunkt vieler Straßen, die von hier aus strahlenförmig in die steirische Vorberge hineinführten, ein entzückendes Hügelland, über das hinweg, sobald die Sonne zu sinken begann, das Hochgebirg' in blauem Dämmer aufragte.

Heute jedoch war der Abend noch fern, und beide Freundinnen saßen frühnachmittags in der Veranda, deren Glasfenster man ausgehoben hatte, weil es nach einer kurzen Regenzeit in den letzten Tagen wieder sehr warm geworden war. Auf einem hart an der Brüstung stehenden Tische lagen Muster, Decken und Wollknäuel umher, und die Tapisserienadel beider Damen, welche letzteren an einer großen Stickerei beschäftigt schienen, ging hurtig hin und her. Dabei war eine rechte Nachmittagsstille, nichts wach, und nur aus dem Garten kamen ein paar gelbe Schmetterlinge, haschten sich und flogen dann weiter die Straße hinunter. Franziska sah ihnen nach, bis sie schließlich über die Dächer hin verschwanden, und war noch in ihrem Sehen und Sinnen verloren, als vom Flur her ein reizender Blondkopf erschien, ein etwa zehnjähriges Mädchen, das an ihnen vorüber in Hast und Sturm auf die Straße zu lief, einen Tonnenreifen vor sich, den es mit dem Handgriff eines allem Anscheine nach sehr eleganten Fächers schlug. An dem Reifen selbst waren kleine Blechstücke befestigt, und bei jedem Schlage gab es einen Klang, als ob ein Tamburin oder Kinderjanitschar geschüttelt würde.

»Lysinka«, rief die Tragödin und lachte. »Sieh nur, Franziska, sie hat meinen besten Fächer genommen, ein Geschenk von Graf Pejevics von der letzten Redoute her. Ein wahres Prachtstück, ich meine den Fächer. Und nun hantiert der Unhold damit, als ob es ein Trommelstock wäre ... Lysinka!«

Aber die Kleine hörte nicht mehr, sondern jagte schon die chaussierte Straße weiter hinauf und auf das große mit Oleanderbäumen umstellte Hotel zu, vor dem eben ein paar gelbe Reisewagen mit zurückgeschlagenem Verdeck hielten. Man sah ordentlich, wie das schwarze Leder in der Sonne brannte, während ein paar Hühner, die sich vom Hofe her eingefunden hatten, die Körner aufpickten, die zerstreut umherlagen. Hier machte Lysinka halt, sah sich inmitten der pickenden Hühner einen Augenblick um und jagte dann in geschickter Biegung und die Veranda, wo Phemi und Franziska saßen, aufs neue passierend, nach der andern Seite hin die Straße hinunter.

»Ein reizendes Kind!« sagte Franziska. »Du mußt es sehr lieben. Tust du?«

»Gewiß tu’ ich’s. Oder glaubst du, daß der hohe Stil der Tragödie dergleichen ausschließt? Auch Medea ...«

»Nichts von der. Ich will von Medea nichts wissen. Ich will nur wissen ...«

»Ein Geheimnis.«

»Unter Schauspielerinnen gibt es keine Geheimnisse. Das solltest du wissen, Phemi. Zudem hab’ ich dir alles aus meinem Leben erzählt, Abenteuer und Nichtabenteuer.«

»Nun gut; so rate.«

»Gräflich? Hocharistokratie?«

»Höher.«

»Ah, ich seh' schon, du willst dich auf einen Erzherzog hin ausspielen. Aber ehe ich dir das glaube . . .«

Hannahs Erscheinen machte hier dem Gespräch ein Ende. Sie kam mit einem großen Tablett, das sie vorläufig auf die rechtwinklige Brüstung der Veranda setzte, legte dann sorglich ein Tuch und arrangierte den Kaffeetisch.

»Und nun, Hannah, Juwel unserer Krone«, hob Phemi wieder an, »schaff' uns auch etwas Krausgebackenes oder einen Napfkuchen oder, um auch in Öslau gut wienerisch zu bleiben, einen Gugelhupf. Denn du mußt wissen, ich habe heute den Lammbraten vorübergehen lassen – er hat immer so etwas Ungeborenes –, und so klingt es denn in den Tiefen meiner Seele: ›Was du vom Lamm zu Mittag ausgeschlagen, bringt nur der Gugelhupf zurück.‹ Oh, ein himmlisches Wort, bei dem ich ordentlich fühle, wie's hier mithupft. Und nun geh, Hanning, geh; ich habe, ein drittes Haus von hier, etwas appetitlich Braunes im Schaufenster stehen sehen, heute früh, als wir von der Promenade kamen, und die leere Straße sieht mir nicht darnach aus, als ob sich Öslau mittlerweile daran vergriffen haben könnte . . . Hier mein letzter Fünfguldenschein!«

»Ach, Fräulein Phemi, wenn Sie nur nicht immer vergessen wollten, daß wir Krachzeiten haben.«

»Unsereins hat nie Krach, Hannah. Übrigens wecke keine traurigen Gedanken in mir, denn schließlich und auf einem Umwege bin ich doch daran beteiligt. Und nun geh, ehe es zu spät ist. Wir leben zwar in einer gedankenarmen Zeit, aber die Not einer Öslauer Kaffeestunde macht auch den Ärmsten erfinderisch. Also vite, vite!«

Hannah ging. Als sie fort war, beugte sich Franziska vor und sagte: »Du kannst dir gratulieren und stolz sein, Phemi, bei Hannah in solcher Gunst zu stehen. Eigentlich hält sie nicht viel von uns. Ihr Vater war Totengräber, und davon ist ihr was geblieben. Und am meisten wundert es mich, daß sie

mit dem Blondkopf so gut steht, mit der Lysinka. Sie hat
ordentlich einen Narren an dem Kind und erklärt es rund
heraus für einen Engel. Und das geht doch schlechterdings
nicht, oder das ganze Kapitel von der Erbsünde . . .«

»Nichts davon! Um darüber zu sprechen, muß man so
studiert sein wie du. Das alles ist nicht mein' Sach'. Aber
wenn du dich über die Hannah wunderst, weil sie trotz all
ihrer Tugend an dem Kinde hängt und dem Kinde nicht die
Mutter und der Mutter nicht das Kind anrechnet, so zeigst du
nur, wie wenig du die Menschen kennst. Und bist doch an die
Vierundzwanzig.«

»Eben gewesen«, lachte Franziska.

»Nun, siehst du! Freilich, ich könnte deine Mutter sein
oder, wenn nicht geradezu deine Mutter, so doch deine Stief-
mutter . . .«

»Dazu bist du wieder zu gut und verwöhnst mich zu sehr.«

»Also deine Mutter. Und nun höre. Was ich dir hinsichtlich deiner Hannah und ganz speziell hinsichtlich ihrer Liebe
zu dem Kinde zu sagen habe, das heißt einfach . . .«

»Nun?«

»Das heißt einfach: es lebt sich am besten mit der Tugend.«

»Das hat einen Doppelsinn.«

»Ich wollt' ihm den Doppelsinn nicht geben und stünde
mir auch schlecht an. Es soll nur heißen: es lebt sich am
leichtesten und bequemsten mit guten und unschuldigen Leuten. An Tadel oder Vorwurf ihrerseits ist nie zu denken. Im
Prinzipe sind sie streng und streng auch gegen sich selbst.
Aber was von Andersgeartetem an sie herantritt, dagegen
sind sie mild, und es ist fast, als freuten sie sich, eine Bekanntschaft damit zu machen. Es soll sich ja, wie die Katholiken
sagen, das Heilige durch Handauflegen fortpflanzen etwa
nach Art eines elektrischen Stroms, und so strömt auch vielleicht ein kleiner, prickelnder Strom des Unheiligen von
unsereinem aus. Jeder nach seinen Mitteln und Kräften.«

»Ach, Phemi, wie du nur redest! Du bist ja gar nicht so.«

»Man kann sich nicht unheilig genug machen. Eine durch-
gängerische Demut ist das letzte Mittel, sich wenigstens einen

Schimmer aus der ewigen Strahlenkrone zu retten ... Aber ums Himmels willen, Fränzl, sieh dich um, da kommt ja Graf Egon.«

Franziska hatte sich vorgebeugt und erkannte nun auch ihrerseits den Grafen, der eben drüben aus dem Hotel getreten war und noch einmal zurücksah, um nach einem Balkon hinauf zu grüßen, der am ganzen ersten Stock entlang lief und durch Holzpfeiler getragen wurde. Sein Gruß selbst aber galt einer alten Dame, der Gräfin.

Egon war allein, nur von einer Ulmer Dogge begleitet, einem prächtigen Tier, das augenscheinlich ungeduldig seinem Herrn auf der chaussierten Straße bis an die Veranda hin vorauflief. Einen Augenblick später aber war auch der junge Graf heran und gewahrte die beiden Damen, die sich anscheinend in ihre Tapisserie vertieft hatten. Er fuhr ganz ersichtlich zusammen, als ob ihm die Begegnung mit ihnen mehr ein Schreck als eine Freude gewesen wäre, fand sich aber rasch wieder zurecht und trat an die Brüstung heran, um beide mit aller Courtoisie zu begrüßen.

Phemi hatte sich zum Gegengruß erhoben und überstürzte den Grafen sofort mit einer Frageflut, die keine Dämme kennen zu wollen schien, am wenigsten aber den der Diskretion. Endlich schwieg sie.

»Meine Gnädigste«, lächelte Graf Egon, »alles zu beantworten, müßt' ich den letzten Zug abwarten können, was mir leider versagt ist. Aber ein Anfang ließe sich wenigstens machen, immer vorausgesetzt, daß Sie geneigt sind, mir einen Platz an Ihrem Kaffeetische zu gönnen.«

Er voltigierte, während er dies sagte, leicht über die Brüstung hin und setzte sich in einen Gartenstuhl, den er selber aus einer Ecke herangeschoben.

»Ehe ich aber beginne«, fuhr er fort, »denn Fragen sind einer Gegenfrage wert, bitte ich, mir sagen zu wollen, was *Sie* nach diesem Erdenwinkel geführt hat?«

»Ich war krank«, antwortete Franziska, »viele Wochen lang, und die stillen Tage hier sollen mich wieder gesund machen.«

All dies war in einem durchaus ruhigen Tone gesprochen, und doch klang ungewollt und ungewußt etwas wie Vorwurf darin. Egon geriet denn auch in eine leise Verwirrung, an der die Sprecherin erst erkannte, welche Bedeutung er ihren Worten gegeben hatte. Sie fuhr daher rasch und mit so viel Unbefangenheit wie möglich fort: »Es ist erquicklich, die reine Luft hier zu genießen, am erquicklichsten aber ist doch die geistige, darin ich lebe. Wenn ich nicht irre, hat irgendein alter oder neuer Philosoph ausgesprochen, es mache nichts so gesund wie Heiterkeit, und die Wahrheit dieses Satzes hab' ich hier an mir selbst erfahren. Denn Sie müssen wissen, Graf Egon, es gibt nichts Heiteres und Vergnügteres als eine Tragödin. Nicht wahr, Phemi?«

Diese patschelte die Hand, die Franziska, während sie so sprach, ihr gegeben hatte, zugleich aber nahm sie selber das Wort und sagte: »Was das für Anwandlungen sind! Ich bitte dich, ich soll mich nicht auf das Archidukale hin ausspielen, und du spielst dich auf das Sentimentale hin aus. Und nun wirst du schließlich noch rot und scheinst als ›Naive‹ nicht einmal zu wissen, daß mit Hülfe solcher Anspielungen nie und nimmer das geringste verraten wird. Und wenn Graf Egon auch raten wollte bis an den Jüngsten Tag, er erriete doch nicht, um was es sich hier handelt.«

»Ich fürchte wirklich, nein.«

»Nun, siehst du. Zudem soll man an den kleinen Freuden des Lebens nicht ohne Not vorübergehen, das verübeln einem die Schicksalsmächte, von denen ich schon von Metier wegen zu reden weiß. Und zu diesen kleinen Freuden des Lebens gehört es auch, in Geheimnissen und Anspielungen zu sprechen. Einige sagen freilich, es sei ein schlechter Ton und nicht artig. Aber was ist artig? Eine Beschäftigung für arme Leute.«

»Gut, es mag so sein, aber du hast umgekehrt eine zu stark ausgeprägte Neigung, dich unter Ignorierung der armen Leute mit deinen Königinnen zu verwechseln. Ist es nicht so, Graf Egon?«

»Im Gegenteil, meine Gnädigste. Bedaure, widersprechen zu müssen. Ich meinerseits bin immer nur überrascht, unsere Freundin in so genialer Weise die Rollengebiete wechseln und aus der Sprache der Königinnen in die der echtesten Weiblichkeit übergehen zu sehen.«

»Eine Genialität«, lachte Phemi, »die Sie mutmaßlich überschätzen. Immer, mit Ausnahme der Pastoren, ist es einem jeden ein Liebes und Leichtes, aus dem Aufgesteiften in das Natürliche zu verfallen. Erinnern Sie sich der mythologischen Gottheiten, und wie begierig dieselben allezeit waren, aus ihrer Göttlichkeit herauszutreten. Und nun gar erst die Götter und Göttinnen dieser Welt! Als Hofmann sollten Sie wissen und wissen es auch, wie schwer arme junge Königinnen an ihrem Hermelin zu tragen haben. Da haben wir beispielsweise die Königin Anna von England, allerdings nur in einem historisch angekränkelten Stück. Aber gleichviel, die Figur soll echt sein. Und nun beobachten Sie, woran hängt sich dieser Königin Anna königliches Herz? An einen Fähnrich. Dabei verwechselt sie die zwölf Millionen Staatsschulden mit den Toten bei Malplaquet. Zwölf Millionen Tote! Viel, sehr viel; aber am Ende, warum nicht? Ihr Fähnrich blieb ihr ja, und so rollt ihr die Zahl so gemütlich von der Lippe, wie wenn's eine Bagatelle wäre. Da haben Sie Königinnen! So sehen wirkliche Königinnen aus, und einer armen Sklavin gleich mir, die nur die Königinnen spielt, sollt' es schwer werden, aus der Zepter- und Kronensprache herauszufallen? Und noch dazu hier, hier in Öslau. Hier bin ich Mensch, hier will ich menschlich fühlen, ja Graf, auch dann noch, wenn Sie samt Franziska superior über mich lächeln, weil ich mutmaßlich wieder einmal falsch zitiert habe, was aber Ihre gerechte Strafe dafür sein mag, daß wir immer noch nicht wissen, um was sich's handelt und um was Sie hier waren. Und nun dring' ich allen Ernstes auf eine Generalbeichte.«

»Die wir sicherlich längst hätten, Phemi, wenn du dem Grafen nur einen Zoll breit Raum zum Niederknien gegönnt hättest.«

Egon verneigte sich zustimmend und erzählte nun in Kürze, daß die Tante seit etwa acht Tagen hier in Öslau sei, drüben im Hotel. Er sei gekommen, ihr Briefe zu bringen, darunter auch Briefe von Graf Adam.

»Und wie geht es dem Grafen?« fragte Franziska.

»Gut. So nehm' ich wenigstens an. Es geht ihm überall gut, wo sich eine große Oper und eine Opéra comique vorfindet. Freilich fehlt ihm das napoleonische Regiment, und die Regierung im schwarzen Frack ist nicht gerade sein Ideal. Er liebt das Bunte, darin ganz Ungar, aber zuletzt bleibt doch Paris Paris und spottet jeder Kleiderfrage. Mit der Viardot hat er die Freundschaft erneuert und mit der Sarah Bernhardt diniert, ein Diner, von dem sich mindestens eine Woche lang in enthusiastischer Erinnerung zehren läßt. Mitte Juni will er nach Trouville, wenn nicht nach Biarritz, er ist aber unberechenbar und hält eigentlich jeden Tag für verloren, den er, etwa Schloß Arpa abgerechnet, außerhalb Wien zubringt.«

In diesem Augenblick hörte man aus der Ferne her den Pfiff einer Lokomotive. »Das ist mein Zug, meine Damen, und ich muß eilen.«

»Oh, Sie haben noch sieben Minuten.«

Und er setzte sich wirklich wieder. Aber die Dogge, die sich all die Zeit über vor die kleine Verandatür gelagert und den Kopf zwischen die Pfoten gesteckt hatte, gab jetzt so sichtliche Zeichen von Ungeduld und schlechter Laune, daß ihr Herr unter scherzhaftem Hinweis auf den malkontenten Begleiter sich wieder erhob.

»Ein schönes Tier!« sagte Phemi. »Fast zu schade . . .«

»Für sein Kupee?« ergänzte lachend der Graf. »Gewiß. Und würd' es auch sehr übelnehmen, sich darin untergebracht zu sehen, denn er steckt ganz und gar in Standesvorurteilen. Ich muß es eben mit dem Schaffner versuchen. Mißglückt es, so macht er die vier Meilen zu Fuß. Apropos, ich darf doch der Tante von Ihrem Hiersein melden? Au revoir.«

Und er ging rasch die Straße hinunter, an deren nahem Ausgange das Bahnhofsgebäude gelegen war. Eben fuhr der Zug ein. Eine Minute darnach aber gab die Glocke schon wieder das Abfahrtszeichen, und beide Damen sahen nur noch die weiße Dampfwolke, die sich verflüchtigend über die letzten Häuser hinzog.

Weder Phemi noch Franziska sprach. Jede hing ihren Gedanken nach.

Sechstes Kapitel

Graf Egon hielt Wort, und schon den zweiten Tag darnach, als beide Freundinnen von einem Mittagsspaziergang zurückkehrten, fanden sie zwei Karten vor, die von einem Lohndiener abgegeben waren, während die Gräfin selber in einem zurückgeschlagenen Wagen vor der Veranda gehalten hatte. Phemi drehte die für sie bestimmte Karte hin und her und las mit Betonung jeder einzelnen Silbe: »Reichsgräfin Judith von Gundolskirchen, geborene Gräfin Petöfy.‹ Wundervoll, und kommt in der Schale, wenn ich erst wieder in Wien bin, obenauf. An Grafen ist kein Mangel bei mir, aber Gräfinnen sind desto seltener. Glaube mir, Fränzl, dergleichen ist nicht nur hübsch, sondern auch nützlich, und man muß jede gute Brise benützen . . . Und in einem Wagen sagtest du, Hannah?«

»Ja, in einem Wagen«, bestätigte Hannah. »Und es war eigentlich nur ein Hotelwagen von drüben, aber alles herrschaftlich zurechtgemacht und der Kutscher mit Handschuhen. Er sah so feierlich aus, daß mir das Lachen ankam. Und dazu der lange Sepp als Lohndiener und einen Frack an. Und alles bloß für uns, Fräulein Phemi, wirklich bloß für uns. Denn an der nächsten Ecke sah ich sie kehrtmachen, und ehe ich noch bis hundert zählen konnte, hielten sie schon wieder vor dem ›König von Ungarn‹.«

Franziska war mehr bestürzt als erfreut. Allerdings waren ihr die Winterabende bei der Gräfin in durchaus freundlicher Erinnerung, aber die Beziehungen von damals wieder aufgenommen zu sehen, entsprach wenig ihren Wünschen.

Am andern Tage gaben beide Damen in Abwesenheit der Gräfin ihre Gegenkarten ab, und Franziska lebte der Hoffnung, daß es dabei sein Bewenden haben werde. Darin irrte sie jedoch, und schon derselbe Tag war dazu bestimmt, eine persönliche Begegnung herbeizuführen.

Es kam dies so:

Zu den kleinen Zerstreuungen Franziskas und Phemis gehörte namentlich auch der Bahnhofsbesuch, wo sie zu promenieren und das bunte Treiben der ankommenden und abgehenden Züge zu beobachten pflegten. Auch heute hatten sie sich eingefunden und bogen eben aus den Anlagen in den parallel mit der Bahn laufenden Kiesweg ein, als Franziska der Gräfin ansichtig wurde, die, von ihrer Kammerjungfer gefolgt, auf dem Perron auf- und abging und ebenfalls den von Wien kommenden Vieruhrzug abzuwarten schien. Es fehlten nur noch einige Minuten. Ein Sich-vermeiden-wollen wäre wenig schicklich, außerdem auch undurchführbar gewesen, und so trat denn Franziska an die Gräfin heran und bat nach den ersten Begrüßungsworten, ihr ihre Freundin Euphemia La Grange vorstellen zu dürfen. Die Gräfin reichte dem Fräulein die Hand und sprach ihr Bedauern aus, den ihr zugedachten Besuch der beiden Damen verfehlt zu haben, zugleich Franziska versichernd, wie sehr sie sich freue, die so plötzlich unterbrochene Winterbekanntschaft in diesen schönen Maitagen erneuern zu können.

»Ich habe von Ihrer andauernden Krankheit gehört«, fuhr sie fort, »und muß mich anklagen, mich dabei so säumig und anscheinend teilnahmlos gezeigt zu haben. Aber ich war gut unterrichtet, erst durch meinen Bruder und später durch meinen Neffen, Grafen Egon. Und nun bitt' ich die Damen, einen Platz für mich suchen oder wenigstens die Promenade wieder aufnehmen zu wollen, denn meine Füße versagen mir im Stehen den Dienst und mahnen mich an die lange Reihe meiner Jahre.«

Dabei schritt sie den Damen vorauf auf ein Tempelchen zu, das auf einem künstlich aufgeworfenen Hügel inmitten der Anlagen errichtet war. Ehe sie jedoch die Stufen desselben erreichen konnte, hörte sie schon das Herannahen des Zuges und entschuldigte sich nun, das eben erst begonnene

Gespräch auch schon wieder abbrechen zu müssen, aber sie sei hier, um einen lieben Freund zu begrüßen, den sein Weg von Wien aus nach Wiener-Neustadt führe. »Sie kennen ihn ja, mein liebes Fräulein«, setzte sie hinzu, »Pater Feßler, ein eifriger Verehrer von Ihnen und als solcher oft der Gegenstand unserer Neckereien. So Sie mir gestatten, bring' ich ihm Grüße von Ihnen.« Und damit empfahl sie sich und ging, von ihrer Jungfer gefolgt, auf den Perron zurück.

Euphemia sah ihr nach und sagte: »Charmante alte Dame, jeder Zoll eine Gräfin. Ich glaube zwar, trotz aller Liebenswürdigkeit, sehr stolz. Aber es ist mit dem Stolz wie mit der Tugend, worüber ich dir erst neulich einen kleinen Vortrag gehalten habe; weißt du noch? Und sieh, alles, was ich dir damals von der Tugend und denTugendhaften sagte, das paßt auch auf die Stolzen. Ich leg' ihre Karte noch mehr obenauf ... Aber wer ist nur der Pater Feßler?«

»Überzeuge dich selbst; eben ist er ausgestiegen und spricht mit der Gräfin.«

»Ein schöner Mann.«

»Und sehr angenehm im Umgang.«

»Er wird dich am Ende noch bekehren.«

»Zweifle.«

»Wer weiß? Eine geborene Predigerstochter und gewordene Liebhaberin und Soubrette, nimm mir's nicht übel, Fränzl, aus solchen Zutaten kann alles werden.«

Seit dieser Begegnung hatte sich ein Verkehr zwischen hüben und drüben entwickelt, der sich indessen auf bloße Begrüßungen beschränken zu wollen schien. Jeden Morgen, wenn beide jungen Damen auf ihrer Veranda saßen und Phemi die Zeitung studierte – denn sie war eine Politikerin, ungemein für Freiheit und noch mehr für Aristokratie – erschien die Gräfin auf ihrem Balkon, anscheinend um nach dem Wetter, in Wahrheit aber um nach den jungen Damen zu sehen, und wenn dann diese sich erhoben, um ihren Respekt zu bezeugen, so nickte sie beiden ihren Morgengruß zu, bevor sie sich wieder in ihre Zimmer oder am liebsten auf einen nach hinten gelegenen Gartenbalkon zurückzog.

Aber dabei blieb es.

»Es wird nicht viel«, sagte Phemi, die sich über dies Halbverhältnis ärgerte. »Wir kommen nicht von der Stelle mit ihr, und am Ende wär' es besser gewesen, wenigstens für mich, Graf Egon hätte mir dies Öslauer Idyll und die Ruhe meiner Seele nicht gestört. Ach, es war so still hier, Franziska, so konflikt- und tragödienlos, und wenn ich vielleicht doch noch Medea war, so war es Medea während der Freundschaftsschließung mit Kreusa, die Zeit vor der Eifersucht und den unliebsamen Gefühlen überhaupt. Wirklich, ich war wie Fridolin in der Ballade so sanft und rein und natürlich auch glücklich, aber seitdem dieser Maledetto von Egon hier war, ist eine totale Gemütsveränderung mit mir vorgegangen. Ich habe meine Fridolinrolle vertauscht und könnte mich jeden Augenblick ans Spinnrad setzen. Meine Ruh' ist hin, mein Herz ist schwer. Wirklich, Schatz, ich werde täglich nervöser, und wenn nicht bald etwas geschieht, so reis' ich ab.«

»Ich weiß, du wirst bleiben, Phemi; du hast ein Zeugnis auf Molkenkur und mußt nun aushalten. Alles straft sich und am meisten das Lügen ... Aber da kommt ja der lange Sepp von drüben, und wenn ich sein Zwinkern und seine Wichtigkeit recht verstehe, so bringt er uns eine Botschaft.«

Und wirklich, er kam von der Gräfin und übergab ein an Franziska gerichtetes Billet. Es lautete:

»Vielleicht ist es den Damen genehm, an einer Partie teilzunehmen, die wir heute nachmittag in die Berge machen wollen. Mein Neffe Egon und mit ihm der junge Graf Pejevics, der Fräulein Phemi zu kennen vorgibt, sind mit dem letzten Bahnzuge hier angekommen und rechnen auf ein Ja der beiden Damen. Am meisten aber Ihre Judith v. G.«

Eine kurze Nachschrift, in der es hieß: »Nicht später als drei«, war hinzugefügt, und der Bote brachte die Nachricht zurück, daß sich beide Damen zu festgesetzter Stunde die Ehre geben würden.

Und wirklich um Punkt drei schritten sie dem »König von Ungarn« zu, vor dessen Freitreppe der heute jeder Galavorrichtung entkleidete Hotelwagen bereits hielt. Auch die Grä-

41

fin war schon da, stellte die Herren und Damen einander vor, trotzdem diese sich von kurz oder lang her bereits kannten, und bat, als sie dessen gewahr wurde, ihrer Zerstreutheit halber um Entschuldigung. Endlich aber wandte man sich der wichtigen Frage zu, wie hinsichtlich des Gehens und Fahrens die Rollen zu verteilen seien, und entschied sich nach längerer Debatte dahin, daß die Gräfin und Graf Egon in der Serpentine den Berg hinauffahren, die beiden Damen aber in Begleitung von Graf Pejevics einen näheren Fußweg einschlagen sollten. Oben auf dem Berge werde man sich dann ziemlich a tempo treffen. Und nun trennte man sich, und die wenigstens auf Augenblicke noch zurückbleibende Jugend sah dem mit Egon und der alten Gräfin langsam dahinfahrenden Wagen nach.

»Ich sollte nun wohl Ihren Führer machen«, hob Graf Pejevics an, »aber obschon Generalstäbler, erkenn' ich mich doch unfähig dazu. *Sie* müssen helfen, meine Damen, und mir die nötigen Direktiven geben. Ein ganz besonderes Vertrauen aber hab' ich zu der Strategie von Fräulein Phemi La Grange.«

Phemi war es zufrieden und schlug vor, einen etwas abseits gelegenen Zickzackweg zu benützen, einmal, weil es dabei was Tüchtiges zu steigen und zu klettern gebe, was doch immer die Hauptsache bleibe, vor allem aber, weil man vorher einen großen Wiesengrund, einen vollkommenen Wurstelprater, zu passieren habe, bei dessen Anblick man sich mal wieder wienerisch fühlen, ja vielleicht sogar ein paar Kolleginnen in ihren Geheimnissen der Kunst und des Lebens belauschen könne.

Niemand widersprach, und so traten sie denn aus einem bloß aus Remisen und Stallgebäuden bestehenden Gäßchen, das sich dicht hinter dem Hotel hinzog, auf einen ansteigenden Ackerstreifen hinaus und wurden hier alsbald einer querlaufenden Senkung gewahr, in der sich ein Schützenplatz etabliert hatte. Die Schützen ihrerseits waren auch schon fleißig am Werk, aber das anderweite Fest- und Jahrmarkttreiben ruhte noch oder befand sich doch höchstens in einer verschwiegenen Vorbereitung für den Abend. Selbst der Mann in der Würfelbude nickte, denn niemand in der heißen Nachmittagsstunde war da, der sein Glück hätte versuchen mögen. So war das Budentreiben, das in diesem Augenblick eigentlich kein Treiben war.

Aber der von Phemi beliebte Weg lief auch nur eine kurze Strecke lang in Front dieser Buden hin und bog vielmehr nach fünfzig Schritten schon an einem mehrstöckigen Karussell vorbei, dessen Fahnen jetzt schlaff in der Luft herabhingen, in einen hinter der Budenreihe hinlaufenden Seitenweg ein.

»Ah, hier fängt es an«, sagte Phemi, während sie sich voll augenscheinlicher Befriedigung umblickte. »Hier sind wir hinter den Kulissen.«

Und wirklich, es war, wie sie sagte. Der den langen Degen verschluckende Spanier, der magere Feuerkönig, der Herkules, der sich den Amboß auf die Brust packen, und der Pyramidenmann, der sich seine drei Kinder auf die Schultern stellen läßt, – alle traten einem hier in schöner Menschlichkeit entgegen, am menschlichsten aber, wie selbstverständlich, die Frauen, die sich, während sie wuschen und plätteten oder ein Kleidungsstück mit einem neuen Flitter besetzten, zu gleicher Zeit ihren zum Teil weitgehendsten Mutterpflichten unterzogen. Es war nichts Schlimmes, was dabei zutage trat; da man indes nicht wissen konnte, was vielleicht noch komme, so waren beide Damen und sogar Phemi doch schließlich froh, als sie die »Wohnungswagen« hinter sich und statt ihrer die nun beginnende Reihe der Gepäckwagen zur Seite hatten. Es fehlte hier an all und jedem Beängstigenden, und an Stelle davon traten Genrebilder von durchaus harmlosem Charakter. In einer an vier Ketten hängenden Schoßkelle schlief eine Hundefamilie, während auf dem Rand einer großen Trommel ein ältlicher und etwas fadenscheiniger Rabe saß, in betreff dessen es zweifelhaft blieb, ob er sich bloß zufällig hier eingefunden oder aber den Rang eines wirklichen Mitgliedes der Truppe habe. Phemi war natürlich der letzteren Ansicht und beteuerte wiederholt, daß ein Schützenplatz ohne Wahrsagerei gar nicht möglich und die vorhin gesehene schwarze Frau mit dem Kind an der Brust aller Wahrscheinlichkeit nach die Lenormand dieses Kreises gewesen sei. Sie habe durchaus auch die Requisiten dazu gehabt: einen stechenden Blick und einen falschen Scheitel. Und das dritte sei eben dieser Rabe. Übrigens käme die Wahrsagerei wieder in Mode, was auch gut und erklärlich sei, denn je freier der Mensch werde, desto nötiger werd' ihm der Hokuspokus.

Graf Pejevics, der gerade vornehm genug war, um ungestraft liberalisieren zu können, wollte demgemäß widersprechen, aber Phemi ging mit Hülfe von Spiritismus und Amerikanismus, zwischen denen sie gleichzeitig auch allerlei natürliche Zusammenhänge finden wollte, sofort zu Beweisen über und zeigte sich dabei so beredt und zeitungsbelesen, daß man den ansteigenden Talweg bereits halb hinauf war, als der Anblick des jetzt in gleicher Höhe mit ihnen fahrenden Hotelwagens ihren Vortrag momentan unterbrach.

»Ah, die Gräfin!« Und sie grüßte mit ihrem Tuch über die tiefe, mit Tannen besetzte Schlucht hinweg.

»Phemi!« sagte Franziska.

Phemi nahm aber den Tadel, der sich darin ausdrückte, nicht an und sagte nur lachend: »Ich weiß schon, was ich tu'. Frage nur Graf Pejevics. Man muß die vornehmen Leute nicht immer daran erinnern, daß sie vornehm sind.« Und dabei winkte sie ruhig weiter. »Übrigens laß dir sagen, Schatz, daß das alles nur uraltes Sommerfrischen- und Badevorrecht ist. In der Stadt rückt sich's leicht wieder zurecht.«

Eine Viertelstunde später waren unsere drei Fußgänger glücklich oben, und als gleich darnach auch der Wagen erschien, hatte Phemi bereits einen Platz gefunden, der jeden erdenkbaren Vorzug in sich vereinigte: temperierte Sonne, Schutz vor Wind und Zug und einen wundervollen Blick in die Landschaft.

»Wie schön!« sagte die Gräfin, und Franziska gab ihr ein Mäntelchen um, während Egon ein Kissen aus dem Wagen und Graf Pejevics eine Fußbank herbeiholte. »Hier bleiben wir, nicht wahr, und schonen unsere Kräfte? Wenn man das

Gute hat, muß man das Bessere nicht auf allerlei Gefahr hin haben wollen. Und nun, Egon, mache den Wirt; oder besser noch, Fräulein Phemi. Zu der hab' ich ein Vertrauen und bin ganz sicher, daß sie nicht bloß den artigsten und raschesten Kellner, sondern auch den besten und frischesten Kuchen für uns entdecken wird.«

Und nun kamen heitere Stunden oben auf dem Aussichtspunkte, schön und heiter auch für Franziska, die das Berg- und Burgenpanorama noch nicht kannte, darunter Schlösser und Türme, die seit der Türkenzeit in Trümmern lagen. Am meisten interessierte sie die Ruine von Schloß Merkenstein, und Graf Egon, der landeskundig war, erzählte von einer rätselvollen Buchstabeninschrift »O. H. I. N. N.«, die sich bis diesen Tag an dem stehengebliebenen Portal der Burgruine befinde. Phemi, die sich mitunter auf die Wissenschaftlichkeit hin ausspielte, wollte die Bedeutung davon für ihr Leben gern erraten und ruhte nicht eher, bis ihr Egon die Buchstaben ins Notizbuch geschrieben und schließlich, als alles Raten umsonst geblieben, die Versicherung gegeben hatte, daß nur der Wiener Witz bis dato die Deutung dafür gefunden habe.

»Welche?« fragte das Fräulein neugierig.

»Oesterreich Hinkt Immer Noch Nach.«

Und nun gab es ein norddeutsch übermütiges Lachen von seiten der beiden jungen Damen, das erst schwieg, als sie halb erschrocken einen spöttisch superioren Zug um den Mund der beiden Grafen spielen sahen. Aber Phemi witzelte rasch die kleine Verstimmung fort, und Graf Pejevics, der erst wenige Tage wieder aus England zurück war, wohin er sich der Rennen halber begeben hatte, wurde jetzt eindringlich gebeten, über seine Reise zu berichten, ganz besonders auch von seiten der alten Gräfin.

»Ich bin halb von englischer Extraktion«, sagte diese. »Meine Mutter war eine Howard und meiner Mutter Mutter eine Talbot.«

»Eine Talbot!« wiederholte Phemi mit einem beinahe komisch wirkenden Ernste, dem man es deutlich anhörte, daß die halbe »Jungfrau von Orleans« an ihrem inneren Auge vorüberzog.

»Aber trotz dieser nahen und nächsten Beziehungen«, fuhr die Gräfin fort, »war ich nie dort. Ich hab' eine Scheu vor der Überfahrt und höre jedesmal zu meinem Troste, daß es keinen schlimmeren ›Pas‹ geben soll als den Pas de Calais. Indessen, wenn ich auch niemals dort war, ich höre doch gern davon. Alles ist interessant und eigenartig und zeigt uns das Leben von einer neuen Seite. Wie fanden Sie London?«

»Vor allem ohne Londoner und beinahe auch ohne Engländer. Es ist dasselbe wie mit Wien, wie mit allen großen Städten. Sie werden zum Rendezvous für die Provinzen oder die Welt überhaupt. In London ist alles ›irish‹ und ›scotch‹, und wollte man die Deutschen zählen, so fände man wahrscheinlich mehr als in unserem guten Wien. Im übrigen, um auch das noch zu sagen, ich kann mich mit einer Lebensweise nicht befreunden, die den Tag mit Speck und Ei beginnt und ihn mit Kognak abschließt. Kardinal Antonelli soll denn auch ausgerufen haben: ›Ich mag kein Volk, das vierzig Sekten und *eine* Sauce hat.‹ Er hätte nach meinen Erfahrungen auch noch hinzusetzen können: alles sei schwer und massig in diesem Lande, sogar die Träume. Wenigstens sprechen sie selber von plumpudding dreams.«

Es fehlte, wie sich denken läßt, nicht an Opposition dagegen, am meisten von seiten Phemis, die nicht müde wurde, vom Großen Freibrief an über Milton und Shakespeare weg bis zu Scott und Thackeray hin alles zu loben und zu preisen. Egon und Graf Pejevics amüsierten sich ersichtlich und stimmten mit ein oder widersprachen auch, je nach Laune.

So schwanden die Stunden, und erst als die Sonne gesunken und statt ihrer die Mondsichel sichtbar geworden war, erhob man sich, um den Rückweg anzutreten.

Auch die Gräfin zog jetzt vor, zu gehen, und sprach nur den Wunsch aus, daß der am wenigsten abschüssige Weg eingeschlagen würde. Graf Pejevics bot ihr den Arm, und Phemi plauderte nebenher, während Egon mit Franziska folgte.

Man ging anfänglich sehr vorsichtig, vorsichtiger noch als nötig; als man aber die Kuppe passiert und die breiteren Gelände gewonnen hatte, machte sich's, daß man nicht nur in aller Bequemlichkeit, sondern auch in einem beflügelten Marschtempo marschieren konnte. Denn das bunte Treiben auf dem Schützenplatz unten hatte mittlerweile begonnen, und die festen Takte von Trommel und Pauke drangen bis hoch an den Abhang hinauf. Um jedes Karussell her waren Lichter und Lampions, und inmitten eines eingefriedigten Platzes, auf dem trotz der Mondhelle noch viele Pechfackeln brannten, erkannte man nicht nur Pierrot und Harlekin, sondern hörte ganz deutlich auch das Gelächter, das die Kapriolen und Witze beider begleitete.

»Wir kommen gerade zu guter Zeit«, wandte sich Egon an seine Begleiterin. »Und ich freue mich darauf. Können Sie sich denken, daß ich ein wirkliches Vergnügen an diesen Dingen habe?«

»Gewiß«, antwortete Franziska, »das dürfen Sie, das ist Ihr gutes Recht. Und wenn ich an Ihrer Stelle wäre, so würd' ich es auch haben. Aber unsereins ist doch mehr oder weniger geniert und empfindet leicht eine Verwandtschaft heraus, die schließlich bedenklich ist.«

»Sie scherzen«, sagte der Graf, »oder wenn es wirklich Ihr Ernst ist, so möcht' ich fast von Empfindelei sprechen dürfen.«

»Empfindelei vielleicht. Aber Scherz, nein. Ich nehm' es ganz ernsthaft. Auch glaub' ich kaum, daß ich damit vereinzelt dastehe.«

»Phemi?« lachte der Graf.

»Nein, Phemi nicht. Aber andere, wobei mir eine kleine, dasselbe Gefühl ausdrückende Lenau-Geschichte wieder in Erinnerung kommt, die mir Bauernfeld letzten Winter erzählte.«

»Darf ich sie wissen?«

»Gewiß. Ich habe die Namen und näheren Umstände vergessen, aber gleichviel. In irgendeinem Wiener Restaurant, in dem Lenau verkehrte, befand sich eine junge Person, die nicht bloß die Gäste bediente, sondern auch Verse machte. Diese Verse nun wurden bei bestimmter Gelegenheit an Lenau gegeben, der sie las und sofort in eine befangene Stellung zu der neuentdeckten Dichterin geriet. Alles, was sie geschrieben hatte, war unter mittelmäßig, aber sich auch fernerhin von ihr bedienen zu lassen, erschien ihm nichtsdestoweniger unmöglich oder doch im höchsten Grade peinlich. Er sah in ihr die Kollegin, die Mitschwester und wußte sich schließlich nicht anders zu helfen, als daß er fortblieb. Es hat das, als mir Bauernfeld davon sprach, einen großen Eindruck auf mich gemacht, und ich würd' es einen feinen und liebenswürdigen Zug an Lenau nennen, wenn ich mir nicht selber damit eine Schmeichelei sagte.«

»Die Sie sich mit gutem Gewissen sagen dürfen«, antwortete der Graf und nahm einen Augenblick ihre Hand. »Übrigens freut es mich aufrichtig, Sie so lenaubegeistert zu finden. Heute schon zum zweiten Male.«

»Wie das? Zum zweiten Male?«

»Nun, meine Gnädigste, Sie werden doch allen Ernstes nicht glauben wollen, daß ich das schöne ›Nach Süden‹-Lied, wie Sie's damals nannten, und seine Schlußstrophe vergessen haben könnte?«

»Welches?«

»›Hörbar rauscht die Zeit vorüber an des Mädchens Einsamkeit ...‹ Ich glaube, so hieß es. Es hat mich damals in seiner melancholischen Schönheit eigentümlich ergriffen und war der erste Plauderabend bei der Tante. Nur Feßler war zugegen und draußen Schnee gefallen. Entsinnen Sie sich noch?«

Franziska war betroffen, aber es gelang ihr, ihre Verlegenheit zu verbergen, und in einem immer lebhafter werdenden Gespräche schritten beide die Berglehne hinunter und auf die Budengasse zu.

»Sollten wir nicht lieber einen Umweg machen?«

»Oh, nicht doch«, antwortete die Gräfin, an die sich seitens Franziskas diese Frage gerichtet hatte. »Mein Leben verläuft viel zu still und einsam, als daß es mir nicht eine Freude sein sollte, von ungefähr unter Menschen zu kommen. Ich such' es nicht auf, aber wenn es sich gibt, so heiß' ich es jedesmal willkommen.«

Und so mündete man denn wirklich in das bunte Fest- und Jahrmarkttreiben ein.

Eine Menge großer Schaubuden war da, Panoramen, an denen sie, dem Menschenzuge folgend, rasch vorübergingen, bis ihnen zuletzt ein kleines Zelt auffiel, über dessen Eingang in Transparent die Worte standen: »Einzige Verkündigung der Wahrheit« und darunter in kleiner Schrift: »Fünfzig Kreuzer.«

»Ah!« sagte Phemi, »da muß ich hinein. Oft ist mir die Wahrheit umsonst gesagt worden, aber sie war auch darnach. Nichts ist umsonst, nicht einmal die Wahrheit.«

Und sie schickte sich wirklich an, in das Zelt einzutreten. Aber Franziska zog sie wie mit Gewalt zurück und sagte: »Du bleibst!«

Eine momentane Verlegenheit trat ein und schwand erst wieder, als man aus der Budengasse heraus war.

»Ich war überrascht, Sie so heftig zu sehen«, nahm endlich Egon das Gespräch wieder auf. »So heftig und so bestimmt.«

»Und noch dazu gegen Phemi«, setzte Franziska lachend hinzu. »Phemi selbst aber wird mir am ehesten verzeihen. Ich konnte nicht anders und habe nun mal einen tiefen Widerwillen dagegen. Unser ganzes Leben ist eine Kette von Gnaden, aber als der Gnaden größte bedünkt mich doch die, daß wir nicht wissen und nicht wissen sollen, was der nächste Morgen uns bringt. Und weil wir's nicht wissen *sollen*, sollen wir's auch nicht wissen *wollen*.«

»Auch nicht einmal im Scherz, im Spiel?«

»Auch nicht einmal im Spiel. Denn es ist ein Spiel mit Dingen, die nicht zum Spielen da sind. Ich muß es wiederholen, ich hasse jede Neugier, die den Schleier von dem uns gnädig Verborgenen wegreißen will; aber am meisten widerstreitet mir doch die Neugier, die nicht einmal ernsthaft gemeint ist. Es gibt der tückischen Mächte genug, und ihre listig lauernde Feindschaft auch noch durch Spiel und Spott

herausfordern zu wollen, tut nie gut und ist der Anfang vom
Ende.«

Der Graf schwieg.

Bald darnach aber trennte man sich vor Phemis und Franziskas Veranda, bis wohin die Gräfin in Artigkeit gegen die
jungen Damen diese begleitet hatte.

Siebentes Kapitel

Am andern Morgen saßen beide Freundinnen eine halbe
Stunde früher als sonst in der Veranda, deren Leinwandvor-
hänge nach der einen Seite hin halb zurückgezogen waren,
während gegenüber, wo die Vorhänge fehlten, eine Hängematte hing, in der sich Lysinka schaukelte.

Sie war in ein Bilderbuch vertieft und überließ deshalb,
ohne wie sonst wohl zuzuhorchen, die beiden Damen ihrem
Gespräche, das sich selbstverständlich um die Partie vom
Tage vorher drehte. Dann aber entstand eine Pause, bis Franziska plötzlich und mit einiger Befangenheit fragte: »Sagtest
du nicht, daß die Belmonti geschrieben habe?«

»Ja.«

»Und daß sie sich Lysinka zurückerbeten?«

»Ja.«

»Und willst du nicht darauf eingehen? Offen gestanden,
ich glaube, daß die Belmonti recht hat und daß du diese Ferien
länger ausdehnst, als dem Kinde gut ist.«

Phemi lachte herzlich, dann aber sagte sie: »Ja, Fränzl, es
hilft dir nichts, du mußt nun schon deutlicher mit der Sprache
heraus. Denn du wirst mir doch nicht wirklich und ernsthaft
einreden wollen, daß du Lysinkas halber Erziehungssorgen
hättest. Ich würde glauben, du wolltest sie los sein, wenn ich
nicht umgekehrt wüßte, daß du sie fast so gern hast wie Hannah. Also beichte.«

Franziska sah verlegen vor sich hin, und Phemi, der ihre
Verlegenheit leid tat, setzte deshalb ohne weiteres hinzu:
»Nun, laß nur, ich brauche deine Beichte nicht und will dir

sagen, was es ist. Sieh, ich bin lange nicht so gescheit wie du, hab' aber bessere Augen und sehe gleich, wie's steht und im Herzen aussieht. Auch in deinem. Und deshalb weiß ich, es kommt alles nur daher, weil du wieder Reputationsanfälle hast und einfach fürchtest, die ›Nichte‹ könnte dich über kurz oder lang in Verlegenheit bringen, die ›Nichte‹, die mir wie aus dem Gesicht geschnitten ist und an deren Nichtenschaft deshalb niemand glaubt.

Sieh«, fuhr sie fort, »du bist ein so guter Kerl, daß ich dir nichts übelnehme, schon lange nicht. Empfindeleien sind ohnehin nicht meine Spezialität, und so begnüg' ich mich denn in dieser dir Sorge machenden Lysinka-Sache mit dem geflügelten Wort: ›Es ist mein Kind, es bleibt mein Kind, ihr gebt mir nichts dazu‹, noch dazu klassisches Zitat. Und sogar vom alten Goethe, der immer recht hatte.«

»Nicht immer.«

»Aber doch in solchen Dingen. Er verstand sich zu gut darauf. Jedenfalls hab' ich vor, mich nach diesem Spruche zu richten und Madame Belmonti noch eine Weile warten oder meinetwegen auch sich ängstigen zu lassen.«

Franziska schwieg. Endlich sagte sie: »Verzeih, Phemi, daß ich davon sprach. Es war nicht recht. Aber ich dachte, man könne nicht gleichzeitig zwei Dinge wollen, die sich einander ausschließen. Es liegt dir selber an dem Umgange mit drüben und muß auch so sein, denn es ist eine herrliche Frau, diese alte Gräfin, ganz von jener Feinheit, Nachsicht und Milde, die, wie du mit Recht sagtest, immer nur bei den Frommen und Vornehmen zu finden ist. Aber man darf ihr, umgekehrt, auch nicht zuviel zumuten, und wenn wir wirklich einen auch nur oberflächlichen Verkehr mit ihr unterhalten wollen, so müssen doch Fragen ausgeschlossen sein, die, wenn sie wie zufällig in Gegenwart Graf Egons zur Sprache kämen, unzweifelhaft zu Verlegenheiten und hinterher zu Witzeleien und allerhand Medisance führen würden.«

»Du bist ein Kindskopf«, lachte Phemi. »Lehre mich doch die vornehme Welt kennen. Ich stecke länger darin und will dir sagen, wie's liegt. Auch die Besten nehmen uns bloß so hin. Sie lassen sich's gefallen, daß wir ihnen die Zeit vertreiben, und sind auch wohl dankbar dafür, aber von unserer Tugend und Sitte zu hören, ist ihnen nur langweilig. Denn sie glauben nicht daran, und weil sie nicht daran glauben, erscheint ihnen unser Tugendanspruch einfach prätentiös. Wir sollen nicht bloß tatsächlich anders sein wie sie, nein, sie wollen sich dieses Unterschiedes auch bewußt werden. Und so glaube mir denn, es wird ihnen gar nicht schwer, uns zu pardonnieren, aber uns zu respektieren, ist ihnen lästig und unbequem. Du hast keine Vorstellung davon, in wie vielerlei Kleider sich der menschliche Hochmut steckt. Und auch die Gräfin drüben, sosehr ich sie verehre, wird schließlich keine Ausnahme machen ... Aber sieh nur, wer ist denn der alte Herr, der sich drüben im Hotel eben über die Balkonbrüstung lehnt und hierher lorgnettiert, als kenn' er uns? Ist das nicht ...?«

Und im selben Augenblick erkannten beide den alten Grafen und erwiderten seinen Gruß.

Wirklich, er war es, und ehe sich beide Damen noch in ihren Verwunderungen und Mitteilungen erschöpft hatten, erschien er bereits in Person, um ihnen einen Morgenbesuch zu machen. Er war unbefangen, auch Franziska gegenüber, und lächelte nur, als Phemi genauso, wie sie damals Egon bestürmt hatte, halb in wirklicher und mehr noch in erkünstelter Neugier mit hundert Fragen auf ihn einzudringen begann. Es habe verlautet, wenn auch nur gerüchtweise, daß er den Sommer in Trouville zubringen werde; statt dessen habe, wie der Augenschein lehre, Wien oder doch Öslau gesiegt, woraus sie den Schluß ziehe, daß das entkaiserte Frankreich auch zugleich ein entzaubertes Frankreich für ihn gewesen sei.

Der Graf in seiner Antwort schwankte zwischen Zugeben und Bestreiten und versteckte dabei den eigentlichen und wahren Grund seiner Rückkehr hinter allerlei Scheingründen, in deren übermütiger und etwas grotesker Ausmalung er sich gefiel. Es sei wirklich sein Plan gewesen, während der heißen Monate nach Trouville zu gehen, aber weil die Saison erst Mitte Juli beginne, habe er zuviel Zeit gehabt, sich in seiner Phantasie mit dem Badestrand und seinen Bildern zu beschäftigen, eine Beschäftigung, an der schließlich die ganze Reise gescheitert sei; was übrigens niemanden in Verwunderung setzen werde, der das Übergewicht der Vorstellung über die Wirklichkeit irgendeinmal an sich selbst erfahren habe. Das fait accompli bedeute gemeinhin nicht viel, aber in der Erwartung der Dinge liege Himmel und Hölle. Das habe sich ihm in den Tagen seiner Phantasiebeschäftigung mit dem Trouviller Badestrand auch wieder recht fühlbar gemacht. Er habe nichts gegen Urzuständlichkeiten, und das letzte, woran er kranke, sei Prüderie, ja das Paradiesische, das Mittelafrikanische, das Mythologische, gleichviel, welcher Ausdruck seitens der Damen bevorzugt werde, werde niemals von ihm beanstandet werden; aber was er hasse die Mischgattungen und müsse statt ihrer auf Einheit und Reinheit des Stiles dringen. Jeder ehrlich gemeinte Versuch, das alte Theatervorhangthema: Neptun und Arion samt dem ganzen Corps de ballet der Weltmeere zu neuem, wirklichen Leben erblühen zu lassen, dürfe seiner Zustimmung ein für allemal sicher sein, aber verschämte Halbzustände, Zustände, die nicht Fisch und Vogel seien, hätten diese seine Zustimmung mit gleicher Entschiedenheit nicht. Und so dürfe er sich denn allerdings berühmen, ausschließlich unter der Wucht ästhetischer Bedenken einen fluchtartigen Rückzug aus Frankreich angetreten zu haben.

Während er so sprach, war Lysinka neugierig aus ihrer Hängematte herausgekrochen und stellte sich ohne jede Spur von Verlegenheit mit an den Tisch, ganz so, wie verwöhnte Kinder zu tun pflegen. Ihr Auge ging dabei beständig umher und sah jeden einzelnen wie fragend und doch auch wieder halb verständnisvoll an. Es war ersichtlich, daß sie dem alten Grafen, der unwillkürlich seine Hand über ihr langes blondes Haar hingleiten ließ, ungemein gefiel; ehe er aber eine Frage zu tun imstande war, sagte Phemi, die mit Franziskas aufsteigender Verlegenheit ein Mitleid haben mochte: »Das war nun also Trouville, Herr Graf. Und nun Paris, Paris, von dem ich so gerne höre, das mein Ideal und meine Sehnsucht war von Kindheit an und das ich schon um meiner Kunst willen so gern gesehen und befragt und studiert hätte. Ja, wirklich, um meiner Kunst willen. Eine reizende junge Kollegin von mir, natürlich Liebhaberin, phantasierte neulich sogar von der Heiligkeit ihrer Kunst. Es war komischer als Tewele. Doch ich verirre mich von der Hauptsache, von Paris, über das wir, nicht wahr, Fränzl, um so lieber berichten hören, als uns Graf Pejevics gestern erst von London erzählt hat.«

»Und wie fand er London?«

»Er klagte, daß alles zu schwer sei, sogar die Träume.«

»Je nun«, lachte der Graf, »die sind heuer auch in Frankreich gerade schwer genug. Es sind Rüstungs- und Waffenträume, Vierundzwanzigpfünder mit der Aufschrift ›Revanche‹. Ja, die Franzosen sind und bleiben Kinder. Aber so schwer ihre Träume sind, so leicht ist ihr Leben nach wie vor, und ich habe keinen Unterschied entdecken können zwischen sonst und jetzt. Das entkaiserte Frankreich, um Fräulein Phemis Wort zu wiederholen, ist nicht entzaubert. Und warum nicht entzaubert? Weil es zu den Vorzügen oder meinetwegen auch zu den Schwächen dieses Volkes gehört, im steten Wechsel der Dinge sich selbst immer gleich zu bleiben. Ich habe es nun unter einem halben Dutzend widerstreitender Regierungen im wesentlichen ohne jede Veränderung gesehen und möchte mich fast verwetten, daß es auch dasselbe war, als die Trikoteusen um die Guillotine herum saßen und schnupften und plauderten und Strümpfe strickten. Es ist ein Phantasievolk, dem der Schein der Dinge vollständig das Wesen der Dinge bedeutet, ein Vorstellungs- und Schaustellungsvolk, mit einem Wort, ein Theatervolk.«

»Wie die Wiener?«

»O nicht doch, meine Gnädigste. Die Wiener sind ein Vergnügungsvolk und gehen ins Theater, um unter Lachen und Weinen sich etwas vormachen zu lassen, aber auch der Passionierteste fühlt sich schließlich auf einem Parkett- oder Parterreplatz immer noch wie zu Gast. Anders der Franzose. Der ist da zu Hause, füllt die Hälfte seines Daseins mit Fiktio-

nen aus, und wie die Stücke sein Leben bestimmen, so
bestimmt das Leben seine Stücke. Jedes ist Fortsetzung und
Konsequenz des andern, und als letztes Resultat haben wir
dann auch selbstverständlich ein mit Theater gesättigtes
Leben und ein mit Leben gesättigtes Theater. Also Realismus! Auf der Bühne gewiß, aber auch weitergehend in der
Kunst überhaupt. Welche Lust, ein französisches Schlachten-
bild zu sehen, auf dem die Säbel nicht angeklebt sind, sondern
wirklich geschwungen werden. Elan auch da, Leben und
Wirklichkeit. Und nun gar erst der Roman!«

»Ah, Sue; Balzac.«

»Überholt.«

»Flaubert?«

»Überholt.«

»Nun, wer denn?«

»Eine neue Größe. Zola. Emile Zola.«

»Was sehr unfranzösisch klingt.«

»Und es auch ist. Italiener von Abstammung, wie die meisten berühmten Franzosen.«

»Und was will er?«

»Ja, das ist schwer zu sagen, meine Gnädigste, weil er sehr
vieles will und dies viele zu gleicher Zeit. Er hat jedenfalls
seine ›Wahlverwandtschaften‹ gelesen und sieht in dem, was
wir das Seelische zu nennen gewohnt sind, also zu meinem
lebhaften Bedauern auch in der ganzen Machtsphäre der
Liebe, nur sehr äußerliche, sehr natürliche Prozesse. Die
Blutmischung spielt eine Rolle von Bedeutung und natürlich
auch die Nerven. Aber das ist nicht die Hauptsache. Bis jetzt
war es, wenn ich mich nicht irre, das Auge, was in dem
bekannten und entscheidenden großen Romanmomente den
Ausschlag zu geben hatte; der neue Romancier mit dem italienischen Namen aber geht weit, weit darüber hinaus und zieht
nicht mehr und nicht weniger als die Gesamtheit aller Sinne
heran. Gambettistische Levée en masse, wenn Sie wollen. Es
hat unleugbar manches für sich, und ich breche nur ab, so
gern ich fortführe, weil das Thema zu delikat und voll ganz
besonderer Schwierigkeiten ist. Einer seiner Romane heißt
beispielsweise ›Der Bauch von Paris‹.«

»Ah«, sagte Phemi. »Sehr interessant. Das verspricht etwas. Und das Neueste?«

»Das Neueste? Nun, das las ich in dem Feuilleton einer Zeitung, und der Titel lautete, so mir recht ist: ›La faute de l'Abbé Mouret‹. Der Herr Verfasser beschwört darin den Sündenfall, also ein immerhin interessantes Thema, noch einmal herauf und läßt ihn sich in einem modernen Blumenurwald vollziehen, dem er in offenbar gewolltem Anklang an das altehrwürdige Paradies den Namen ›Paradoux‹ gegeben hat.«

»Und wie führt sich Adam ein?«

»Vollkommen dezent.«

»Auch vor dem Fall?«

»Auch da, meine Gnädigste. Denn der Adam, um den es sich in dem Romane handelt, ist eben kein wirklicher Adam, sondern in jedem Sinn ein Kostüm-Adam und in Wahrheit niemand anderes als der Abbé Mouret selbst, ein schöner und liebenswürdiger junger Herr, der sich, wie's einem Abbé geziemt, mit Händen und Füßen sträubt und wehrt und die Frucht vom Baume der Erkenntnis mit ihrer von Minute zu Minute röter und verführerischer werdenden Backe gern wegbeten möchte. Doch umsonst. Er fällt!«

»Natürlich.«

»Natürlich?« wiederholte Franziska. »Warum natürlich? Ich verlange, daß Gebete helfen ... Und wie straft sich seine Schuld?«

»Er geht leer aus.«

»Comme toujours. Und Eva?«

»Stirbt. Aber selbstverständlich nicht auf dem herkömmlichen Wege, sondern trägt sich höchsteigenhändig ihr Sterbelager aus der Gesamtflora des Paradoux zusammen, schläft ein und chloroformiert sich mit Blumenduft zu Tode.«

»Das möcht' ich aber doch wirklich lesen.«

»Ein Entschluß, in dem ich Sie nur bestärken kann. Und seien Sie versichert, daß jede Seite Sie fesseln wird, aller Einwendungen unserer kritischen Freundin unerachtet. Über das Anfechtbare hilft schließlich die fremde Sprache hinweg.

Ich werde mich mühen, Ihnen die Blätter zu verschaffen. Und nun lassen Sie mich meinen ersten, ohnehin über Gebühr ausgedehnten Besuch rasch abbrechen. Auf gute Nachbarschaft, meine Damen. Bis Morgen.«

Und damit erhob er sich, um seinen Morgenspaziergang in der Richtung auf den Bahnhof hin fortzusetzen. Als er eben die Veranda passiert hatte, lief ihm Lysinka, die draußen Federball spielte, nach, nahm seine Hand und sagte: »Guten Tag. Ich werde dich begleiten.«

Franziska war es nicht recht, aber Phemi lachte nur und sagte: »Sieh doch, er freut sich, das Kind an der Hand zu haben. Ach, Fränzl, du glaubst gar nicht, wie gleichgültig Legitimitätsfragen sind. Natürlich den Erbschaftspunkt abgerechnet.«

Achtes Kapitel

In derselben halben Stunde saß die Gräfin drüben vor einem an ihrem Balkonfenster stehenden Schreibtisch, um einen Brief an Feßler zu richten. Aber das entzückende Bild, das sich vor ihr ausbreitete, machte, daß sie die Feder, die sie vor einer Weile schon zur Hand genommen hatte, wieder niederlegte. Hoch über die mit Wein und Laubholz besetzten Berge hin zog ein silberglänzendes Gewölk, während unten im Tale schon die mit jedem Augenblicke bedrücklicher werdende Hitze des Tages lag. Ein Fähnlein, das die Schützenplatzstelle bezeichnete, hing schlaff am Mast herab und regte sich immer nur, wenn ein Luftzug ging. Plötzlich aber klang ein Paukenschlag vereinzelt und wie zufällig herüber, und die Gräfin, ihrem Sinnen dadurch entrissen, nahm die Feder wieder auf und schrieb:

»Lieber Freund!

In meinem Leben hier hat sich seit voriger Woche manches geändert, und seit gestern ist es ein Saus und Braus. In aller Frühe kam Egon Asperg und mit ihm der junge Pejevics, der, wie Sie vielleicht wissen, einige Wochen der Rennen halber in

England war. Ich freute mich aufrichtig und beschloß, den Tag in aller Heiterkeit mit ihnen zu verbringen, würd' aber damit gescheitert sein, wenn ich nicht die beiden jungen Damen, deren ich neulich schon Ihnen gegenüber Erwähnung tat, als Hülfstruppe hätte heranziehen können. Ein paar junge Schauspielerinnen interessieren eben lebhafter als eine Tante von beinahe siebenzig. Und heute mehr denn je. Denn *die* Dinge, die für uns das Leben ausmachen, erscheinen mir in den Herzen der gegenwärtigen Generation um noch vieles erstorbener als in dem der vorigen. Mein Bruder hat wenigstens noch Spott für diese Dinge, Graf Egon aber nur Schweigen und Gleichgültigkeit. Indessen, ich will nicht anklagen, sondern berichten.

Ein Ausflug in die Berge ward also verabredet. Egon und ich zu Wagen, alles andere zu Fuß, so brachen wir in zwei Partien auf, um oben auf der Kuppe von Heiligenkreuz wieder zusammenzutreffen. Die beiden jungen Damen waren allerliebst, was Sie, der Sie der jüngeren von Anfang an Ihre Sympathien entgegenbrachten, nicht überraschen wird. Ich meinerseits möchte fast der älteren, dem Fräulein Phemi, wie sie kurzweg genannt wird, den Vorzug geben. In Fräulein Franz steckt allerdings ein bedeutenderer Fonds, aber eben weil sie bedeutender ist, ist sie zugleich auch minder bequem und stellt uns, als übe sie Kritik, unter eine beständige Kontrolle. Wie ganz anders dagegen das ältere Fräulein! Von einer gewinnenden Offenheit und Schelmerei, vergißt sie, die Worte zu wägen, oder will es vielleicht auch nicht und überhebt uns dadurch der Notwendigkeit, auf uns selber in jedem Augenblick ängstlich achten zu müssen. Auf uns achten ist freilich Pflicht, aber ängstlich auf uns achten wird leicht zur Pein.

Gegen neun Uhr waren wir von unserer Partie zurück. Egon und Graf Pejevics verließen mich gegen zehn, und ich hoffte, die nächsten vierundzwanzig Stunden in einer vollkommenen Ruhe, nach der ich mich sehnte, zubringen zu können, da wirbelte heute mit dem frühesten mein Bruder, Graf Adam, in mein Zimmer und meine Stille hinein. Auf wie lange, steht dahin. Er sprach anfangs von einem halben Tag nur, aber seine Pläne haben sich rasch geändert. Sehr begreiflich. Er ist eben drüben bei den jungen Damen, was Ihnen genug sagt, und gönnt mir durch diesen seinen Besuch die Muße zu diesen Zeilen an Sie.

Ja, daß ich es Ihnen gestehe, mein lieber Freund, ich bin in Sorgen, in denselben Sorgen, die mich diesen Winter erfüllten und deren äußere Veranlassung Sie so gut kennen wie die tiefere Charakterbegründung. Und dies letztere wiegt am schwersten. Er hat es versäumt, sich zu rechter Zeit seiner Jahre bewußt zu werden, ist der ewig Jugendliche geblieben, unstät und rastlos, und hat zum Überfluß auch noch eine Neigung ausgebildet, gegen all das anzustreben und unter Umständen auch anzustürmen, was er ›Vorurteile des Standes und der Gesellschaft‹ nennt. In ewiger Fehde hab' ich diese seine Rastlosigkeit bekämpft, und doch fühl' ich jetzt, daß gerade sie das Korrektiv und der Schutz seines Lebens war, so sehr, daß ich seit kurzem oder doch seit heute vor dem Moment bange, der dieser seiner Rastlosigkeit ein Ende machen und ihn umgekehrt mit einer plötzlichen Sehnsucht nach einem Ruhehafen erfüllen könnte. Denn er wird auch dabei wieder, um das mindeste zu sagen, unherkömmlich verfahren und seinem Tun den Stempel des Aparten und Adoleszenten aufdrücken. Es entspricht das seiner Eitelkeit, von der ich ihn trotz all seiner Vorzüge nicht freisprechen kann. Und alle diese Dinge, fürcht' ich, sind nahe, sehr nahe. Der Umstand, daß er in dem Momente seiner Rückkehr nach hier eben das vorfand, was er, als er nach Paris ging, zu fliehen gedachte, wird nicht ohne Wirkung auf sein Gemüt und seine Handlungsweise bleiben. Denn er ist abergläubisch und glaubt an Zeichen. Er ist jetzt sicher, daß ihm ein solches Zeichen gegeben wurde.

Schreiben Sie mir, lieber Freund, wie Sie sich persönlich zu dieser Frage stellen, und seien Sie dabei rückhaltlos offen. Ich habe zu lange gelebt und zu viel vom Leben gesehen, um mich schließlich nicht in allem zurechtfinden zu können. Es verwundert mich nichts mehr oder nur weniges noch. Zudem geschieht nur, was geschehen soll, und unerschütterlich bleibt mir der Glaube, daß denen, die Gott lieb hat, alle Dinge zum Besten dienen. Vor allem auch die Prüfungen. Ich verharre, lieber Freund, als Ihre herzlich ergebene

Judith von G.«

»*Nachschrift*. Im Begriff, die vorstehenden Zeilen zu kuvertieren, kommt Ihr Brief, auf den ich mich beeile wenigstens in einer kurzen Nachschrift noch Antwort zu geben. Ich bin ganz Ihrer Meinung, daß für die total verwaiste Gemeinde von Amrathskirchen etwas geschehen muß, um so mehr, als unsere Regierung solcher doch naheliegenden Pflichten sich überhoben glaubt. Es fehlt ihr niemals an Mitteln, wenn es neue Regimenter oder Uniformen, aber immer an Mitteln, wenn es eine Kirche gilt. Und doch ist Österreich auf ihr erwachsen. Felix Austria nube. Gewiß; aber jeder andern Vermählung ging die mit der Kirche voraus. Ich vertraue, daß die Zeiten nahe sind, wo sich die Machthaber dieser Tatsache wieder erinnern werden. Es ist das Verderben unserer Tage, daß wir, losgelöst vom Göttlichen, alles aus unserer Kraft und Weisheit heraus gestalten, alles uns selbst und nicht der ewigen Gnade verdanken wollen. Es gibt keine neue Weisheit, und der ist der Weiseste, der dies weiß und darnach handelt. Ich bitte Sie, fünfhundert Gulden für mich zeichnen und meinen Namen an die Spitze der Liste stellen zu wollen. Mit mehr öffentlich herauszutreten, erscheint mir nicht tunlich, aber es ist mir recht, wenn wir unter der Hand die Summe verdoppeln. J. v. G.«

Neuntes Kapitel

Phemi war am letzten Tag ihrer nie begonnenen Kur, und zwar unter Zitierung einer gefühlvollen Stelle, von Öslau nach Wien zurückgekehrt, aber das Leben auf der Veranda blieb unverändert dasselbe, der alte Graf erschien täglich, um seinen Besuch zu machen, und nur die Gräfin zeigte sich wieder etwas zurückhaltender.

Franziska, so sehr sie von Anfang an und mehr noch bei Wiederaufnahme der Bekanntschaft zu der liebenswürdigen alten Dame sich hingezogen gefühlt hatte, nahm nichtsdestoweniger diese Wandlung wie schon *die* während der Wintermonate leicht und ruhig hin und fand sich darein, ohne der Ursache irgendwie neugierig nachzuforschen. Es schien ihr von alter Zeit her als das Vorrecht vornehmer Leute, launenhaft zu sein und auf Sonne bedeckten Himmel und auf bedeckten Himmel wieder Sonne folgen zu lassen.

Dieser Zeitpunkt von »wieder Sonne« kam denn auch rascher noch als erwartet und war das Resultat eines Pater Feßlerschen Briefes, an dessen Schlusse sich folgende Worte fanden:

»Alles in allem, meine gnädigste Gräfin, würde der Eintritt dessen, was Ihnen als sorgenvolle Möglichkeit vorschwebt, nicht gerade das Schlimmste bedeuten, und zwar deshalb nicht, weil es Befürchtungen abschlösse, die beständig in Sicht zu haben beinahe unerfreulicher und jedenfalls beunruhigender ist, als sie sich erfüllen zu sehen. Es rechnet sich eben besser mit Tatsachen als mit Möglichkeiten. Außerdem, so mich nicht alles täuscht, ist die Wahl in mehr als einem Stück gut getroffen und die Seele der jungen Dame von einer Legierung, aus der eine Glocke werden kann, die klingt.«

Bei der Abhängigkeit, in der die Gräfin seit so manchem Tag und Jahr von ihrem Beichtvater stand, schuf dieser Brief einen beinahe sofortigen Stimmungsumschlag und stellte Franziska gegenüber den Ton freundlichen Entgegenkommens wieder her, der seitens der alten Dame bis zu dem Eintreffen Graf Adams geherrscht hatte. Ja, sie war dieser Wandlung insoweit geradezu froh, als sie sich überhaupt ungleich mehr durch Pflichterwägungen und Klugheitsrücksichten als durch den Zug ihres Herzens zu Zurückhaltung und Kühle hatte bestimmen lassen. Dabei hing sie, Nächstliegendes überspringend, allerlei Lieblingsplänen, am meisten aber dem ihr ein besonderes Wohlgefühl schaffenden Gedanken einer Konversion nach. Und dieses Wohlgefühl steigerte sich noch, als eine halbe Woche später Pater Feßler selber in Öslau eintraf, um, wie seine Sommergewohnheit war, große Fußpartien in die Berge zu machen, »aus Naturschwärmerei«, wie die Gräfin, »aus dem Wunsche, wieder schlanker zu werden«, wie der Graf behauptete.

Regelmäßig auf diesen Partien sah sich der Pater von Graf Adam, der selber noch ein guter »Steiger« war, begleitet, und während sie so halbe Tage lang in den Bergen umherkletterten, war Franziska drüben bei der Gräfin und mühte sich, ihr durch Vorlesen oder Plauderei die Stunden der Einsamkeit zu verkürzen.

Ein solcher Tag war auch heute wieder. Der Lehnstuhl der alten Dame war, als der Sonnenball eben zu sinken anfing, auf den Balkon geschoben worden, und von den Bergen her klang die Vesperglocke.

Beide horchten hinüber und sahen dabei still auf den Glutstreifen, der noch über den Tannen hing. Als aber die Glocke eine Weile schwieg, sagte die Gräfin: »Ist es nicht schön? All das habt ihr nicht in eurem protestantischen Nebellande.«

»Doch, gnädigste Gräfin, wir haben es auch. Wir nennen es nur anders.«

»Und das wäre?«

»Wir nennen es die ›Betglocke läuten‹, und ich habe selber unzähligemal an dem Glockenseil gezogen. Überhaupt möcht' ich doch sagen dürfen, wir sind nicht voll so heidnisch, wie die gnädigste Gräfin glauben. Wir haben auch den Gekreuzigten, und jede Kirche hat sein Bild, zu dem wir andächtig aufblicken.«

Die Gräfin lächelte halb ungläubig, aber doch halb auch wie freudig überrascht und sagte dann: »Ich habe mir erzählen lassen, in euren Kirchen hinge nur immer der Wittenbergische Doktor, den ihr den Reformator und Wiederhersteller der reinen Lehre nennt, und in mancher Gemeinde ginge man noch einen Schritt weiter und verehre bloß den preußischen König. Ich meine, den König Friedrich den Zweiten. Und man hat mir sogar gesagt – ich zögere freilich es nachzusprechen –, es gäbe Bilder, auf denen er wie Gott selber im Himmel säße mit seinen Generalen rund um sich her, und jeder Preuße glaube mehr oder weniger ernsthaft, daß sein großer König von dort aus regiere, bloß in der Absicht, sein Land immer größer zu machen.«

»Ja, solche Bilder gibt es, gnädigste Gräfin, aber doch nicht in unseren Kirchen. In unseren Kirchen haben wir außer dem Christusbilde, von dem ich schon sprach, nur Kriegsdenkmünzen und große schwarze Holztafeln, auf denen mit weißer Schrift die Namen derer stehen, die für König und Vaterland gestorben sind. Und wenn uns die Predigt oder das oft sehr vielstrophige Lied, das gesungen wird, zu lange dauert, so lesen wir diese Namen, und es ist dann mitunter ein Glück, daß sie da sind.«

»Und keine Jungfrau Maria?«

Franziska lächelte.

»Sie lächeln, mein liebes Fräulein, und haben ein Recht, es zu tun. Es ist wirklich ein großes Unrecht, daß wir so wenig voneinander wissen und uns gegenseitig verurteilen ohne Kenntnis dessen, das wir zum Gegenstand unserer Herzensfeindschaft machen. Ich habe mitunter ein rechtes Verlangen, aus dieser Unkenntnis herauszukommen, und Sie, liebe Franziska, sollen mir dazu helfen. Sie müssen mir alle norddeutschen Sitten und Gebräuche schildern, und wenn das Erzählte nicht aus der protestantischen Kirche sein kann, nun dann, so lassen Sie's aus dem protestantischen Leben sein. Aus dem Leben kann ich dann Rückschlüsse ziehen auf den Glauben, weil das Leben ein Kind des Glaubens ist. Ich denke mir, meine liebe Franziska, wir beginnen am besten gleich, oder Sie geben mir, wenn nicht mehr, so doch wenigstens einen Vorgeschmack. Erzählen Sie mir von Ihrer Stadt an der Ostsee. War es nicht an der Ostsee?«

Franziska nickte.

»Nun denn, da muß ja die Stelle ganz in der Nähe sein, wo der König von Thule seinen Becher ins Meer geworfen. Ohne die Ballade wüßt' ich nichts davon, und so hat auch das allerweltlichste Gedicht immer noch sein Gutes. Ich denke mir Ihre kleine Stadt auf einer Sandbank gelegen und immer in Gefahr, vom Meere verschlungen zu werden. Ist es so?«

Franziska hatte mit ihrer Antwort auf die verschiedenen Fragen und Wünsche der Gräfin eben begonnen, als Graf Adam und Feßler eintraten und nach kurzer Begrüßung der Damen ihre Stühle bis ebenfalls an die Balkontür rückten.

»Stören wir?«

»Oh, nicht doch«, sagte die Gräfin. »Im Gegenteil, wie gerufen. Unsere liebe Freundin war eben im Begriff, mir etwas von ihrer nordischen Heimat vorzuplaudern, einer kleinen Hafen- oder Badestadt an der Ausmündung der Oder.«

»Ah, an der Oder«, wiederholte Feßler. »Ein gut katholischer Strom.«

»Ja«, warf Franziska rasch ein. »Aber doch nur zu Beginn, nur in der Enge des Gebirges. Sobald er ins Freie tritt, wird er protestantisch und immer protestantischer, je mehr er sich dem freien Meere nähert.«

»Um endlich darin unterzugehen«, schloß Feßler mit übrigens verbindlicher Handbewegung.

»O nur keine Neckereien auf diesem Gebiet«, beschwor der Graf. »Ich plädiere für Schluß dieser Kriegsführung und will lieber von dem Ostseestädtchen hören, darin unsere Freundin das Licht der Welt erblickte. Das interessiert mich mehr. Ich denk' es mir wie Vineta, poetisch, gruselig und ewig gefährdet. Hab' ich recht?«

»Je nach der Jahreszeit, wo Sie den Fuß auf unsere Schwelle setzen. Kommen Sie zur Sommerzeit, so sieht es aus wie dies Öslau, nur noch bunter und aparter und eigentlich auch noch hübscher und heiterer.«

»Das ist unmöglich.«

»Oh, Sie sollen selbst entscheiden. Da haben wir zunächst unsern Strom, dessen breite Wasserfülle schon die Nähe des Meeres ahnen läßt. Und keine tausend Schritte vor seiner Mündung, da wächst die Stadt auf und zieht sich einreihig an einem Pfahlwerk entlang, an dessen steil abfallender Wasserseite die Schiffe liegen, groß und klein, mit ihren vergoldeten Namen am Spiegel und einer überlebensgroßen, in Holz geschnittenen Figur am Bug. Auf dem breiten Damm aber, der dem Schlängellaufe des Flusses folgt, bewegen sich Handel und Verkehr wie unter einem Walde spalierbildender Maste. Denn zu beiden Seiten erheben sich diese Maste, sowohl auf den Schiffen wie vor den Häusern gegenüber.«

»Und wie sind diese Häuser?«

»Oft so niedrig, daß man die Hand aufs Dach legen kann. Aber immer frisch geweißt. Und auf dem hohen Dache, das meist dreimal höher ist als das eigentliche Haus, auf diesem Dach erhebt sich ein Giebel und auf dem Giebel eine Flaggenstange, daran ein langes schmales Band oder auch eine sich bauschende Flagge weht. Und keine Flagge dieselbe; denn in jedem dieser Häuser hat ein anderes Land seinen Sitz und seinen Schutz, und während über dem einen der österreichische Doppeladler flattert, flattert über dem andern der türkische Halbmond oder der chinesische Drache. Es gibt nichts Bunteres und Lachenderes als das Flaggen einer solchen Hafen- und Handelsstadt. Und je kleiner, desto mehr. Denn gerade diese Kleinheit unterstützt den Effekt. Überall da, wo hohe gotische Giebel in ihrem finstern, historischen Ernst aufragen, da verschwindet der heitere Flaggenschmuck in dem umherliegenden Dunkel; in den kleinen und kaum hundert Jahre alten Städten aber, die keine Geschichte haben und in ihrer Kleinheit und Sauberkeit fast aussehen, als wären sie gestern erst aus der Spielschachtel genommen, in ihnen ist die Flagge die Hauptsache, das flatternde Band am Hut, das dem Ganzen erst Ansehen und Charakter gibt.«

»Und wie geht nun das Leben in solcher Flaggenstadt?«

»So heiter wie die Flaggen, die drüber wehen. Ach, mir schlägt das Herz, wenn ich an die Tage zurückdenke, wo wir, Hannah und ich, mit unsren Mappen unterm Arm von der Schule her den Weg nach Hause machten. Es war immer ein weiter Weg und ging am Strom entlang, an dem die Schiffe schräg oder auch wohl mit ihrem Rumpfe nach oben lagen, um sie desto bequemer mit Werg ausstopfen und die Fugen mit Schiffsteer ausgießen zu können. Am Bollwerk hin aber und um geschwärzte, dreibeinige Grapen herum hockten Arbeiter und alte Matrosen und unterhielten das Feuer oder rührten in dem brodelnden Pech, dessen Qualm die Luft erfüllte.«

»Hätte mir's appetitlicher gewünscht.«

»Auch derlei gab es. Denn nicht überall wurde kalfatert, und viele Schiffe waren da, darauf außer dem Schiffshund nur noch ein Koch und ein Junge die lange Winterwache hielten. Und auch die hantierten um die Mittagsstunde, nach Art der anderen, um ein Uferfeuer her. Aber statt des Grapen waren nur zwei Ziegelsteine da mit einer Bratpfanne darauf, in die jedesmal, wenn wir vorübergingen, eben Kartoffeln und Speck und große Zwiebelstücke hineingeschnitten wurden. Und nun zog der Wrasen davon durch die Luft. Ach, welche Wonne! Vor nichts in meinem Leben hab' ich je wieder mit so viel Begehrlichkeit gestanden, und die beste Mahlzeit hätt' ich drum hingegeben, wenn ich mich auf der Stelle bei diesem primitiven Gerichte hätte mit niederhocken und zu Gaste laden können.«

»Glaub's«, lachte der alte Graf. »Kommt mir doch bei der bloßen Beschreibung ein kleines Gelüst darnach. Aber das ist alles Idyll und Genre; wo bleibt Vineta? Wo bleibt der Schrecken der Elemente?«

»Auch der kam gelegentlich, aber immer erst um die Novemberzeit. Und wir saßen dann, ohne der Gefahr zu gedenken, oder vielleicht auch uns getröstend, daß sie gerade diesmal nicht kommen werde, still um unsern Arbeitstisch her und überlegten, den Griffel oder die Feder aus der Hand legend, was wir uns wohl zum Christfest wünschen sollten. Und wenn wir dann einen Scheffel Wünsche durchberaten hatten, dann hieß es: ›Zu Bett!‹ und wir nahmen die Weihnachtsbilder, wie wir sie von frühester Kindheit an kannten, mit in unsern Traum und sahen die Krippe mit dem Kindlein und den Stern überm Haus. Und auch Joseph und die Jungfrau Maria.«

»Und die Jungfrau Maria«, wiederholte die Gräfin und lächelte. »Aus euren Kirchen habt ihr sie verbannt, aber an eurem Herde lebt sie fort. Oh, sie stirbt nicht aus, die Gebenedeite!«

»Lassen wir die Jungfrau«, sagt der alte Graf, »ich dürste jetzt nach Vineta.«

»Nun denn also, wir nahmen die Bilder mit in unsern Traum und sahen den Himmel offen und die Engelscharen herniedersteigen. Aber mit einem Male gab's einen unheimlichen Stoß uns zu Häupten, ein Rütteln und Schütteln begann, und wir fuhren aus unserem Kinderschlaf in die Höhe und sahen erschreckt und blaß einander an, denn wir wußten nun, daß der Nordwester doch gekommen sei, derselbe gefürchtete Nordwester, von dem wir gehofft hatten, er werde diesmal wenigstens an uns vorübergehen, und von dem uns die Kindermuhme von Jugend auf erzählt hatte: der könn' uns wegschwemmen, und eines Tages werd' er's auch, denn er sei der eigentliche Herr hier, und wir lebten nur von seiner Gnade, und wenn er wolle, so wär' es mit uns vorbei. Ja, dann beteten wir, aber wir wußten nicht, was wir sagten, denn wir dachten nicht an Gott und Glauben, sondern bloß an unsere Not und Gefahr, und unsere Seele war nichts als Angst und Aufhorchen auf den Sturm. Oh, noch jetzt überrieselt's mich, wenn ich an jene Schreckensnächte denke. Die vom First abgerissenen Hohlsteine klinkerten über das Dach hin, in dem Rauchfang ging ein Geheul, alle Läden und Türen klappten oder klapperten, und wenn dann mit eins eine Pause kam, so war es am schlimmsten und zitterten wir am meisten, denn dann hörten wir durch das tiefe Schweigen hin das Gebrause des Meeres draußen, das an die Dünen und Dämme schlug und die großen eingerammten Steine wie Kiesel aus der Westermole wusch. Am Bollwerk aber, trotz der Ziegel und Fahnenstangen, die niederstürzten, war alles Geschäftigkeit, und wir sahen durch unsere Giebelfensterscheibe, deren kleine Gardine wir ängstlich zurückgestreift hatten, wie sie drunten die Schiffe fester an die Pfähle banden, aber doch zugleich auch die Boote von Bord her ans Ufer brachten, um eine letzte Rettung zu haben für den Fall, daß es zum Schlimmsten käme. Denn der Nordwester staute nicht nur den Strom zurück, sondern trieb auch das Flutwasser mit solcher Gewalt von draußen her in den Strom hinein, daß es

am Kai hin oft nur noch zollbreit unter der obersten Balken-
lage stand. Und einmal – ich seh' es, als ob es gestern gewesen
wäre – stieg es drüber hinaus, und im Nu war die niedriger
liegende Stadt ein See von einem Punkte zum andern, und in
unsern Flur hinein stürzte die Welle. Da schrien wir auf, denn
nun erfüllte sich unser Schicksal, und wir mußten unterge-
hen, wie Vineta untergegangen war.«

»Aber der Herr, der den Winden gebietet . . .«

»Gebot ihnen auch diesmal wieder, und was in der Nacht
unser Entsetzen gewesen war, das war tags darauf unsere Lust
und unsere Wonne. Die flottgemachten Boote fuhren jetzt
hin und her: unser Nachbar, der Bäcker, landete mit seinen
Wecken und Semmeln, und als es Tag geworden und ein
klarer, blauer Himmel über der Stadt war, waren wir glücklich, uns zu Schiff abholen und zu Schiff in die Schule fahren
zu können. Und glücklich wie wir war die ganze Stadt. Über
Tonnen und Bretter hin ging der Verkehr, bis nach abermals
einer Woche die große Sintflut verlaufen und ein dichter
Schnee gefallen war.

Und unter Schellengeläute ging's nun durch die verschneite
Stadt hin, über deren Schneedächern die Wimpel und Flaggen
jetzt wieder flatterten und beinahe lustiger noch flatterten als
um Johannistag und die Sommerzeit.«

Zehntes Kapitel

An diese Schilderungen hatte sich noch eine ziemlich lebhafte
Plauderei zwischen Feßler und Franziska geknüpft. Er ließ
sich aus dem Gesellschaftsleben der kleinen norddeutschen
Stadt erzählen und tat Fragen über Fragen. Am meisten inter-
essierten ihn die Bilder aus dem lutherischen Pfarrhause: der
reiche Kindersegen, das Whistspiel und die Pastoralkonfe-
renzen. Alles begegnete sowohl von seiner wie von der Gräfin
Seite der unverkennbarsten Teilnahme, jede Miene verriet es,
und nur Graf Adam, der doch sonst der lauteste Bewunderer
solcher Schilderungen und Gespräche zu sein pflegte, war

auffallend still geworden. Er sann offenbar anderen Fragen und Dingen nach, antwortete zerstreut und spielte mit der Gardinenquaste, die neben seinem Stuhle herabhing. Er war deshalb auch einverstanden damit, daß man früher aufbrach als gewöhnlich, und gefiel sich weder in Neckerei noch Widerspruch, als Feßler um die Ehre bat, Franziska bis an ihre Wohnung begleiten zu dürfen. Ja, er lächelte kaum und zog sich, als beide gingen, in sein Zimmer zurück, das unmittelbar über dem Salon seiner Schwester gelegen war.

Diese war daran gewöhnt, die nervöse Lebhaftigkeit ihres Bruders ohne besondere Veranlassung in ihr Gegenteil umschlagen zu sehen, und verwunderte sich deshalb erst, als er am nächsten Morgen ohne weitere Grundangabe sein Ausbleiben beim Frühstück entschuldigen ließ. Zugleich hörte sie, daß er in seinem Zimmer auf und ab schritt, wie jemand, der von einer schweren inneren Unruhe gequält wird. Was mocht' es sein? Was war vorgefallen, das ihn hätte verstimmen können? Sie sann darüber noch nach, als der alte Graf in ihren Salon eintrat, eleganter gekleidet als gewöhnlich und überhaupt in einer Haltung wie jemand, der zur Audienz erscheint oder einen ernsthaften Vortrag halten will.

Er ging auf die Schwester zu, begrüßte sie mit besonderer Artigkeit und nahm einen Stuhl. Aber er kippte mit demselben nur hin und her, während er sich über die hohe Lehne desselben vorbeugte.

»Habe mit dir zu sprechen, Judith. Bist du bei Laune?«

Die Gräfin war ersichtlich unruhig geworden. »Ich glaube, du weißt, Adam, daß ich das nicht kenne, was man Laune nennt. Aber vor allen Dingen bitt' ich dich, Platz zu nehmen.«

»Nein, nicht Platz nehmen; ich kann dann nicht sprechen; es wird dann alles wie Staatsaktion. Laß mich hier stehen oder noch lieber auf und ab gehen; der Teppich wird ohnehin Sorge dafür tragen, es nicht allzu störend für dich zu machen. Und nun ist es wohl das beste, mit der Tür ins Haus zu fallen: ich habe vor, mich zu verheiraten.«

Judith erschrak heftig, aber sie war doch andererseits auch so vorbereitet darauf, daß es ihr gelang, ihre Ruhe rasch wiederzugewinnen. Und so sagte sie denn: »Warum solltest du nicht? Es war einst der Wunsch meines Lebens.«

»*Einst*«, wiederholte der Graf mit einem Anfluge von Bitterkeit oder doch Ironie.

Die Gräfin aber achtete des ironischen Tones nicht und fuhr ihrerseits einfach fort: »Und wen? Aber wozu frag'ich noch?«

»Und wie stellst du dich zu meiner Wahl?«

»Nun, sie hat Chik.«

»Und du Mißtrauen?«

»Nein. Ich habe sogar eine Vorliebe für sie.«

»Gut. Dann bin ich deiner schließlichen Zustimmung sicher, obschon ich, um offen zu sein, vom Allerweltsstandpunkt aus mancherlei Schwierigkeiten und Hindernisse keinen Augenblick verkenne: Geburt und Stand und Konfession.«

»Ja«, sagte Judith, »das trennt euch, Geburt und Stand und Konfession. Aber, mein lieber Adam, was euch eigentlich trennt, das hast du nicht genannt. Geburt und Stand, sagtest du. Nun wohl, in kleinen Verhältnissen bedeuten sie viel und schaffen vielleicht unübersteigliche Schwierigkeiten; aber das Haus Petöfy darf sich freier bewegen, und in dem Augenblicke, wo das Ja gesprochen ist, ist auch ausgeglichen, was Geburt und Stand vermissen lassen.«

Er war ersichtlich erfreut, sie so sprechen zu hören, und nickte zustimmend.

»Aber nicht das«, fuhr die Gräfin fort. »Und auch die Konfessionsfrage nicht, die Frage nach der Rechtgläubigkeit, die mich viel weniger ängstigt, als du vielleicht glaubst. Ich habe das Vertrauen zu der Macht unserer Kirche, der Macht meiner Gebete zu geschweigen, daß sie den mir wünschenswerten Ausgleich, wenn nicht schaffen muß, so doch schaffen *kann*. Aber eines kann sie nicht ausgleichen: den Unterschied der Jahre.«

»Welches Wunder auch ungefordert bleibt.«

»Und doch wäre es gut, es vollzöge sich. Ich wollte, du wärest weniger blind, oder es schärfte sich doch dein Auge.«

»Blind?« nahm er jetzt erregt und mit einem Anfluge von Überlegenheit das Wort. »Blind. Bin ich es denn? Du verkennst mich beständig, Judith, indem du meine Fehler entweder übertreibst oder sie vielleicht auch in aller Aufrichtigkeit größer siehst, als sie sind. Sieh, ich habe lange den Eitelkeiten dieser Welt gelebt und dabei vieles nicht gesehen, was ich nicht sehen wollte. Wer aber sein Auge schließt, ist noch nicht blind. Ich weiß genau, was siebenzig Jahre bedeuten, und daß sie der Zypresse näher stehen als der Rosenlaube. Der Sprosser im Fliederbusch hat für mich ausgeschlagen. Ich weiß das. Glaube mir, Judith. Und weil ich es weiß, so bitt' ich dich aufrichtig, erspar' es mir, mich in meinen alten Tagen noch auf irgendwelchem Liebesweg oder wohl gar in Erwartung ausstehender Zärtlichkeiten ertappen zu wollen. Laß dir sagen, wie's liegt. Ich habe das Einsamkeitsleben satt und habe vor allem auch die Mittel satt, die sonst dazu dienen mußten, dieser Einsamkeit Herr zu werden. Es ist mir klar geworden, daß man die Leere nicht mit Leerheiten ausfüllen oder gar heilen kann, und so steh' ich denn vor einem neuen und nach einer sehr entgegengesetzten Seite hin liegenden Ausfüllversuche. Du hast es gut gehabt und hast unter Feßlers Assistenz dein wirkliches Lebensmanna in der Kirche gefunden, und etwas von wirklicher Himmelsfreude hat dein irdisch Dasein durchleuchtet. Ich weiß wohl und weiß es allen Ernstes, daß dergleichen ein Glück ist; aber ich habe nicht das Talent dafür und muß mich mit etwas Irdischerem und Alltäglicherem behelfen. Jeder sucht das Glück auf seine Weise . . .«

»Und findet es doch nur da, wo es wirklich liegt . . .«

»Ich bitte dich, Judith, nicht das; nichts aus diesem Tone . . . Begreiflicherweise liegt es mir fern, dich gerad in diesem Augenblicke herausfordern zu wollen, denn ich bedarf deiner Unterstützung, aber was du da für mich hast und mir hinwirfst, das sind Münzen, die der Bettler aufsucht, nicht ich. Es gibt nichts, das mich so nervös machte wie Gemeinplätze, darüber, um ihre Dürftigkeit zu verbergen, irgendein Segen mit irgendeinem Aplomb ausgesprochen wurde. Viel, viel mehr als derartig abständige Christlichkeiten bedeuten mir in diesem Augenblick ein paar heidnische Gottheiten dritten Ranges, kleine Göttinnen, in betreff deren ich nicht einmal weiß, ob sie mythologisch verbürgt und nicht vielleicht bloß Geschöpfe meiner eigenen Erfindung und Ernennung sind.«

»Und die wären?«

»Erst die Göttin der Zerstreuung, dann die der Beschwichtigung und Einlullung und endlich die der Plauderei. Das wären so drei, die meiner Not am meisten entsprechen und mir vielleicht aufhelfen würden. Glaube mir, Judith, ich sehne mich nach Rast und Ruhe seit Jahren schon, aber jedesmal, wenn ich sie zu haben vermeinte, summte mir eine Fliege durchs Zimmer und störte mich. Und sieh, diesen Störenfried meiner Ruhe, der in beständiger Metamorphose heute diese und morgen jene Gestalt annimmt, diese böse Fee möcht' ich mir durch eine gute Fee verscheuchen, am liebsten aber wegplaudern lassen. Und das kann niemand besser als sie. Sie hat den guten Verstand der Norddeutschen und übt die Kunst der Erzählung und Causerie wie keine zweite. War es nicht gestern erst, als gingen wir mit ihr an dem Bollwerk entlang und sähen die Giebel und Mastspitzen und die hereinbrechende Flut! Und dazu welche Stimme! Mein Ohr horcht auf jedes Wort, das sie spricht, und du mußt dir's vorstellen, als hätt' ich eine beständige Sehnsucht nach einer Melodie.«

Die Gräfin lächelte. »Weißt du, wie du sprichst, Adam? Ganz nach Art eines Prinzen, der einen Vorleser oder, wenn's hoch kommt, einen Cellospieler sucht.«

»Und doch such' ich weder den einen noch den andern, und der Fehler in deinem Vergleiche, Judith, ist einfach der, daß du den tiefen und geheimnisvollen Unterschied übersiehst, der in dem Gegensatz der Geschlechter liegt. Auch für den noch, der mit Hülfe seiner Jahre mit dem kleinen, pausbackigen Gott und seinem Gefolge längst abgeschlossen hat. Ein klug schwatzender Vorleser, den ich herbeiklingle, wäre mir rund heraus ein Greuel, eine Gräfin Petöfy aber, die mir ein Romankapitel vorliest oder ein Chopinsches Notturno vorspielt, der küss' ich die Hand.«

»Und wie glaubst du nun, daß sich Franziska zu solchem Antrage stellen wird?«

»Das sollst du von ihr erfahren. Eben deshalb mache ich dich zu meiner Vertrauten.«

»Und wenn sie nun ja sagt, was glaubst du, daß daraus wird?«

»Mein Glück.«

»Erkauft durch das ihre. Denn junges Blut will junges Blut, und was sie dir bringt, ist ein Opfer.«

»Ein Opfer? Wer verlangt das? Ich nicht. Du verkennst mich beständig, auch hier wieder, auch wieder in diesem Punkte; denn alles, was dir bloß egoistische Laune dünkt, ist ein Kalkül, der auch das Recht des andern scharf mit in Berechnung zieht. Opfer! Es soll umgekehrt ein Verhältnis werden, das sich auf vollkommener Freiheit aufbaut, ein Ehepakt, der statt der Verklausulierungsparagraphen ein einziges weißes Blatt hat. Carte blanche. Ja, Judith, laß mich das Wort wiederholen. Wir sind unter uns und dürfen uns vielleicht um unserer Stellung und unserer Jahre willen gestehen, daß wir über Alltagsbegriffe, die schließlich doch immer nur Lüge verdecken, einigermaßen hinaus sind.«

Judith lächelte.

Der alte Graf aber übersah es oder nahm es auch wohl als Zustimmung und fuhr deshalb, immer lebhafter werdend, fort: »Ich habe mich zu Feierlichkeitsbetrachtungen angesichts dieser Dinge nie heraufschrauben können. Es hänge die Welt daran, versichern einige mit Emphase, was mir immer nur ein Beweis sein würde, daß die Welt an etwas sehr Inferiorem hängt. Rund heraus, all das sind Erwägungen und Betrachtungen aus der Sphäre von Gevatter Schneider und Handschuhmacher. In der Obersphäre der Gesellschaft bestimmt die Politik und unter Umständen auch die bloße Lebenspolitik die Heiraten und Bündnisse, Bündnisse, bei deren Abschluß es noch jederzeit ferne gelegen hat, dem Herzen seine Wege vorschreiben zu wollen.«

»Aber doch der Pflicht.«

»Nun wohl, der Pflicht. Aber was ist Pflicht? Was wir so

kurzweg als Pflicht bezeichnen, zerfällt wieder in Einzelpflichten, in betreff deren es Sache des Übereinkommens bleibt, welche gelten sollen, und welche nicht. Ich habe nicht vor, auf *alle* zu verzichten, aber doch auf viele. Weiß ich doch, daß sie jung ist. Und sie *soll* jung sein und Freude haben und jede Stunde genießen. Oder glaubst du, daß ich jemals Lust bezeigen könnte, zu den Traditionen der eingemauerten Nonne zurückzukehren? Umgekehrt, es würde mich glücklich machen, sie von unseren besten Kavalieren umworben und unser altes Schloß Arpa zum Minnehof à la Wartburg erhoben zu sehen. Ja, Judith, meine Phantasie schwelgt in solchen Bildern und Vorstellungen. Ich höre schon den Marsch aus dem Tannhäuser und sehe Perczel oder gar den alten Szabô sich als Wolfram von Eschenbach vor ihr verbeugen. Ein heiteres Leben will ich um mich haben, ein Leben voll Kunst, voll Huldigung und Liebesfreude. Was daneben zu wahren bleibt, das heißt Dekorum. Nichts weiter. Anstoß geben oder geben sehen ist mir gleich unerträglich; mais c'est tout. Diskretion also, Dekorum, Dehors.«

»Und mit diesen Vollmachten ausgerüstet, soll ich die Frage tun und die Verhandlungen führen?«

»Ja, willst du's«

»Ich will es, weil ich es wollen muß und weil mein Widerspruch in deinen Entschließungen nichts ändern würde. Gegenteils. Widerspruch hat dich immer nur gereizt und dich eigenwilliger gemacht in dem, was du wolltest. Also noch einmal, ich will. Ich weiß auch sehr wohl, es sind solche Verbindungen, wie sie dir in diesem Augenblick als ein Ideal vorzuschweben scheinen, jederzeit geschlossen worden; die Kirche verbietet sie nicht. Die Kirche betont nur die Heiligkeit der Ehe, nicht das Glück der Ehe. Was ich dir also noch zu sagen habe, kommt nicht aus Prinzip oder Dogma, sondern einzig und allein aus dem Herzen einer Schwester, die dich liebt. Und als solche rufe ich dir zu: Gehe nicht diesen Weg, halte vielmehr inne, wenn du noch innehalten kannst. Ich prophezeie dir . . .«

»Ich glaube nicht an Prophezeiungen.«

»Nun denn, so sollen sie dir auch nicht werden, und nur einem Worte noch öffne dein Ohr und deine Seele. Sieh, du teilst die Pflicht in Pflichten und die Pflichten selbst wieder in solche, die dir je nach Gefallen unerläßlich oder aber auch erläßlich erscheinen. Und zu den unerläßlichen rechnest du vor allem die Diskretion und das Dekorum und die Dehors. Aber das sind vage Begriffe. Wo ziehst du scharf die Grenze zwischen dem, was statthaft und was unstatthaft ist? Was liegt innerhalb deiner ›Dehors‹, und was liegt außerhalb?«

Es war ersichtlich, daß er hier unterbrechen wollte. Judith aber nahm seine Hand und fuhr, immer eindringlicher werdend, fort: »Und zu dem einen Worte, Bruder, noch ein zweites. Du glaubst allerpersönlichst *deiner* wenigstens sicher zu sein, sicher in dem, was du Drüberstehen und Anschauungsfreiheit und Vorurteilslosigkeit nennst. Aber auch darin irrst du. Du bist weder deines Herzens noch deiner Meinungen sicher, und was dir heut ein Nichts bedeutet, kann dir morgen eine Welt bedeuten. Schwankend ist alles, und fest allein ist Gottes Gebot. Auch das ungesprochene, das still und stumm in der Natur der Dinge liegt. Ich beschwöre dich, Bruder, überleg' es. Es leitet mich nur die Liebe zu dir.«

»Und der alte Erziehungshang.«

»Ein Wort, aus dem ich sehe, daß es zu spät ist und daß du's unabänderlich willst. Und so werd' ich denn das Gespräch mit Franziska haben. Aber nicht hier; erst wenn wir alle wieder in Wien sind.«

Er war es zufrieden, nahm Hut und Stock und verließ das Zimmer, indem er ihr zerstreut einige Worte des Dankes sagte.

Sie sah ihm nach und griff in ihrer Angst und Unruhe nach einem Andachtsbuch, um darin zu lesen. Aber es wollte nicht gelingen.

»In welche Lagen uns doch das Leben führt! Ich eine Freiwerberin. Und in einer Sache, die mich betrübt und erschreckt!«

Elftes Kapitel

Eine Woche später hatte man sich wieder in dem alten Petöfyschen Palais eingerichtet, und schon den Tag darauf empfing
der Graf durch Andras, der den Verkehr zwischen den beiden
Flügeln unterhielt, einige Zeilen, in denen ihm Judith in aller
Kürze mitteilte, daß sie Franziska gesprochen habe. Dieselbe
sei dem Anschein nach nicht allzu sehr überrascht oder doch
wenigstens vollkommen ruhig gewesen und erwarte seinen
Besuch.

Es war elf Uhr, als ihm diese Zeilen zu Händen kamen, und
vor Ablauf einer Stunde schon war er auf dem Wege nach der
Salesiner Gasse. Das Leben in der Ringstraße kam ihm heute
noch heiterer vor als gewöhnlich, und das Haus selbst, das in
mittäglichem Sonnenschein dalag, schien ihm, als er von der
Innenstadt her in die Vorstadt einbog, nur Glück und Freude
bedeuten zu sollen.

Oben traf er Hannah, die mit einem Anfluge von Verlegenheit ihn einzutreten bat. Das Fräulein sei zur Probe, müsse
jedoch sehr bald wieder da sein.

Das Zimmer, in das er von Hannah geführt worden, war
dasselbe, in welchem Franziska nach ihrem ersten Plauderabend bei der Gräfin eine Schilderung des cercle intime versucht hatte. Nichts darin, das im geringsten an ein Boudoir
erinnert hätte, vielmehr herrschte statt alles russisch Patschu-
lihaften, das sonst wohl den Zimmereinrichtungen junger
Schauspielerinnen eigen zu sein pflegt, eine norddeutsche
Schlichtheit und Ordnung und eine beinahe holländische
Sauberkeit vor. Auf dem Sofatische stand eine Marmorschale
mit Weinlaub und Erdbeeren darin und daneben ein
Schmuckständerchen, das hier wie zufällig oder vielleicht
auch in der Hast einer etwas zu spät beendeten Toilette ste-
hengeblieben war. Ein Kettenarmband lag auf dem Tische
daneben, an dem Ständerchen selbst aber hing ein einfaches,
nur aus zwei Golddrähten zusammengelegtes Ringelchen,
das statt eines Steins nichts als eine Goldplatte mit einem
emaillierten Vergißmeinnicht zeigte.

Der Graf hing eben noch seinen Betrachtungen über das Ringelchen nach, das augenscheinlich ein Geschenk aus der Schul- oder Konfirmandenzeit her war, als Franziska durch eine Seitentür eintrat und ihn, unter Ausdruck ihres Bedauerns über eine Verspätung auf der Probe, mit leichter Handbewegung aufforderte, seinen Platz auf dem Fauteuil wieder einzunehmen.

Er seinerseits hatte sich einige Worte zurechtgelegt, Worte, darin sich der »Graf« und der »Liebhaber« ziemlich genau die Waage hielten. Aber ihr Erscheinen änderte sofort seinen Entschluß und ließ ihn umgekehrt empfinden, daß es geraten sein würde, das erste Wort ihr zu lassen.

Auch Franziska schien es von dieser Seite her anzusehen und das »erste Wort« als ihr gutes Recht in Anspruch zu nehmen. Sie sagte deshalb, während sie sich auf das Sofa niederließ: »Ihr Vertrauen zu meinen Erzählungskünsten, Graf . . .«

Er drohte scherzhaft mit dem Finger, aber Franziska ließ sich nicht stören und fuhr in leichtem und beinahe übermütigem Tone fort:

»Ja, Graf, wir Frauen bleiben immer dieselben und wollen schließlich um unseres Ichs willen adoriert werden. Und nur um unseres Ichs willen. Darin bin ich wie andere. Statt dessen erscheint Graf Petöfy mit einem allerschmeichelhaftesten Antrage, der aber alles Schmeichelhaften unerachtet doch schließlich auf nichts anderes hinausläuft, als darauf, eine Märchenerzählerin, eine Redefrau haben zu wollen, etwa wie Louis Napoleon einen Redeminister hatte. Werbung um eine Plaudertasche. Vielleicht der einzige Fall in der Weltgeschichte, die nach dem Maße meiner allerdings vorwiegend aus dem historischen Lustspiel herstammenden Geschichtskenntnis immer nur das Umgekehrte zu verzeichnen hatte. Nämlich: mulier taceat . . .«

». . . in ecclesia«, lachte der Graf. »Und zwar *nur* in ecclesia. Sie dürfen nicht halb zitieren, Franziska. Gleichviel indes, ich weiß nun alles; Sie würden anders zu mir sprechen, wenn Sie vorhätten, mir mit einem ›Nein‹ entgegenzutreten. Ich bin unendlich glücklich darüber, und wenn Sie das Ohr für die Stimme des Herzens haben – und Sie haben dies Ohr –, so wird es Ihnen auch gesagt haben, daß ich, um Ihre Worte zu wiederholen, keine Redefrau, keine Plaudertasche will, die mir Geschichten erzählt und mich abwechselnd durch Drolerien und Anekdoten unterhält. Allerdings will ich unterhalten sein, aber auch das Unterhaltlichste, das Beste, das Sie mir aus Ihrer Gaben Fülle zu bieten imstande sind, wenn ich es loslöste von Ihnen, von Ihrer Person, so wäre das Beste das Beste nicht mehr. Der Zauber Ihrer Rede sind schließlich doch Sie selbst. Und so komme ich denn noch einmal mit diesen meinen ausgestreckten Händen und bitte Sie, dem, was mir vom Leben noch bleibt, einen Inhalt und mit dem Inhalt einen Glanz, ein Glück und eine Freude geben zu wollen.«

Es schien, daß Franziska nach einer Antwort suchte, der alte Graf aber fuhr fort:

»Ich lese deutlich, was in Ihrer Seele vorgeht. ›O dieser Selbstling, der im Grunde nur einen gefälligen Ton für sein Ohr oder ein sich einschmeichelndes Bild für sein Auge sucht und doch zugleich einen Lebenseinsatz fordert, ein Leben und ein Herz.‹ Aber nein, Franziska, kein Herz oder doch nicht das, was die Welt, die Jugend, ein Herz zu nennen beliebt. Ein anderes, das nichts weiter bedeutet als Sympathie. Meine Wünsche, dessen bin ich gewiß, halten sich innerhalb des Erfüllbaren. Worauf bin ich aus? Ich kann keine trüben Gesichter sehen und liebe Licht und Lachen und Esprit und Witz. Das ist alles, und nur darauf bin ich aus. In meiner Jugend galt ein Champagnerleben als ein Ideal. Aber auch *das* ist mir zu schwer. Es gibt eine Luft, unter deren Einatmung die Freude kommt und heitere Bilder aus der Seele sprießen. Nach *der* Luft dürst' ich, und ich habe sie, wenn ich in Ihrer Nähe bin. Um diese Nähe werb' ich, Franziska, nicht um mehr. Sie sollen frei sein und die Grenzen Ihrer Freiheit selber ziehen; Ihr feiner Sinn ist mir Bürge, daß Sie sie richtig ziehen werden.«

Franziska lächelte leise vor sich hin, und eine Verlegenheit, die sie, während sie sich ähnlicher Worte der Gräfin erinnerte, wenigstens momentan beschlichen hatte, fiel rasch wieder von ihr ab. »Ich glaube, Graf«, sagte sie, mit Geflissentlichkeit einen halb scherzhaften Ton anschlagend, »Sie verkennen mein Geschlecht. Ich sehe Schwierigkeiten, aber ich sehe sie nicht da, wo Sie sie sehen. Unser Erbteil ist Neugier, nichts weiter, und was sich aus der ewig beargwohnten Welt der Gefühle mit einmischt, das wiegt nach meiner Erfahrung nicht allzu schwer. Ich kenne die Skala dieser Gefühle, habe die Mittelgrade selbst durchmessen und bin ohne rechten Glauben an die Hoch- und Siedegrade der Leidenschaft. Also nicht das, Graf . . . Und auch nicht die Kunst. Es gab freilich einmal eine Zeit, in der ich ehrlich und aufrichtig des Glaubens war, ohne Kunst nicht leben zu können. Aber auch das liegt hinter mir. Um in diesem Glauben zu verharren, dazu muß man eine Törin oder ein Genie sein. Und ich bin weder das eine noch das andere.«

»Und doch . . .«

»Nein, kein ›doch‹; nur einfach ein Geständnis meiner Furcht. Ich fürchte mich vor dem kleinen Kriege, der meiner harrt, vor dem Neid auf der einen und dem Hochmut auf der andern Seite, vor den Kränkungen und Nadelstichen, die mir nicht erspart bleiben werden.«

»Und ich meinerseits wüßte niemand, der sich zu diesen Nadelstichen versucht fühlen könnte, niemand. Und kämen sie doch, nun so gibt es Mittel, ihnen zu begegnen. Das mag meine Sorge sein. Frisch auf denn, Franziska, Mut und Hoffnung! In mein altes Schloß Arpa soll wieder das Leben einziehen, und das Ungarn der Wirklichkeit soll Sie das Ungarn Ihrer Kinderphantasie, so denk' ich, für immer vergessen lassen.«

Zwölftes Kapitel

Als der Graf sich erhoben und in herzlicher Weise verabschiedet hatte, trat Franzsika vom Sofa her ans Fenster. Die frisch eindringende Luft tat ihr wohl, und sie setzte sich an die Brüstung und sah auf das Straßentreiben. Aber an ihrem inneren Auge zogen sehr andere Bilder vorüber: ein Schloß und ein See, Freitreppen und Korridore, Jagdzüge, Wald und Steppen und dazu Kavaliere mit ihren Damen, die flüsterten und kicherten. Und ihre Blicke maßen sich, und sie begegnete dem Hochmut, den man für sie hatte, mit gleich hochmütiger Miene.

Sie hing solchen Bildern noch nach, als Hannah von der Tür her auf sie zukam, ihr zutraulich das Haar zurückstrich und dann sagte: »So soll es nun also doch sein.«

»Hast du gehorcht?«

»Nein. Ich horche nie. Mein Vater selig litt es nicht und sagte, das sei von den kleinen Sünden eine der großen. Was nicht für einen gesprochen wird, das darf man auch nicht hören und wissen wollen. Ich sah den Grafen, als er ging, und las es ihm von der Stirn.«

»Und was sagst du?«

»Ja, Fränzl, was soll ich sagen?«

»Alles, was du denkst.«

»Nun, ich denke vielerlei.«

»Halte mit nichts zurück. Daß du's nicht billigst, das seh' ich, und so kannst du gleich mit dem ›Warum‹ anfangen. Oder sind der Gründe so viele?«

»Ja, viele sind es, Fränzl.«

»Offen gestanden, das ist mir lieb; denn viele sind nicht so schlimm wie einer. Viele bringen sich untereinander um, und was dann übrigbleibt, bedeutet nicht viel. Also nenne sie nur; je mehr, je besser.«

»Er ist alt und du bist jung.«

»Gut.«

»Er ist ungrisch-wienerisch und du bist preußisch-pommerisch.«

»Gut.«

»Er ist katholisch und du bist protestantisch.«

»Gut.«

»Er ist ein Graf und du bist eine Schauspielerin.«

Franziska nickte. »Wohl, Hannah, alles wahr. Aber zuletzt trifft doch das zu, was ich dir eben schon gesagt habe. Sage selbst. Er ist gerade Wiener genug, um den Katholiken, und auch wieder Ungar genug, um den Wiener in Ordnung zu halten. Und so bleibt denn wirklich nichts übrig als ein alter Graf und eine junge Schauspielerin.«

»Und glaubst du, daß die gut zueinander passen?«

»Ich will es nicht als Regel aufstellen. Aber es gibt Ausnahmen, und unter den Ausnahmen ist es eine der gewöhnlichsten und der zulässigsten. Und erklärt sich auch. Im allgemeinen, darin hast du ja recht, gehört zu einem Grafen eine Gräfin; wer wollte das bestreiten? Aber wenn es keine Gräfin sein kann, so kommt nach der Gräfin gleich die Schauspielerin, weil sie, dir darf ich das sagen, der Gräfin am nächsten steht. Denn worauf kommt es in der sogenannten Oberschicht an? Doch immer nur darauf, daß man eine Schleppe tragen und einen Handschuh mit einigem Chik aus- und anziehen kann. Und sieh, das gerade lernen wir aus dem Grunde. So vieles im Leben ist ohnehin nur Komödienspiel, und wer dies Spiel mit all seinen großen und kleinen Künsten schon von Metier wegen kennt, der hat einen Pas vor den anderen voraus und überträgt es leicht von der Bühne her ins Leben.«

»Ich will es gelten lassen, Fränzl. Aber dann bleibt immer noch alt und jung.«

»Hältst du das für so schlimm?«

»Nein. Oder wenigstens nicht immer. *Ich* könnt' es. Aber man muß seiner sicher sein.«

»Ich glaube, meiner sicher zu sein. Und über diesen Punkt, über den ich jetzt so viel hören muß, auch von dir, muß ich dir mal ein ernstes Wort sagen. Aber du mußt auch aufmerksam sein. Denn ich weiß wohl, wenn dir etwas nicht paßt, so hast du Wachs in den Ohren und antwortest, ohne gehört zu haben.«

»Sprich nur; ich höre schon.«

»Ob ich meiner sicher sei! Ja, liebe Hannah, wer ist schließlich seiner sicher, ganz sicher? Aber sicher oder nicht, du darfst mir nicht immer mit Betrachtungen und einer Angst und Sorge kommen, als ob ich sechzehn wäre, mit anderen Worten also, du darfst nicht sprechen, gerade *du* nicht, als ob ich, wenn nicht direkt in Passionen steckte, so sie doch jeden Tag zu gewärtigen hätte. Du mußt schließlich am besten wissen, wie's steht. Oder müßtest es wenigstens wissen. Ein für allemal also, ich habe keine großen Passionen, ganz gewiß nicht, und wenn ich sie vor Jahr und Tag vielleicht hatte – vielleicht, sag' ich, denn ich habe nicht Lust und Mut, jedes Bagatellgefühl für eine große Passion auszugeben –, so liegen sie hinter mir.«

»Du mußt dich nicht so hineinreden, Franziska; das zeigt nur, daß ich doch vielleicht recht habe. Wenn aber auch nicht, denn wer sieht ins Herz, so hab' ich doch in dem einen recht, um das sich's hier überhaupt nur handelt. Es ist etwas mit dem jung und alt, und dabei bleibt es. Und nun gar in der Ehe.«

»Gewiß ist es was damit. Aber aus einem ganz andern Grunde, wie du glaubst.«

»Und der wäre?«

»Weil die Jahre, wenn sie doppelt und dreifach auftreten, auch das Maß der Unfreiheit verdoppeln und verdreifachen, jener Unfreiheit, in die man sich ohnehin in jeder Ehe begibt. Und *da* liegt es. Nur da. Früher, als ich noch in meines Vaters Hause war, hab' ich viele Traureden mit angehört, und immer war es dasselbe Thema: ›Begrabt euer eigen Ich.‹ Immer Unterordnung, immer Opfer um des anderen willen. Davor, meine liebe Hannah, erschreck' ich. Zu dem Grafen könnt' ich in diesem Sinn nicht sprechen und sprach ihm deshalb von Kränkungen und Nadelstichen, die meiner vielleicht harren würden und gewiß auch harren werden, aber der eigentliche Grund ist doch der, den ich dir eben genannt habe, die Freiheitsfrage. Jetzt beherrsch' ich ihn. Ob ich ihn als Gräfin auch noch beherrschen werde, dünkt mir zweifelhaft, ohne daß ich deshalb an einen Oger oder Blaubart denke. Durchaus nicht. Er ist innerlich viel zu fein und vornehm und nebenher auch viel zu sehr von mir eingenommen, um jemals den launenhaften Tyrannen zu spielen; er wird mir immer zuliebe leben und meine Wünsche belauschen und erfüllen. Aber je mehr er das tut, je weniger frei werd' ich sein und mich auch meinerseits schicken müssen. Ich weiß wohl, daß man das soll. Aber ob ich's auch immer können werde? Nimm eine Kleinigkeit. Du weißt, ich liebe Nelken, und hätt' ich mir nicht eben erst all und jede Passion abgesprochen, so hätt' ich nicht übel Lust, mir eine regelrechte Nelkenpassion zuzuschreiben. Und nun stelle dir vor, daß er vielleicht Nelken nicht leiden oder wenigstens den Geruch davon nicht ertragen kann. Was würde geschehen? Ich würde natürlich sofort auf meine Lieblingsblume verzichten, aber doch zugleich den Wunsch und das Verlangen danach nie mehr loswerden. Und so könnt' es sich ereignen, daß ich aus Sehnsucht nach einer Blume krank und unglücklich würde. Lache nicht, solche Torheiten kommen vor. Alles in allem, ich bin zu lange meinen eigenen Weg gegangen; Unterordnung und Ehe sind immer schwer, aber sie werden schwerer, wenn zu der eheherrlichen Autorität auch noch die der Jahre kommt.«

»Und warum willst du's, wenn du so denkst? Warum tust du's?«

»Weil unser Herz ein kompliziertes Ding ist, ein Ding mit vielen und oft widerstreitenden Wünschen, und weil die Freiheit, so hoch ich sie stelle, doch schließlich nicht alles in der Welt bedeutet. Es gibt eben auch anderes noch, Dinge, die gelegentlich noch mehr bedeuten oder wenigstens bedeuten können.«

»Ja, bei gewöhnlichen Leuten.«

»Auch bei sehr nicht-gewöhnlichen. Umgekehrt; je höher hinauf, je mehr hab' ich recht. Oder glaubst du beispielsweise, daß es leicht sei, der Freund eines Prinzen oder Erzherzogs zu sein? Du schüttelst den Kopf. Nun gut, also nicht leicht. Und nun sieh' dir den Grafen Pejevics an, den du ja kennst und gern hast und der mir ganz wundervoll hierher paßt, wie gerufen. Wie steht es nun mit dem Grafen? Er ist ein großer Magnatensohn, einer der Allerreichsten und Vornehmsten, also natürlich auch der Freiesten, und wenn er auf seine Güter geht, so küßt ihm alles den Rockschoß und, wenn er will, auch die Steigbügel. Und doch ist er hier und spielt den Erzherzogsadjutanten und Galopin. Und warum das alles? Einfach, weil die Abhängigkeit von einem Erzherzog ihm schließlich doch noch mehr bedeutet als seine ganze Magnatenfreiheit, Rockschoß- und Steigbügelkuß mit eingeschlossen. Und ähnlich ergeht es mir. Offen gestanden, ich hätt' es vor kurzem noch nicht gedacht und mich anders taxiert. Aber tritt erst mal die Versuchung an uns heran, so merken wir bald, daß wir nicht anders sind als andere; die Weltlust reißt uns hin und nicht zum wenigsten der Ehrgeiz. Ja, der Ehrgeiz ist ein großer Versucher.«

»Aber nicht der größte.«

»Welcher andere?«

»Sag' es dir selbst.«

In diesem Augenblick hörten beide, daß draußen die Glocke gezogen wurde, zweimal, aber nicht stark, und Hannah ging, um nachzusehen. Ein Diener gab ohne weitere Bemerkung ein Bukett ab, in das eine Karte gesteckt war. Auf der Karte selbst aber stand: »Egon Graf Asperg«.

Franziska wurde rot. Wußte der junge Graf schon von dem Geschehenen? Oder war es ein Spiel des Zufalls?

Dreizehntes Kapitel

Die Nachricht von einer stattgehabten Verlobung zwischen dem Grafen und Franziska machte viel von sich reden; als aber einen Monat später erst in der Augustiner- und dann in der protestantischen Kirche der Gumpendorfer Straße die Doppeltrauung stattgefunden hatte, beruhigte man sich um so rascher, als alles, was von medisanten Bonmots in Kurs

84

gesetzt werden konnte, schon in den Tagen vorher verausgabt worden war. Unter allen Umständen kam nichts davon zur Kenntnis des gräflichen Paares, das sich unmittelbar nach der Trauung, nur in Begleitung von Andras und Josephinen, einem neu engagierten und echt wienerischen Kammermädchen, zu mehrwöchentlichem Aufenthalte nach Oberitalien begeben hatte. Von dort aus sollte dann die Rückreise direkt nach Schloß Arpa hin angetreten werden, wohin Hannah in Begleitung einiger anderen Dienerschaften schon gleich nach der Hochzeit aufgebrochen war. Franziska hatte sich schwer von ihr getrennt, aber gerade bei der Vertraulichkeit, die zwischen ihnen herrschte, diese Trennung doch auch wieder als nötig angesehen.

Der Aufenthalt in Oberitalien begann am Gardasee, woran sich dann ein Besuch von Venedig schloß, von Venedig, das Franziska noch viel schöner fand, als sie gedacht und geträumt hatte. Nichtsdestoweniger war sie, nachdem sie zehn Tage lang alles Gefrorene durchgekostet und eine Legion von Erbsendüten an die Markusplatz-Tauben verfüttert hatte, am elften Tage froh, den Aufenthalt abgebrochen zu sehen, und zwar um so mehr, als der Graf willens war, auf der Rückreise noch Etappen zu machen, vor allem in Verona, das vor länger als einem halben Jahrhundert sein Garnisonsort und der Schauplatz seiner ersten Triumphe gewesen war. Franziska hatte lachend eingewilligt, aber doch nur unter dem Zugeständnis, daß ihr das Haus und Grab der Julia Capulet gezeigt werde, »weil Liebesgeschichten mit tragischem Ausgange nun mal ihre Passion seien«. Und nach diesem Programm war die Rückfahrt auch wirklich angetreten und ausgeführt worden, erst in kleinen, oft unterbrochenen Tagereisen, bis man endlich, von Station Bozen aus den Eilzug benützend, in zwölfstündiger Fahrt die Südspitze des großen Arpasees erreicht hatte. Hier an der Südspitze lag Nagy-Vasar, ein Flecken, von dem aus dreimal täglich ein Dampfschiff bis zu dem am Nordufer des Sees und zugleich zu Füßen von Schloß Arpa gelegenen Städtchen Szegenihaza ging.

Das Schiff hatte sich eben in Bewegung gesetzt, denn die Abfahrtszeit, zwei Uhr, war schon vorüber; als aber der auf seiner Kommandobrücke stehende Kapitän des Schiffes des Grafen ansichtig wurde, gab er Contredampf, legte noch einmal an und empfing respektvoll die Herrschaften. Franziska sah auf der Stelle, wie beliebt der Graf war und welches Ansehen er bei hoch und niedrig genoß.

Es war ein glühheißer Tag, aber das ausgespannte Zeltdach und mehr noch der Wind, der ging, ließen die Hitze nicht unangenehm empfinden. Am wenigsten empfand sie Franziska, die nicht müde wurde, die prächtigen Bilder, die der See bot, in sich aufzunehmen. Wohl war der Gardasee schöner gewesen, aber alles interessierte sie hier mehr, weil sie berufen war, zu dem allem in eine nähere Beziehung zu treten. Der alte Graf las nicht eigentlich, was in ihrer Seele vorging, aber er freute sich doch lebhaft ihrer aufrichtigen und ganz unverkennbaren Teilnahme.

»Nun glaub' ich«, hob er an, »wird es an der Zeit für mich sein, den Cicerone zu machen. Sieh, das da drüben ist Szent-Görgey. Und dies hier unten am Abhang mit den zwei Windmühlen, das ist Mihalifalva.«

»Mihalifalva! Wie schön das klingt!«

»Und ist doch das Prosaischste von der Welt. Was meinst du wohl, was sich hinter diesem Mihalifalva verbirgt? Mihalifalva heißt Michelsdorf. Alles hier herum ist falva, sehr natürlich, denn falva heißt Dorf. Und damit hast du den Schlüssel, der dir den ganzen poetischen Zauber aufschließt. Das da mit dem Schindelturm ist Iwanifalva. Wundervoll, denkst du. Nicht wahr? Aber, bei Lichte besehen, heißt es Hansdorf.«

Unter allerlei Fragen, die Franziska tat, wurde der Graf immer beredter und begleitete die Namen der umherliegenden Dörfer und Städte bald auch mit Anekdoten, unter denen einige nicht nur pikant genug, sondern auch ganz darauf berechnet waren, Franziska die Gesellschaftskreise kennenzulehren, in die sie nun binnen kurzem eintreten sollte.

Gegen sechs legte das Dampfschiff an der weit vorgebauten Landungsbrücke von Szegenihaza an, das Endstation und für die Nordhälfte des Sees genau dasselbe wie Nagy-Vasar für die Südhälfte war. Etwas landeinwärts erhob sich Schloß Arpa steil und mächtig und überblickte den See.

»Sieh«, sagte der Graf und wies hinauf.

Andras und Josephine blieben des Gepäckes halber zurück, und in einem leichten Korbwagen, dessen Trittbrett sich nur handhoch über der Erde befand, fuhren jetzt Graf und Gräfin von der Landungsbrücke her auf das Schloß zu. Die Sonne stand hinter einem alten, halb abgebrochenen Steinturm, an dem anscheinend zwei nach außen hin an einem Balken oder einer Welle hängende Glocken gezogen wurden und sich schattenhaft hin und her bewegten, während ihr immer mächtiger werdender Klang die Luft erfüllte. Der Weg war wie eine Tenne, zu beiden Seiten stand der Mais über mannshoch, und dazwischen dehnten sich große Beete mit Wassermelonen, die durch einen vom Schloßberg herabkommenden Bach bewässert wurden. Im Fluge ging es daran vorüber, die kleinen Pferde schüttelten ihre Mähnen, und in das tiefe Geläut der Glocken klang der Ton ihrer Glöckchen.

Aber nun kam die Steigung, und die Pferde fielen wie von selbst aus dem Trab in den Schritt. Auch das Läuten oben wurde schwächer und schwieg endlich ganz, so daß der Graf den Kutscher auf ungrisch fragte, was es sei. Bevor dieser aber antworten konnte, begann das Läuten wieder; es waren indes nicht zwei Glocken mehr, die gingen, sondern nur eine.

Franziska ihrerseits hatte bei der Fülle von Bildern, die sich ihr boten, des Zwischenfalles nicht acht. Alle hundert Schritte waren Laubgirlanden gezogen, an denen die Petöfyschen Farben flatterten, und auf einzelnen Felsvorsprüngen standen Männer und Frauen und schwenkten ihre Tücher und Hüte. So kamen sie bis an das Tor und fuhren unter seinem Wappenstein fort in den Schloßhof ein.

Der Graf sprang aus dem Wagen, bot Franziska den Arm und führte sie von der Rampe her in die große dunkle Flurhalle. Hier hatten zahlreiche Dienerschaften Spalier gebildet und grüßten und knixten, während Graf und Gräfin an ihnen vorüber in den obersten Stock hinaufstiegen, in dem eine

Reihe Zimmer für Franziska hergerichtet war. Der Graf, wie wenn sie sein Gast gewesen wäre, verneigte sich vor der Entreetür und sagte mit einem ihm sonst uneigenen Ernste: »Gesegnet sei dein Ein- und Ausgang!... Ich schicke dir nun Hannah ... Sie hat sich, seh' ich, nicht vordrängen wollen, aber du wirst ihrer bedürfen.« Und nach diesen Worten empfahl er sich und ging in das Erdgeschoß zurück, wo die von ihm bewohnten Räume gerade unter den ihrigen lagen.

In Franziskas Zimmer dämmerte das Licht des scheidenden Tages. Was sie zunächst sah, war ein Muttergottesbild über ihrem Schreibtisch. Es gab ihr im ersten Augenblick einen Schreck, und als Hannah gleich darnach eintrat, ging sie rasch auf diese zu und umarmte sie.

Hannah ihrerseits machte sich los, um ihrer Freundin, die sie jetzt verlegen und doch zugleich auch mit einem Anfluge von Schelmerei »ihre liebe Gräfin« nannte, die Hand zu küssen. Aber Franziska schloß ihr den Mund und sagte: »Was Gräfin! Gräfin bin ich vor den Leuten. Hier bin ich deine Franziska. Wie's war, so bleibt es ... Gott, liebe, liebe Hannah, wie du mir gefehlt hast! Jede Stunde. Sieh, der Graf ist so gut gegen mich, *zu* gut... Aber erst nimm mir den Mantel ab und dies noch, und nun gib mir ein Glas Wasser, damit will ich anfangen im schönen Ungarland. Ich bin so benommen, so verschmachtet ... so, das hat mich erquickt ... verschmachtet von der Hitze, von dem vielen Sehen und der Aufregung und Fremdheit. Sieh doch nur.« Und sie wies auf das Muttergottesbild.

»Ich mußt' es lassen, Fränzl, und auch den Rosenkranz, den sie dem kleinen Christus über den Arm gehängt haben. Aber das große weiße Lilienbouquet, das drunter stand, das hab' ich dem alten Gärtner wieder abdisputiert und ihm gesagt, die Gräfin kriege Kopfweh.«

»Da hast du recht getan. Und nun geh vorauf und zeige mir die Räume, darin ich wohnen soll.«

Es waren nur wenige Zimmer. An das Wohnzimmer, darin sich beide zunächst befanden, schloß sich ein Toiletten- und

Schlafzimmer. Dann aber kam ein Treppchen, nur drei, vier Stufen, das zu Hannahs Gelaß, einem eingebauten Alkoven, hinaufführte.

»Das ist nun also mein neues Heim«, sagte Franziska. »Weißt du, Hannah, es gefällt mir und gefällt mir auch namentlich um deshalb, weil es nicht größer ist, als es ist; nicht so endlos. Und nun zeige mir auch, was wir nach der andern Seite hin haben. Oder sage mir's wenigstens.«

»Da haben wir erst den Saal mit dem großen Balkon und hinter dem Saal ein Billardzimmer und die Bibliothek. Und hinter der Bibliothek die Bildergalerie.«

Hier wurde Hannah durch das Eintreten eines alten und kränklich aussehenden Dieners unterbrochen, der mit vieler Förmlichkeit meldete, daß der Graf die Frau Gräfin erwarte, so's der Frau Gräfin genehm sei ... Auf der Veranda.

»Wer war der Alte?« fragte Franziska.

»Das war Herr Koloman Czagy, des Grafen erster Kammerdiener. Er kränkelt seit einiger Zeit und war deshalb letzten Winter nicht mit in Wien, sonst hätten wir seine Bekanntschaft schon früher machen müssen. Ja, Herr Koloman ist mit dem Grafen jung gewesen und gilt fast noch mehr als der Andras.«

»Ah, ich versteh'. Aber unter allen Umständen will ich den Grafen, seinen Herrn, nicht warten lassen! Arrangiere mir nur das Haar ein wenig, es ist so zerzaust vom Wind, und erzähle mir dabei. Du mußt ja während dieser drei Wochen eine ganze Welt von Dingen erlebt haben, und wenn ich dich so stehen sehe, kommst du mir schon halb ungrisch vor. Bring' mir nun ein paar Worte bei, daß ich wenigstens ›Guten Tag‹ oder ›Wie geht es Ihnen?‹ sagen kann. Ich will dem Grafen eine Freude machen. Er ist so dankbar für Kleinigkeiten.«

Der Tee ward auf der Veranda genommen und dabei lebhaft und in heiterem Tone geplaudert.

»Ich hoffe, daß nichts fehlt«, sagte der Graf.

»Im Gegenteil«, scherzte Franziska. »Mehr ist da, als ich erwarten durfte, selbst eine Mutter Gottes über dem Schreibtisch.«

Er lachte.

»Ja, Fränzl, ohne das tun wir's halt nit, und a bissel fürs Haus ist auch in alle Wege gut, wie Riechsalz oder Melissengeist. Ehe man's sich versieht, braucht man's und fragt nicht lang, ob es aus einer Klosterapotheke stammt oder aus einer andern. Konfession! Bah, das bedeutet nicht viel. Es gibt so vieles, was drüber steht und sich unmittelbar an den Menschen wendet, er sei so oder so. Sieh, ich glaub' eigentlich nichts und überlaß es meiner Schwester-Gräfin, mich aus dem Fegfeuer oder auch noch von wo andersher freizubeten, aber unsere schwache Natur ist doch schließlich immer stärker als unser stärkster Unglaube, der au fond bloß renommiert und keine Courage hat, das weiß ich von mir selbst, und sowie was auf dem Spiele steht oder auch bloß eine Gicht oder ein Zwicken kommt, so schiel ich nach meinem heiligen Stephan hinüber, der über meinem Schreibtisch steht, geradso wie das Muttergottesbild über dem deinen, und sage: ›Nun hut dich und sput dich, Stephanerl, und tu was für einen Magyar und ehrlichen Christenmenschen.‹ Und sieh, Fränzl, ich denke mir, so was steckt in jedem und am End' auch in einer kleinen, lieben Ketzerseele.«

So ging das Gespräch, ganz wie der Graf es liebte, pointiert und an Klippen hin, aber so munter und gut gelaunt es zu sein trachtete, der Ton voller Unbefangenheit wollte doch nicht aufkommen. Ihn beschäftigte die Frage, wie sie sich in dieser ihr fremden Welt wohl zurechtfinden werde, während sie von der Sorge beherrscht blieb, daß eine tiefe Verlegenheit, die sie fühlte, sich doch vielleicht in ihrem Auge verraten haben möchte.

Der Abend brach endlich herein, und ein kühlerer Luftstrom kam vom See her, aber es war kein Wind, die Lampe flackerte nicht, und der lang herabhängende Schleier derselben bewegte sich nur, wenn sich einer der Nachtschmetterlinge darin verfing. Endlich wurde der Mond über dem Gebirge sichtbar und stand so licht und klar da, wie wenn er den Frieden besiegeln wolle, der drunten ausgebreitet lag. Franziska blickte still und tief aufatmend hinauf, und auch der Graf schwieg, als er sah, wie das Bild sie berührte.

Dann erhob sie sich und bot ihm eine gute Nacht.

Oben fand sie Hannah, die die Fenster geöffnet hatte.

»Wonach siehst du?«

»Nach dem Gießbach, der hier links vom Schloßberg kommt. Er sickert jetzt bloß so dahin und wartet auf die Regenzeit. Da soll's dann eine Pracht sein.«

»Ist aber doch besser so. Der Regen macht immer trüb und sperrt alles ein. Ich bin für Sonne, Licht und freie Bewegung, nur freilich heute nicht mehr. Es war doch ein anstrengender Tag, der mich müde gemacht hat. Komm, kleide mich aus und erzähle mir; ich hab' ohnehin noch allerlei Fragen. Sage, spukt es hier?«

»Ich habe noch nichts gesehen.«

»Das beruhigt mich nicht ganz. An dich können sie nicht heran, du bist wie das leibhaftige Vaterunser. Aber jedes alte Schloß hat nun mal einen Spuk. Ich weiß es aus unserer Gegend, und es wird hier nicht anders sein. Auf jede hundert Jahre kommt ein Gespenst.«

»Aber wie du nur sprichst. Da müßten wir hier ja zwei haben.«

»Und haben wir gewiß auch.«

»Ein schwarzes und ein weißes«, lachte Hannah. »Und du willst eine Protestantin sein und eine Pastorstochter? Nein, das hat mir mein Vater selig mit dem Stock ausgetrieben. Und ich dank' es ihm noch. Das ist so für Wilde. So wie hier.«

»Wilde? Das darfst du nicht sagen; ich werde dich beim Grafen verklagen. In Ungarn ist alles gut und hohe Kultur. Aber nun geh, ich werde sehen, was ich träume; was man in der ersten Nacht träumt, das bedeutet was.«

»Schlafe nur überhaupt, das bedeutet dir das Beste.«

Damit trennten sie sich, und nur die Türen bis zu Hannahs Schlafzimmer hin sollten offen bleiben. Franziska hörte noch, wie Hannah die Stufen zu dem Alkoven hinaufstieg; dann wurd' es still.

Aber nicht auf lange. Rechtshin, im Gebirge, mocht' es gewittert haben, und heftige Windstöße, die jetzt über den See kamen, umlärmten das Schloß so heftig, daß Franziska trotz aller Müdigkeit davon geweckt wurde. Was sie besonders erschreckte, war ein Rasseln wie von Eisenstäben, und so stand sie denn auf und trat in den ihrem Wohnzimmer vorgelegenen großen Saal ein, um hier nach der Ursache zu sehen. Alsbald bemerkte sie, daß es ein weit vorgebauter alter Balkon sei, dessen vom Winde gerütteltes Gitterwerk solchen unheimlichen Ton gab. Ihre Beängstigung schwand jetzt, aber zu noch weiterer Beruhigung ging sie doch bis zu Hannahs Alkoven und horchte hier auf das Atemholen der fest und ruhig Schlafenden.

»Ein gutes Gewissen«, sagte sie. »Warum bang' ich mich? Ich war doch sonst nicht so furchtsam.«

Und sie tappte sich wieder zurück und schlief endlich ein.

Vierzehntes Kapitel

Franziska war früh wach, setzte sich an das offene Fenster und sah auf den See hinaus, den von rechts her hohe Berge, von links her Hügelzüge mit Dörfern und Weingärten einfaßten. Einer aus der Reihe dieser Hügel aber, der höchste, war der Schloßberg, dessen steiler Abfall ihn, in der Front wenigstens, noch höher und stattlicher erscheinen ließ, als er war. Er bezeichnete genau die Stelle, wo die Hügellandschaft in das gebirgige Terrain überzugehen anfing. Am Fuße wand sich ein Bach, und Franziska, die gerne sehen wollte, woher er komme, bemerkte, nachdem sie seinen Lauf auch nach aufwärts hin verfolgt hatte, daß es derselbe von der Schloßberghöhe herabkommende Gießbach sei, nach dem Hannah am Abend vorher ausgeschaut hatte.

Sobald sie sich in dem allem zurechtgefunden, wandte sie sich wieder in das Zimmer zurück, um sich hier allmählich und mußevoll mit dem Raum vertraut zu machen, darin sie nun leben sollte. Die Möbel waren alt, aber wohlerhalten, und jedes Stück interessierte sie, zumeist eine Rokokokommode, die mit Schildpatt und großen goldenen Griffen reich ausgestattet war. Über dieser Kommode befand sich eine Bücheretagère von Nußbaumholz, auf deren oberstem Bord allerlei Meißner und chinesisches Porzellan stand, links und rechts zwei kleine Pagoden. Sie setzte dieselben in Bewegung und sah ihrem gravitätischen Kopfnicken zu. Dann aber nahm sie neugierig einige Bände.

»Was mag man nur früher hier gelesen haben?«

Es waren deutsche, französische, namentlich aber englische Bücher in buntester Reihenfolge. Werthers Leiden und Thomas a Kempis' Nachfolge Christi standen friedlich nebeneinander; dann kamen die Canterbury Tales in einer illustrierten Prachtausgabe, zuletzt aber Rousseau, mehrere Bände. Nichts war da, was auf einen bestimmten Geschmack hingedeutet hätte, nur auf jene literarisch gebildete Teilnahme, wie sie während der zweiten Hälfte des vorigen Jahrhunderts in der Mode war.

Um neun Uhr wurde das Frühstück eingenommen, und Franziska begab sich auf die Veranda. Der Graf, als er sie kommen sah, warf die Morgenzigarette fort, legte die Zeitung aus der Hand und erhob sich aus seinem Schaukelstuhl, um die neue Schloßherrin zu begrüßen. Sie trug ein Morgenkleid von weißem Kaschmir und empfing Schmeicheleien und Huldigungen von seiten des Grafen, der einen ausgebildeten Sinn für Toilettendinge hatte. Sie setzte sich ihm gegenüber, und keinen Augenblick im Zweifel, welcher Ton anzuschlagen sei, begann sie von ihrer ausgestandenen Angst und Unruhe zu berichten.

»Und nun sage mir, Petöfy, habt ihr wirklich keine Gespenster?«

»Nein, Fränzl, in dem einen Stücke sind wir durchaus modern. Ein paarmal hat uns der Toldy dergleichen aufreden wollen; aber es kam nicht. Ich vermute, aus Respekt vor meinen Pistolen.«

»Und doch glaub' ich an Spuk und dergleichen.«

»Ich auch. Aber es muß was vorausgegangen sein, und dies alte Schloß Arpa, soweit ich seine Geschichte zurückverfolgen kann, ist einfach nur aus Stein und Mörtel aufgebaut worden und ist nichts dazwischen. Und sieh, wo die Dinge so schlicht und alltäglich liegen, da fehlen die Vorbedingungen für den Spuk. Ich möchte sagen, die Petöfys haben der Gespensterwelt nicht genug zu Gefallen getan und sich viel zu sehr als prosaisch ordentliche Leute geriert.«

»... So daß ich also behaupten darf, in eine durchaus respektable Familie gekommen zu sein.«

»Darfst du«, lachte der Graf. »Und wirklich, ein paar Kleinigkeiten, ein paar sehr ›läßliche Sünden‹ abgerechnet, wie Schwester Judith sagen würde, sind wir über das Hausbakkenste nicht hinausgekommen. Eigentlich nie. Mein Urgroßvater ließ sich anfänglich gut an und entführte von Brüssel her eine Komtesse Damremont, aber es hielt nicht lange vor, er heiratete sie gleich nach der Entführung und strich also die Schuld aus seinem Schuldbuche wieder aus. Darnach kam mein Großvater, der in der Struensee-Zeit als Gesandter in Kopenhagen einen Grafen Schimmelmann im Duell über den Haufen schoß. Aber das ist auch alles.«

»Und am End' auch gerade genug.«

»Vielleicht. Nur nicht genug, um dir oder mir oder irgendwem anders durch Erscheinung einer Dame blanche die Nachtruhe zu stören. Und nun erlaube mir, dir von dieser Lachsforelle vorzulegen, eine Delikatesse, neben der selbst die Felchen im Bodensee verschwinden. Natürlich Spezialität von Schloß Arpa. Aber nun Pardon, wenn ich dich schon verlasse; meine Leute graben mir im Park einen artesischen Brunnen und sind schon, glaub' ich, über den Mittelpunkt der Erde hinaus. Alles, was Magyar ist, ist eigensinnig und will sein Ziel und Glück allemal da finden, wo er's zu suchen angefangen hat. Und wenn's eine Handbreit daneben liegt, so läßt er's liegen.«

»Was mir, beiläufig, gefällt. Man muß das Glück zu zwingen wissen.«

»Gewiß, aber seine Launen auch zu respektieren verstehen. Und nun au revoir.«

Auch Franziska erhob sich und ging in ihr Zimmer zurück.

Oben fand sie Josephine. »Ach, laß es heut', Josephine; Hannah soll kommen.«

Josephine knixte verdrossen und einigermaßen pikiert darüber, sich durch eine Rivalin verdrängt zu sehn, gleich darnach aber erschien Hannah mit dem Toilettenmantel und stellte sich hinter den Stuhl ihrer Herrin.

»Weißt du, Hannah, mir ist, als hätt' ich dich fünf Jahre lang nicht gesehen, und doch ist es, laß mich rechnen, erst neunzehn Tage, daß wir von Wien nach Italien abreisten. Ich hätte dich so gern mitgehabt. Und dann dacht' ich auch wieder, es sei besser so.«

»Das war es auch.«

»Vielleicht. Aber jede Stunde hast du mir gefehlt.«

»Und doch soll es in Italien so wunderschön sein und so viel zu sehen, daß man gar nicht weiß, wie man damit zu Ende kommt.«

»Das ist es ja, Hannah, und eben deshalb ist es am besten, man fängt gar nicht erst an. Du hast keine Vorstellung, wie müd' ich immer war. Und dabei mußt' ich in einem fort bewundern und alles schön finden und glücklich sein.«

»Ja, glücklich sein; warst du's denn nicht?«

»Oh, gewiß war ich's. Er ist ja so gut gegen mich und überschüttet mich mit Aufmerksamkeiten und Freundlichkeiten. Und auch mit Geschenken. Aber sieh, es ist ein Unglück, ich hänge nicht an Geschenken; ich finde sie beschwerlich und langweilig. Und nun denke dir, immer Ketten und Gehänge, daraus man sich nichts macht, und zehntausend Bilder, die man nicht versteht.«

»Zehntausend?«

»Oder sage die Hälfte, meinetwegen, aber das macht gar keinen Unterschied. Einer von den berühmten Malern hat das ›Paradies‹ gemalt, auf dem tausend Figuren sind; ich glaube, so viele kommen gar nicht ins Paradies hinein. Der Graf war auch der Meinung und freute sich, als ich's sagte, denn ich muß es dir wiederholen, er ist von einer beständigen Güte gegen mich und findet alles hübsch und reizend, was ich sage, so daß es mich geradezu beschämt. Aber während ich das von dem Paradiese so scherzhaft und zu seiner wirklichen Erheiterung hinsagte, war er doch zugleich auch ein wenig ärgerlich auf mich, und warum? Weil es wie Kritik klang und er in einem fort immer nur Bewunderung, immer nur Kunstbewunderung von mir verlangte.«

»Du bist doch aber selbst eine Künstlerin.«

»Eben weil ich es bin oder es zu sein mir wenigstens einbilde, gerade deshalb bin ich so sehr gegen Überspanntheiten auf diesem Gebiet. Immer nur die, die von Kunst wenig wissen und verstehen, finden alles himmlisch und göttlich. Auch der Graf hat mehr Begeisterung als Verständnis. Erinnere dich nur, genau genommen, wußt' er auch vom Theater nicht viel, trotzdem er die Wolter elfmal als Messaline gesehen hatte. Das sieht wie Studium aus, bedeutet aber wenig oder nichts. Er kennt eigentlich nur Personen, die ihm gefallen, und solche, die ihm mißfallen. Und das nennt er dann Kunst und Kritik! Und nun gar Bilder . . . Aber stelle dich hierher, daß ich den Blick auf den See frei habe . . . Nun, also Bilder, sagt' ich. Ja, was tat er? Er nannte die Namen, und diese Namen gingen ihm glatt genug über die Lippen, denn er spricht recht gut Italienisch. Aber das ist auch alles. Und weil er zufällig viele Jahre lang in Verona gestanden hat, so sprach er am liebsten . . . Aber kennst du Paul Veronese?«

»Gott, Franziska, wir sind doch aus einem gebildeten Lande.«

»Nun gut also. Da hättest du nun hören sollen, was er mir alles vorschwärmte von Kolorit und pastos und satten Farben. Ja, du lachst, aber wirklich von satten Farben. Und das alles, wenn man elend und hungrig ist und kaum noch stehen kann, denn sie haben nirgends Stühle, bloß Bilder und immer wieder Bilder. Ach, da hieß es dann, sich zusammennehmen, und mir war oft das Weinen nahe. Und doch ist er so gut, und ich muß und will ihm zuliebe leben, auch in kleinen Dingen. Denn an kleinen Dingen hängt ja das Glück und in der Ehe erst recht. Und ich bin doch nun in der Ehe.«

»Versteht sich, bist du.«

Franziska errötete. Dann faßte sie sich wieder und sagte: »Ja, Hannah, da hast du mir gefehlt und bei hundert anderen Gelegenheiten. Denn die Josephine dalberte nur immer, erst mit dem Zimmerkellner und dann mit dem Andras, trotzdem er noch ein halbes Kind ist und erst sechzehn wird ... Aber, o Gott, was schwatz' ich da von Venedig und Josephinen, all das bedeutet ja nichts, und nur das bedeutet was, wie dir's ergangen ist, dir, meiner lieben Hannah. Denn darin spiegelt sich mein eigenes Leben und wie mir's in Zukunft ergehen wird. Und nun sage mir, wie die Leute hier sind. Alles, was du mir gestern erzählt hast, war lange nicht genug und nur so notdürftig drüber hin. Ich will aber alles wissen, alles, ob sie freundlich und entgegenkommend sind oder zurückhaltend, offen oder verschlagen, gewitzt oder abergläubisch, mit einem Wort, gut oder böse. Verschweige mir nichts. Und nun sprich und stelle sie mir vor, einen nach dem andern, als ob sie leibhaftig vor mir stünden.«

»Also der alte Czagy ...«

Franziska nickte.

»Der ist der Erste, daran ist kein Zweifel. Er hat mehr Einfluß als alle anderen zusammengenommen. Aber wichtiger für dich ist doch eigentlich der kleine Kaplan.«

»Ein Kaplan? Hier im Schloß?«

»Nein, unten in der Stadt. In Szegenihaza. Wenn du das Glas nimmst, kannst du sein Haus sehen.«

»Und dann?«

»Nun, dann haben wir noch den Toldy, den alten Toldy.«

»Oh, den kenn' ich. Das ist des Andras Vater.«

»Ja. Aber außer dem Andras hat er noch elf andere Kinder. ›Je mehr Magyar, je mehr Freiheit‹, ist einer von seinen Sätzen und Glaubensartikeln.«

»Also wohl überspannt?«

»Ich weiß es nicht sicher. Nur das weiß ich, er war Honvedfähnrich und hat einen Hieb über den Kopf von Anno neunundvierzig her. Es kann also wohl sein. Ist immer ungrisch rabiat und haßt alles, was kaiserlich ist. Aber ehrlich und kreuzbrav und kann erzählen und Geige spielen und hat nicht bloß den Garten und das Treibhaus unter sich, sondern auch die Galerie. Da weiß er gut Bescheid und kennt jeden Petöfy.«

»Gut. Aber als ich gestern hier ankam, hab' ich nicht drei, sondern dreißig gesehen oder doch nicht viel weniger. Ich erschrak ordentlich. Ein paar sahen aus wie Zigeuner.«

»Und sind es auch, und sind eigentlich alle wie Zigeuner oder Mäusefallenhändler. Alle schlank und braun und langes Haar und gutmütig und lachen immer. Aber ich trau' keinem nicht. Wutsch, ist ein Löffel weg. Es ist alles wie in einer Verschwörung.«

Fünfzehntes Kapitel

Bald darnach war die Toilette beendet, und Franziska, während sich Hannah noch im Zimmer um sie her zu tun machte, nahm auf gut Glück eins der Bücher vom Bücherbord und setzte sich in das Nischenfenster, um zu lesen. Aber sie war zerstreut, der Sinn stand ihr nach anderen Dingen, und so legte sie das Buch wieder beiseite und sagte:

»Es geht nicht, Hannah. Ich möchte lieber etwas sehen, den Park oder den Garten. Sage, was bedeutet der große Saal hier nebenan, der jetzt wahrscheinlich zu seiner eigenen Verwunderung nichts weiter ist als ein Entree zu meinem Zimmer.«

»Das ist der Eßsaal aus der Türken- oder der Prinz Eugen-Zeit her, wo der Neubau des Schlosses eben fertig geworden war. Und Toldy zeigte mir auch die Stelle, wo Prinz Eugen leibhaftig gesessen hat.«

»Oh, das interessiert mich. Prinz Eugen! Komm, das will ich sehen. Du mußt mich überhaupt im Schlosse hier umherführen und mir alles sagen, was du weißt. Ich habe dann auch Stoff für den Grafen und kann ihm Konversation machen. Er hat es so gern. Bis jetzt kenn' ich ja nur meine drei Zimmer.«

Unter diesen Worten war Franziska, von Hannah gefolgt,

in den großen Saal eingetreten. Dieser lief durch die ganze Schloßtiefe, weshalb er auch zwei Balkone hatte, von denen der eine weit über den See hin ins Land hinaussah, während sich der andere mit einem Blick auf den Schloßhof begnügen mußte. Hohe Glastüren führten auf beide hinaus. Der Saal selbst war von hellgelbem, poliertem Stuck, desgleichen der Plafond, an dessen vier Ecken ebensoviel Engel in den Saal hernniederhingen und in die Tuba bliesen.

Franziska sah hinauf und sagte: »Die Wahrheit zu gestehen, Hannah, ich freue mich, diese vier Engel nicht beständig über mir zu haben. Sie blasen den Petöfyschen Ruhm in die Welt hinaus, und das ist gut, aber unter ihnen zu sitzen, ist gefährlich. Zeige mir lieber, wo Prinz Eugen gesessen hat.«

»Ich weiß nur, was ich von Toldy weiß: der Prinz habe die Balkontür gerade im Rücken gehabt.«

»Welche?«

»Die dort, die nach dem Hofe hin.«

Und nun suchten beide die Stelle, wo der Prinz notwendig gesessen haben müsse, lachten, als sie sie gefunden hatten oder doch gefunden zu haben glaubten, und traten endlich wie zum Lohn für ihre Mühe durch die Glastür auf den Balkon hinaus.

Aber nicht auf lange. Die Vormittagssonne fiel von der Seite her blendend auf den Schloßhof und zwang sie, wieder zurückzutreten, um im Schatten der Türpfeiler besser sehen zu können.

»Ah, das ist schön«, sagte Franziska, während sie den Hof mit ihrem Lorgnon musterte. »Du hast mir nur von Türkenzeit und von zweihundert Jahren erzählt, aber das, was hier drüben steht, ist ja viel, viel älter. Und daß es so dicht eingesponnen daliegt, das lieb' ich am meisten. Sieh doch nur hier, eine pure Wildnis.« Und dabei wies sie nach rechts hin auf ein niedriges und halb zerbröckeltes Mauerstück, das in seiner Front von Weinlaub halb überwuchert war, während von der Rückseite her allerlei Holunder- und Ebereschenbäume mit ihren schwarzen und roten Beeren in den inneren Schloßhof hineinwuchsen. »Und dies hier«, fuhr sie fort, »dies hier mit dem niedrigen Rundbogen, das muß die Kapelle sein, vielleicht nicht mehr im Gebrauch, aber doch in alter Zeit gewesen, viele hundert Jahre zurück. Versteht sich, da sind ja die zwei Nischen, wo die Heiligen gestanden haben und der überhängende Turm. Und sieh nur, da ist auch das Glockenseil ... Ach, Hannah, es bleibt dabei, das waren doch unsere besten Tage, wie wir noch mit dem Kirchenschlüssel in den Turm gingen und an dem Glockenseil zogen und den Abend einläuteten.«

Franziska, während sie so sprach, war wieder auf den Balkon hinausgetreten und schützte sich jetzt, so gut es ging, mit der Hand gegen die Sonne. Dabei sah sie nach dem Glockenturm hinauf, der im wesentlichen nichts war, als eine vom Giebel her vorgeschobene Holzwelle mit einem hölzernen Schrägdach darüber. Auf dem Wellbaum aber, ganz wie segelreffende Matrosen auf einer Rahe liegen, lagen ein paar Arbeiter und zogen ein starkes Tau durch eine der Glockenösen, während ein paar andere von Dach und Giebel her ihre Kameraden bei der Hantierung unterstützten. Und wirklich nicht lange mehr, so sah Franziska, wie sich die größere Glocke zu senken begann, langsam und allmählich, bis sie das starke Bohlenbrett einer mit vier kleinen Pferden bespannten Schleife berührte, die mittlerweile von dem Torbogen her unter den Turm gefahren war.

Alles ging lautlos vonstatten, ohne daß irgendeiner der Schloßbewohner durch Neugier herbeigelockt worden wäre, vielleicht weil die Sonne so glühendheiß auf den Hof fiel. Endlich aber erkannte Franziska den Kutscher, der sie gestern vom Dampfschiff her abgeholt hatte.

»Was gibt es?« fragte sie hinunter.

»Kaput, Gräfin gnädigste.«

»Gestern?«

»Gestern«, klang es zurück. Und ehe sie weiter fragen konnte, setzte sich der Zug auch schon in Bewegung und bog vom Hof her in den Schlängelweg ein, den man unter dem Portal hin noch eine Strecke weit verfolgen konnte.

Franziska war blaß geworden und zitterte. »Hast du's gehört?«

»Was?«

»Du fragst noch? Als man zu meinem Einzuge läutete . . .«

». . . hatte die Glocke schon einen Sprung. Das ist es und weiter nichts. Glaube mir, ich versteh' mich auf Glocken, und wenn du durchaus was von Zeichen und Auslegung haben willst, so sag' ich dir, es heißt: ›Alles, was hier nichts taugt oder einen Sprung hat, das muß jetzt ans Licht und offenbar werden. Ein neues Leben unter der neuen Gräfin!‹ Ja, Fränzl, das heißt es.«

»Ach, Hannah, das sagst du so, weil du mir ansiehst, daß es mir einen Stich ins Herz gegeben hat, und weil du mich trösten willst. Aber du redest es mir nicht fort. Es gibt eben Zeichen und Träume.«

»Für die, die daran glauben. Ich habe meinen lutherischen Katechismus und das Gesangbuch. Und das ist besser als Traumbuch und Aberglauben.«

Eine Stunde später war der Graf zurück und ließ fragen, ob die Gräfin eine Spazierfahrt mit ihm machen und darnach die Bildergalerie besichtigen wolle. Der alte Toldy habe schon Ordre, die Vorhänge zurückzuziehen und für Luft und Licht zu sorgen.

Franziska war froh – an ein »Nein« war ohnehin nicht zu denken –, und in halb wiedergewonnener guter Laune bestieg sie gleich darnach den Korbwagen, in dem sie schon gestern die Fahrt vom Dampfschiffe bis zum Schlosse gemacht hatte. Der Graf fuhr selbst, war sehr aufgeräumt und fragte viel und rasch, schwieg aber beharrlich über den Zwischenfall, trotzdem die Gerätschaften und Taue noch umherlagen, deren man sich bei dem Herabholen der Glocke bedient hatte.

Der Park war eine Schöpfung aus des Großvaters Tagen her und überdeckte den halben Schloßberg, der nach rückwärts hin ebenso sanft und allmählich wie nach vorne hin steil und plötzlich abfiel. Auf der allmählich abfallenden Seite waren fünf große Terrassen angelegt, die zunächst durch Treppenstufen, aber nebenher auch durch in der Serpentine gebaute Fahrwege miteinander Verbindung hielten. Innerhalb dieser

Wege ging jetzt die Fahrt. Auf der zweiten Terrasse befand sich die Stelle, wo der artesische Brunnen gegraben wurde, dann kamen gespannte Teiche mit Hängeweiden, bis endlich eine schon ganz am Fuße des Berges gelegene Hütten- und Häuserreihe folgte, darin alles wohnte, was man trotz seiner Zugehörigkeit zu Haus und Herrschaft oben im Schloß nicht haben wollte: Slowaken und Walachen und der alte Zigeunerkönig Hanka, der von hier aus seinen meist auf der Wanderschaft begriffenen, ziemlich zahlreichen Clan regierte. Zuverlässig war nur Klaus Ambronn, ein deutscher Schmied aus den Rheinlanden her, der, soweit es ging, nach dem Rechten sah und das Amt eines Vogts oder Schultheißen verwaltete.

Der Graf freute sich der Teilnahme, die Franziska sichtlich bewies und die noch wuchs, als sie wahrnahm, daß unter des Schloßherrn Passionen auch die Parkpassion eine Rolle spielte. Geschickt raffte sie zusammen, was ihr von Sanssouci, Wörlitz und dem Dresdner Großen Garten her noch in Erinnerung war, und zog allergewagteste Parallelen, die jedoch dadurch eher gewannen als verloren, indem sie dem Grafen, was er sehr liebte, Gelegenheit zu Berichtigungen und Erklärungen boten.

Ausgangs der Hütten- und Häuserreihe stand eine Gruftkapelle, wenig über hundert Jahre alt, durch deren Gitterstäbe Franziska die großen Metallsärge stehen und eine, so schien es, von der Wölbung herunterhängende Lampe mit mattem Schimmer brennen sah. Sie wollte fragen, was es sei, bezwang sich aber und schwieg und beglückwünschte sich gleich darnach zu diesem Schweigen, als sie von der Kapelle her in einen entzückenden Wiesengrund einbogen, darin ein von einem Nachbarberge herabkommender Bach schäumte. Zahlreiche Birkenbrücken führten von einem Ufer aufs andere hinüber und herüber, und an ebendiesem Bache hin ging jetzt eine halbe Stunde lang die Fahrt, bis der Graf, eine Kurve nach rückwärts hin beschreibend, einen breiten Platanenweg erreichte, der in seiner Verlängerung allmählich wieder auf die Schloßhöhe hinaufführte.

Franziska war sehr glücklich. Namentlich die Wiesen-grundpartie hatte sie wirklich erquickt, und ein leises Unbe-hagen kam ihr erst wieder, als sie bei der Rückkehr in den Schloßhof des Glockenturms und der offenen Dachstelle dar-über ansichtig wurde. Doch es ging rascher vorüber, als sie dachte, vielleicht weil ihr Hannahs Bild wieder in Erinnerung kam. »Ja, diese Bibel- und Gesangbuchleute«, sagte sie, »sie sind doch beneidenswert und nicht bloß besser, sondern auch klüger als wir. Wirklich, es verlohnte sich nicht, eine Stunde zu leben, wenn ein Menschenlos daran hinge, ob eine Glocke springt oder nicht.«

Sechzehntes Kapitel

Der alte Toldy, der den Gärtner inzwischen abgelegt und den Galeriediener angezogen hatte, wartete schon auf der Rampe. Mit ihm Andras.

»Alles in Ordnung, Toldy?« fragte der Graf.

Toldy nickte.

»Gut. Aber wir wollen nicht hier hinauf, nicht die große Treppe; ich will der Gräfin den alten Turm zeigen.«

Unter diesen Worten nahm er Franziskas Arm und führte sie, während Andras vorauflief und Toldy folgte, bis an einen alten, an den neueren Schloßbau sich anlehnenden Eck- und Feldsteinturm, in dem eine Wendeltreppe zwei Stock hoch hinaufstieg. Alles Licht kam durch schmale, nur handbreite Scharten, die von fünf Schritt zu fünf Schritt das dicke Mauer-werk durchbrachen. An einer dieser Öffnungen hielt der Graf und wies auf die Landschaft, die sich gerade von hier aus in einer besonderen Schönheit zeigte: weithin sichtbar flim-merte der See, rechts daneben aber stieg ein hoher und scharf profilierter Felskegel auf, der »der Bischof« hieß, weil man den Stab und die Bischofsmütze deutlich erkennen zu können glaubte.

Wieder einige Stufen höher war an Stelle der Scharten eine niedrige, mit dem Neubau Verbindung haltende Spitzbogentür, und hier stand Andras, um durch eine tunnelartige Passage hin den Weg zu zeigen. Der Graf bückte sich und reichte von rückwärts her Franziska die Hand.

Als diese glücklich aus dem Defilee heraus war, war sie frappiert von der Anmut des unmittelbar dahinter gelegenen Zimmers, das in diesem Augenblicke nach der eben passierten Enge beinahe geräumig wirkte, trotzdem es nur ein einziges erkerartig vorspringendes Fenster, ein sogenanntes bow-window, hatte. Dies Zimmer hieß das Howardkabinett und enthielt ausschließlich Landschaften, die der englischen Mutter des Grafen, der schönen Arabella Howard, bei Gelegenheit einer Erbschaft zugefallen waren. Einige dieser Landschaften waren von Gainsborough, andere von Everdingen oder doch aus seiner Schule. Franziska, trotz allem, was sie vor wenig Stunden erst über Galeriebesuch gesagt und geklagt hatte, hatte doch Verständnis für Bilder und erkannte leicht, daß es sich hier um etwas Besonderes und Hervorragendes handle, was eine sorgliche Musterung nicht nur verlohne, sondern sogar fordere; der Graf aber verriet augenscheinlich Ungeduld und wollte weiter, weil er sich auf den Eindruck freute, den der Ahnensaal auf Franziska machen würde.

Diese Freude blieb ihm aus, denn im selben Augenblick, wo man unter Zurückschlagung einer Portiere von dem Kabinett her in den Bilder- und Ahnensaal eingetreten war, erschien auch schon Herr Koloman Czagy mit der Meldung, daß Besuch gekommen sei.

»Wer?« fragte der Graf ungehalten und beinahe barsch.

»Oberst Szabô mit Baron Perczel und Graf Devaviany.«

»Ah, Szabô«, rekollligierte sich der Graf. »Unsere medisanteste Zunge! Die Herren sind offenbar neugierig, dich kennenzulernen, und warten auf den Augenblick, um mit ihrer Klatsch- und Lügenpost um unsern See herumfahren zu können. Aber meinetwegen. Komm, laß uns abbrechen, Fränzl; ich werde dich vorstellen.«

»Ist es so dein bestimmter Wunsch und Wille?«

»Wille? Was Wille! Der deine gilt; du bestimmst.«

»Dann zieh' ich es vor, hier zu bleiben und die Neugier der drei Herren noch ein weniges warten zu lassen.«

»Einverstanden. Man soll es den Klatschbasen beiderlei Geschlechts nicht allzu bequem machen. Und nun sieh dich um in der Galerie. Toldy kennt sie besser als ich.«

Damit ging er, und Franziska blieb mit Toldy zurück. Dieser, so wenig er von Bildern verstand, war doch in dem einen ein guter und geschulter Galeriediener, daß er sich die schwere Kunst, »nicht zu stören«, all seiner sonstigen Plauderhaftigkeit zum Trotz angeeignet hatte. Klug hielt er sich zurück, auch heute wieder, immer abwartend, ob Franziska nach ihm verlangen würde.

Diese trat ohne weiteres an eine der Längswände heran, an der sich in stattlicher Reihe die lebensgroßen Bilder der Familie Petöfy befanden. Über alles, was noch Rüstung und hohe Reiterstiefel trug, ging sie schnell hinweg und verriet erst Aufmerksamkeit, als sie bei Bildnissen angekommen war, die diesem Jahrhundert angehörten. Alle hatten Inschriften, entweder unmittelbar auf der Unterleiste des Goldrahmens oder aber auf kleinen Täfelchen, die, so schien es, neuerdings erst angehängt worden waren. Eine Rotblondine mit einem Rembrandthut und einer Straußenfeder darauf fesselte sie ganz besonders. Sie zweifelte keinen Augenblick, wer es sei, befragte aber doch das Täfelchen und las: »Arabella Howard, geb. 9. März 1785 auf Arundel Castle, Sussex; vermählt 21. März 1803 mit Graf Michael Petöfy; gest. 11. Februar 1837 auf Schloß Arpa.«

Des Grafen Mutter also, wie sie gedacht hatte. Das Bild schien bereits Jahr und Tag vor der Verheiratung, trotzdem diese schon mit achtzehn stattgefunden hatte, gemalt worden zu sein und ließ die Lady jugendlicher als ihre zwei Töchter erscheinen, unter denen nur die Züge der jüngeren an die der Mutter erinnerten. »Eveline Gräfin Petöfy, geb. 10. November 1816, vermählt mit Graf Aribert Asperg 1841, gest. den 13. August 1845 zu Wien.« Das Täfelchen trug einen Flor, und Franziska sagte, während sie die beiden letzten Zahlen verglich: »Ein kurzes Glück, wenn es ein Glück war.«

Das letzte Bild, das in der Reihe hing, war das des Grafen, etwa vor zehn Jahren erst gemalt. Er trug Frack und Ordensstern; das Haar war noch voll, aber schon beinahe weiß.

Zwischen diesem Bild und dem abschließenden Eckpfeiler war noch ein Platz frei. Franziska blickte fest auf die leere Stelle, bis sie sich selbst zu sehen und das Täfelchen zu lesen glaubte. »Franziska Franz, geboren ...« Und ein banges Gefühl überkam sie plötzlich, wie wenn sie hier doch nur eine Fremde sei, nur durch Laune geduldet und zugelassen. Aber dies Gefühl währte nicht lange. Sie hatte zuviel von vornehmer Welt gesehen, um sich durch bloße Namen auf länger als einen Augenblick imponieren zu lassen. Und so wandte sie sich von den Ahnenbildern fort und trat an die Längswand gegenüber.

Hier befanden sich große Tableaux mit viel Rot und Gelb, über deren Rot und Gelb noch mehr Grau schwebte. »Schlachtenbilder also.« Gleich das erste – die Täfelchen fehlten hier – war unverkennbar ein Bild aus der Zeit der Türkenkriege: Halbmond und Roßschweife füllten das Feld, und in der Mitte sprang eine Festung in die Luft.

»Zriny«, sagte sie lächelnd. Aber mit diesem Zrinybilde, mit dem das Türkische begann, schloß es auch wieder, und was weiter kam, waren neuere Schlachten, die nicht weiter zurückgingen als bis Groß-Aspern oder Marengo. Sie sah flüchtig drüber hin und sammelte sich erst wieder, als sie bei dem letzten angekommen war, auf dem sich zwei feindliche Heere gegenüberstanden, von denen das eine, so schien es, eben die Waffen gestreckt hatte. Die Waffen lagen aber nicht am Boden, sondern waren zu Pyramiden zusammengestellt, an denen bunt und malerisch Tschakos, Säbel und Patrontaschen hingen. Im Vordergrunde blickten einige der gefangenen Führer finster schmerzlich zur Erde, während sich auf den Gesichtern der Soldaten abwechselnd Wut und Verzweiflung spiegelten. Was war es? Auch hier fehlte das Täfelchen, aber in dem Rahmen selbst war eingeschrieben: »Vilagos, 13. August 1849.«

Diese Kapitulation von Vilagos war augenscheinlich das beste Galeriebild, aber sich in dem, was Porträt darauf war, zurechtzufinden, wollte Franziska trotz aller Anstrengung nicht gelingen. Und so sah sie sich schließlich doch gezwungen, Toldy heranzuwinken. Für diesen ein langersehnter Moment.

»Ich finde mich nicht zurecht, Toldy«, sagte sie. »Hier links, soviel erkenn' ich an den grünen Uniformen, ist alles russisch, und das hier seid ihr. Aber ich kenne niemand. Wer ist der hier, der Graubart?«

»Ist Kiß; General.«

»Tot?«

»Tot. Piff, paff!« Und er hob beide Arme wie zum Gewehranschlag.

»Und der hier?«

»Ist Nagy Sandor; General.«

»Tot?«

»Tot.« Aber statt der Bewegung des Gewehranschlages machte er jetzt die des Gehenktwerdens. »Und«, fuhr er nunmehr, ohne weitere Fragen abzuwarten, in immer lebhafter werdendem Tempo fort, »hier Leiningen, General; tot. Und hier Aulich, General; tot. Und hier Rüdiger, General, aber russischer General. Und hier Görgey, Hund.«

»Das darfst du nicht sagen, Toldy.«

»Darf ich sagen, Gräfin gnädigste. Görgey Verräter, und Verräter ... Hund.« Und dabei funkelten ihm die alten Augen, und ein ungrisch unverständlicher Redestrom kam von seinen Lippen, dem Franziska nichtsdestoweniger mit Hülfe zahlreich eingestreuter Namen entnehmen konnte, daß vom Grafen Ludwig Batthiany, ganz besonders aber von den Galgenexekutionen vor Arad die Rede war.

Als er endlich schwieg, dankte sie dem Alten, ohne seinen Haß gegen Österreich und Görgey noch irgendwie weiter rektifizieren zu wollen, und verließ den Bildersaal, um unter

Vermeidung der Wendeltreppe durch das Billardzimmer in ihre Wohnräume zurückzukehren.

Als sie diese betrat, heimelte sie das überaus Behagliche darin an, aber die Fahrt und mehr noch die Galerie hatten sie müde gemacht, und so streckte sie sich auf eine dem Fenster gegenüberstehende Chaiselongue und schlief ein.

Als sie wieder erwachte, stand Hannah in der Tür.

»Ich wollte dich nicht stören, denn du brauchst Schlaf; aber der Graf schickt eben schon zum zweiten Male: die Herren würden zu Tische bleiben. Er erwartet dich also.«

Franziska fühlte sich wenig angenehm von dieser Meldung berührt und erschrak fast. Es war ihr nicht zu Sinn, eine Konversation mit ungrischen Edelleuten zu führen, mit Kavalieren, deren Ton und Ausdrucksweise sie von ihren Wiener Tagen her nur zu gut kannte. Mit wachem Auge weiterzuträumen, wäre ihr das ungleich Liebere gewesen. Es galt aber, sich dieser Stimmung so rasch wie möglich zu entreißen, und so setzte sie sich an den Spiegel, um ihrer Toilette den Abschluß zu geben.

»Gib mir noch das venetianische Kollier, Hannah; ich glaube, der Graf freut sich, wenn ich es trage. So. Und nun noch den Fächer. Ach, Hannah, ich wollte, ich säß' erst wieder an diesem Tisch hier und hätte nichts um mich und nichts über mir als die Mutter Gottes und den kleinen Christus, der mir den Rosenkranz entgegenhält. Ich wollt' ihn lieber zwölfmal abbeten als von Oberst Szabô zwölf Artigkeiten hören. Ich empfinde doch nur Gêne dabei.«

»Sei nur erst im Feuer, so kommt dir der Mut. Es ist gerade wie beim Theater.«

»Ja, du hast recht, ganz so. Sie sind auch wirklich nur gekommen, mich als Gräfin auftreten zu sehen. Und haben nebenher noch das Vergnügen, selbst mitspielen zu dürfen.«

Vorstellung und Begegnung waren ganz so verlaufen, wie Hannah prophezeit hatte. Nach Überwindung einer ersten Scheu war Franziska gesprächig geworden, und bei Schluß der Tafel stand es außer Frage, daß man sich gegenseitig gefallen hatte. Nur eines war ihr unbequem gewesen: ein gewisses

Übermaß von Zurückhaltung und Respektsbezeugung, das augenscheinlich vorher verabredet worden war. Aber sie war andererseits zu klug und zu billig denkend, um nicht den Unmut darüber verhältnismäßig leicht zu verwinden. »Die goldene Mitte zu halten ist unter allen Umständen schwer, und die vornehme Welt kann es am wenigsten. Es dünkt ihr das bequemste, sich in Extremen zu bewegen.«

Der Kaffee war nicht auf der Veranda, sondern auf der obersten Parkterrasse genommen worden, von der aus sich das Landschaftsbild weniger großartig als in der Front, aber dafür auch um so lieblicher präsentierte. Das, was voll künstlerischen Sinnes von seiten des Grafen an dieser Stelle geschehen war, steigerte nur diesen Eindruck, und so konnte es denn kaum ausbleiben, daß Huldigungen über Huldigungen gegen ihn laut wurden, am meisten im Hinblick auf den Teich und die Trauerweiden, über die mehrere hohe dunkle Zypressen von der untern Terrasse her hinwegragten. In der Tat, es war ein entzückendes Bild und der Abend ohne Luftzug und ohne Schwüle. Nur dann und wann kam von den Rosenbeeten her ein leiser Hauch herüber.

Es war kurz vor Sonnenuntergang, als die drei Herren aufbrachen. Ihr Wagen verfolgte von Terrasse zu Terrasse denselben Schlängelweg, den Graf und Gräfin auf ihrer Vormittagsfahrt innegehalten hatten, und beide sahen jetzt dem im schnellsten Trabe dahinjagenden Gefährte nach, bis es die letzte Biegung bei der Gruftkapelle gemacht und sich in dem Wiesengrunde, darin es bereits dunkelte, verloren hatte. Aber noch in dem Dunkel verfolgten sie die Spur.

Als Franziska nach einer Weile wieder Platz genommen, nahm der Graf ihre Hand und sagte:

»Du hast dich tapfer gehalten, Fränzl, und auf den alten Szabô kannst du nun rechnen. Devaviany bedeutet nicht viel, er ist von alter Zeit her ein Narr und denkt an nichts, als an seine Handschuhe. Sahst du wohl, wie kokett er sie strich und streichelte? Bleibt also nur noch Perczel. Und der ist bon garçon. Szabô allein gilt; er hat den Ruf und Ruhm, den alle

Spötter haben, nicht vor Gott, aber doch in der Gesellschaft und zumal in der unsrigen. Und weil ich nun mal von der Gesellschaft spreche, so laß mich auch gleich von unserem Leben sprechen, das halt kein Leben sein kann wie bei Vefour oder Very. Soviel steht leider fest. Es hilft aber nichts, Fränzl, und auf ein bißchen Einsamkeit und Langeweile wirst du dich schon gefaßt machen müssen. Ich kann's nicht aus der Welt schaffen.«

»Und sollst du auch nicht, Petöfy. Es ist mir so recht, wie's ist. Daß ich dir's nur gestehe, mich erquickt diese Stille geradezu.«

»Gewiß, solange dir noch der Lärm der großen Stadt im Ohre klingt. Aber ist der erst mal verklungen, ganz verklungen, so verlangst du auch wieder danach. Gib acht, ich weiß das. Und so hab' ich mir's denn überlegt, wie wir's machen wollen, um die große Leere nicht aufkommen zu lassen oder sie doch wenigstens hinauszuschieben. Denn zuletzt kommt sie doch. Und nun höre. Mit unserem Schloß hier bist du so gut wie fertig, und wenn nicht heute, so doch morgen. Man kann eben nicht immer auf den See sehen, so schön er ist, und außer dieser Terrasse, die dir den Blick in den Park und die niedergehende Sonne gönnt – sieh nur, wie sie da zwischen den Zypressen hängt –, hast du nichts hier als den alten Turm und die Bibliothek und die Bildergalerie. Vielleicht noch das Billard. Spielst du?«

»Nein.«

»Also Beweis mehr, wie nötig uns ein Programm ist.«

»So gib es.«

»Ich denke mir also, wir haben ein gemeinschaftliches Frühstück ein für allemal, und du plauderst mir dabei vor, was du die Stunden vorher geträumt hast. Gute Träume kommen einem Sensationskapitel am nächsten; übrigens brauchen sie nicht wahr zu sein, nur hübsch und unterhaltlich. Und dann entlass' ich dich in Gnaden, und du bist frei bis zu Tisch. Aber so leicht das klingt, so schwer wiegt es, denn es ist eine lange, lange Zeit, und unser Besuch heute hat uns nur zufällig mit einer Ausnahme debütieren lassen. Also frei bis zu Tisch, bis sechs. Dann speisen wir, und gleich darnach beginnt unser eigentlicher Tag oder, sag' ich lieber, der meinige. Nach Tisch haben wir dann noch eine Fahrt, etwa wie heute früh, und unterwegs erzählst du mir dies und das und gibst mir eine Quintessenz aus der Plauderecke der Zeitung.«

»Auch vom Theater?«

»Ei, gewiß. Das ist ja gerade das Beste, Fränzl, das ist die Hauptsach'. Es war mir schon recht heute, daß der Geck von Devaviany meiner lieben kleinen Gräfin die Ehre gegönnt und über seine neuesten Kulissenconnaissancen – denn er wechselt jede dritte Woche – geschwiegen hat, aber wenn wir unter uns sind, Fränzl, und in dem Korbwägelchen über die Wiese fliegen, ei, dann will ich auch hören, was mir Spaß macht, vom Speidel und dem Spitzer und dem Herrn von Dingelstedt und dem Herrn von Laube. Versteht sich. Und will auch hören, ob uns der Strakosch wieder ein neu Genie präpariert oder ob uns der Herr von Wilbrandt eine neue römische Kaiserin appetitlich zurecht macht. Ja, Fränzl, davon will ich hören. Und dann nehmen wir unsern Tee, wär's auch nur, weil ich die kleine blaue Flamme so gerne seh', viel lieber als die bei Schwester Judith, und nach dem Tee, nun, da spielen wir ein Schach oder noch lieber ein Piquet. Aber du darfst nicht betrügen und nicht vierzehn Buben ansagen, wenn du sie nicht hast. Und wenn dann Vollmond ist oder auch nur die Sichel über der Terrasse steht, dann laß ich den Hanka kommen und den Toldy, – denn wenn wir sie beide haben, dann überbieten sie sich und will jeder der erste sein, – und dann haben wir einen Czardas und sehen zu, wie sich das junge Volk im Kreise dreht.«

»Und ich tanze mit.«

»Tanzt Gräfin mit«, lachte der Graf. »O gewiß, das paßt. Und der Andras weiß sich zu schicken. Ist Magyar.«

»Und bei solchem Leben, Petöfy, willst du mir noch von Einsamkeit und Langeweile sprechen? Das ist ja wie aus dem Märchen.«

»Ja, Fränzl, wie aus dem Märchen. Freilich. Aber ein Märchenleben ist kein Leben. Es fehlt was darin.«

»Und das wäre?«

»Die Menschen.«

»Ich entbehre sie nicht.«

»Jetzt nicht, heute nicht. Aber es wechselt alles. Und ein Tag ist kurz, und ein Tag ist lang.«

Achtzehntes Kapitel

Der andere Morgen sah beide wieder auf der Veranda.

»Nun, Fränzl, immer im Programm. Paragraph eins: wie hast du geschlafen? Paragraph zwei: was hast du geträumt?«

»Es war leider etwas wirr. Ich sah Szabô, den alten Obersten, in einer Gesellschaft schöner Damen, die sogleich neugierig einen Kreis um ihn schlossen. Und dabei sagte mir eine Stimme, daß von *mir* gesprochen werden würde, weshalb ich in eine Fensternische trat, um besser horchen zu können, was unschicklich ist, aber in drei Vierteln aller Lustspiele wird gehorcht, und so mußt du mir's verzeihen, wenn ich von der lieben alten Gewohnheit nicht gleich lassen kann. Wenigstens im Traume nicht.«

»Und sollst auch nicht. Bleibe, wie du bist. Aber weiter, weiter. Du horchtest also.«

»Ja, wenigstens eine Weile. Sehr bald indes schlich ich mich wieder näher und sah nun, daß aus dem Kreise schöner Frauen ein Kreis alter Militärs geworden war, alle mit dicken goldenen Epauletten, und nur Szabô schien unverändert. Als ich aber schärfer zusah, war es Szabô nicht mehr, sondern Görgey.«

»Du hast das Bild in der Galerie gesehen, und so kam es in deinen Traum. Oder ist alles bloß Dichtung?«

»Dichtung und Wahrheit. Ich hab' es mir etwas zurechtgemacht, um eine Brücke zu finden.«

»Eine Brücke? Wohin? Wozu?«

»Zu Fragen, die wie politische Fragen aussehen und doch schließlich keine sind, sondern nur allerpersönlichste Fragen und Lebensfragen dazu.«

»Da bin ich doch neugierig. Also.«

»Nun, sieh, ich habe dich für wienerisch und gut kaiserlich gehalten und sehe plötzlich, seit ich hier bin, daß es doch sehr anders mit dir liegt. Ich atme hier nicht bloß ungrische Luft, sondern bin auch sonst noch in einer ungrischen Atmosphäre. Darüber mußt du mich aufklären und mich einweihen in die letzten und besten Interessen deines Herzens. Und daß ich eine Fremde bin, erleichtert es dir und mir. Ich bin eben als Fremde nicht österreichisch und nicht habsburgisch, und wenn es sich darum handelt, ungrisch zu sein oder ungrisch zu werden, so liegt nichts in mir, was mich daran hinderte. Nimm mich also als das vielzitierte weiße Blatt, auf das, wenigstens politisch, noch eine ganze Welt von Weisheit geschrieben werden kann. Allen Ernstes, ich proponiere, daß wir auch die Politik auf unser Programm setzen und daß ich, was dasselbe sagen will, in meinem täglichen Zeitungsrapport nicht gebunden bin, bei der Schratt oder der Frank ein für allemal stehenzubleiben. Ich kenne dich zu gut, als daß ich glauben sollte, du hieltest Theaterdinge für Weltbegebenheiten. Es tötet dir nur ein paar müßige Stunden weg, und Gräfin Judith täuscht sich, wenn sie glaubt, daß das wirklich dein Leben und deine Welt sei. Hab' ich unrecht? Und ist es zudringlich, wenn ich darüber ein Wort zu hören wünsche?«

»Nein, Fränzl, ist nicht zudringlich. Und bist auch viel zu klug, um es zu sein. Ich freue mich, daß du fragst, und beinahe mehr noch, dir unumwunden antworten zu können. Aber womit beginn' ich? Gleichviel! In dem, was du hier gesehen hast, hast du richtig gesehen; es ist alles gut ungrisch, und mein altes Herz empfindet es als ein Glück und eine Gnade, daß es so sein darf und daß alles gekommen ist, wie's kam. Es hätt' eben auch anders kommen können, und dann weiß ich nicht, was aus mir geworden wäre. Jedenfalls kein Glücklicher, der ich jetzt bin, und jetzt mehr denn je.«

Bei diesen Worten nahm er Franziskas Hand und fuhr dann fort, während er sie mit besonderer Freundlichkeit anblickte: »Sieh, Fränzl, meine Jugend und meine besten Mannesjahre fallen noch in eine Zeit, darin es Fragen wie diese gar nicht gab. Unser altes Österreich war so bunt, wie's auch heute noch ist, aber die Farben vertrugen sich untereinander. Ein jeder hing mit Leib und Leben am Kaiserhaus, und weil das Kaiserhaus gut wienerisch war und wir alle mit, so wunderte sich keiner darüber, daß die ganze bunte Landkarte von Wien aus regiert wurde. Das war so Herkommen, immer so gewesen. Und nun vollends in der Armee; da hätt' ich den sehen wollen, der mir etwas gegen deinen Namensvetter, den Franzl, oder auch nur gegen das Ferdinandl gesagt hätt', obwohlen das Ferdinandl ein schwaches Manndl war. Aber ich verliere mich.«

»O nein, nein. Nur weiter. Ich höre.«

»Nun also, so war's, und es hätt' auch ohne Schaden so bleiben können, wenigstens für mich, der ich kein Politiker war und auch eigentlich bis diese Stunde nicht bin. Aber eines Tages, ›wie der Frühling kommt‹, so sagen die einen, oder ›wie der Dieb in der Nacht kommt‹, so sagen die anderen, eines Tages waren andere Zeiten angebrochen, und das Feuer, das wir bis dahin, wenn's irgendwo mal brannte, mit unseren Militärstiefeln leicht ausgetreten hatten, das brannte jetzt durch ganz Österreich hin, am meisten aber hier, und ehe du drei Vaterunser beten kannst, war unser Ungarland wie verkehrt oder meinetwegen auch wie verhext, und auf jeder Fahne stand und flatterte: ›Lieber ungrisch sterben, als kaiserlich verderben.‹ Auf jeder Fahne stand es, sag' ich, und in jedem Herzen dazu. Ja, Fränzl, wir hatten eine Revolution, und Revolutionszeit ist schwere Zeit, und mehr als einer ist an ihr zugrundegegangen. Laß dir's von Toldy, der mit dabei war, erzählen, wie sie die sieben am Festungstore von Arad gehängt haben, gehängt, um was? Bloß weil sie's Ungarland mehr geliebt als den Eid, den sie dem Kaiser geschworen.«

»Und du, Petöfy?«

»Nun, ich, ich tat das, was sonst immer als das Schlechteste gilt und meist auch ist, ich wählte nicht links und nicht rechts. Aber diesmal war es doch das beste. Mußt' es auch sein. Denn sieh, Fränzl, wenn einer ein richtiges Herz hat und tut dann das, was das Herz ihm sagt, das ist immer das Richtige, komme, was mag. Und so trat ich denn vor ihn hin, vor meinen Kaiser und Herrn, der dazumalen nicht in Wien, sondern auf Schloß Innsbruck war, und bat ihn um meine gnädigste Demission. ›Ich habe‹, so sagt' ich ihm, ›eh ich Eurer Majestät schwur, Ungarn geschworen; das ist der ewige Blutschwur, den jeder seinem Lande schwört, dem Stück Erde, darauf er geboren. Hier mein Degen! Ich hab' ihn *für* Österreich geführt, und ich kann und will ihn nicht *gegen* Österreich führen. Aber auch nicht im Kriege gegen mein Land und seine Fahnen. Und nun verurteilen mich Eure Majestät, wenn es so sein muß.‹ Eine Wolke lag da wohl auf seiner Stirn, aber er gab mir doch den Degen zurück und entließ mich in Gnaden, und was nebenher Ungnade war und blieb, das diktierte die Politik, aber nicht sein edles Herz. Ich ging ins Ausland, in alle Welt. Und dann kennst du den alten Petöfy, der aller Zeiten Wandlungen unerachtet geblieben ist, was er war: gut kaiserlich und gut wienerisch, aber freilich auch gut ungrisch. Und wenn es zum Letzten geht, gut ungrisch über alles. Bist du zufrieden?

»Zufrieden und dankbar. Ich kenne nun die Richtung, in der ich zu gehen, und den Ton, den ich anzuschlagen habe. Von Überzeugungen, so viel bleibt, soll man nicht lassen, aber wo sie fehlen und fehlen dürfen, da soll man sich den Überzeugungen anderer anbequemen. Ich glaube, das ist Pflicht überhaupt und die meinige noch im besonderen, denn darin täuschst du dich, Petöfy, die bloße Causerie reicht nicht aus für unser Leben, ebensowenig wie das beste Feuilleton für eine Zeitung ausreicht; es muß noch etwas Ernsthaftes hinzukommen, sonst wird das Scherzhafte bald schal und abständig. Ich beginne morgen Ungrisch, und sind wir im nächsten Sommer wieder hier, so lese ich dir den ›Pesti Hirlap‹ in der Ursprache vor oder wohl gar Jokais neuesten Roman.«

»Im nächsten Sommer«, wiederholte Petöfy. »Wer weiß, was dann ist. In meinen Jahren hat man gelernt, nach Tagen zu rechnen, und nimmt den Tag, als ob er das Leben wäre.«

Beide schwiegen. Ein leiser Zugwind ging und hob ein paar

welke Blätter in die Luft, von denen eines auf Petöfys Hand niederfiel. Er nahm es und sagte: »Sieh, die Bestätigung. Es wird Herbst.«

»Aber nicht Winter. Und von Herbst bis Winter ist eine lange Zeit.«

Neunzehntes Kapitel

Es waren Wochen vergangen, und das Leben auf Schloß Arpa gestaltete sich ganz nach Wunsch. Franziska hatte wirklich mit ungrischen Studien begonnen, und tagtäglich kam der kleine, den Unterricht leitende Geistliche von Szegenihaza herauf. Es war ein rundes und behagliches Männlein und verriet den früheren Klostermönch unter anderem auch darin, daß er einem immer für ihn bereitstehenden Frühstücke sowohl vor wie nach dem Unterricht lebhaft und geräuschvoll zusprach, bei welcher Gelegenheit er die Fragen seiner Kirche heiter und humoristisch, aber doch zugleich auch mit vielem Takt und ohne seiner Stellung etwas zu vergeben, zu behandeln wußte. Franziska zog oft Parallelen zwischen diesem Ton und dem, der ihr noch aus dem elterlichen Hause her erinnerlich war, ein Ton, der trotz etwas persönlich Freiem im Auftreten ihres Vaters in Gegenwart von Amtsbrüdern immer etwas schwerfällig Wichtigtuerisches und, was das schlimmste war, auch etwas Salbungsvolles gehabt hatte.

Neben dem kleinen Geistlichen war es besonders der alte Toldy, zu dem sie sich mehr und mehr hingezogen fühlte. Beinahe täglich besuchte sie sein kleines, hinter einer Weinlaube verstecktes Wohnhaus, »die Gärtnerei«, darin seit einem Jahre die Mutter fehlte, kümmerte sich um die jüngeren Kinder und half dem Hauswesen auf, das etwas im argen lag. Traf sie den Alten selbst, so wurde sie nicht müde, sich aus seiner Honvedzeit und von den Heldenkämpfen des Jahres 1849 erzählen zu lassen und dabei ruhig hinzunehmen, daß jede dieser Erzählungen mit einer Flut ungrischer Verwünschungen endigte. Nur einmal unterbrach sie diesen Redestrom, um ihm, wie damals in der Bildergalerie, begreiflich zu machen, in Ungarn wären sie Patrioten, in Wien aber Verräter gewesen, und auf Verräterei stünde der Tod überall in der Welt, – Auseinandersetzungen, die für ihn natürlich ohne Beweiskraft und durchaus in den Wind gesprochen waren. »Ungar liebt Vatterland, und wer liebt Vatterland, ist Held.« Und gleich darnach, wie zur Bekräftigung dieses Satzes, war er ins Rezitieren gekommen und hatte sein Leib- und Lieblingslied angestimmt: »Es stehen sieben vor Arads Tor.«

Solcher Lieder aus der Revolutionszeit kannte Toldy sehr viele, daneben aber auch alte Lieder, die schon im Volksmunde lebendig waren, als von Schloß Arpa, dem *neuen* Schloß Arpa, noch kein Stein auf dem andern stand. Ja, seines neunundvierziger Enthusiasmus unbeschadet, hielt er an diesem uralten Liederschatze fast noch fester als an dem neuen, und tagtäglich, wenn er in der Mittags- oder Abendstunde nach Hause kam und sich's unter der Laube bequem gemacht hatte, ließ er seine Kinder diese volkstümlichen Weisen singen und begleitete den Gesang derselben auf der Geige. Denn er war, wie schon der Graf, als er mit Franziska das Programm entwarf, in aller Kürze bemerkt hatte, ein vorzüglicher Geiger und stand in dieser seiner Kunst nur um ein geringes hinter dem unten im Dorfe wohnenden Zigeunerkönig Hanka zurück.

Einmal traf es sich, daß Franziska hinzukam, als die Kinder so mehrstimmig sangen, und wie gefangengenommen von der einschmeichelnden und zugleich doch so schwermütigen Melodie, blieb sie hinter einer Buchsbaumhecke stehen und horchte, bis der Gesang zu Ende war. Nun erst gab sie ihren Versteckplatz auf und schritt auf das Gärtnerhaus zu, vor dem im Halbschatten der nach vornehin offenen Weinlaube die zwei ältesten und zwei jüngeren Töchter Toldys saßen, jene mit dem Aufziehen von Paprikaschoten, diese mit dem Aushöhlen kleiner Kürbisse beschäftigt. Toldy selbst hielt noch die Geige in der Hand. Alles erhob sich, als man die Gräfin kommen sah, und die beiden jüngeren Kinder, die

Franziskas Lieblinge waren, eilten ihr entgegen, um ihr das Kleid zu küssen.

»Ich habe zugehört, Toldy. Das war ja wunderschön, aber so traurig. Ist es wirklich so traurig, oder habt ihr es nur so gesungen?«

»Ist traurig, Gräfin.«

»Und was ist es denn?«

»Ist Lied von Barcsai.«

»Barcsai? Wer war das? Ein berühmter Räuber? Oder auch piff, paff?«

»Nix, piff, paff. Barcsai Freund.«

»Freund? Von wem?«

Aber Toldy schwieg nur und fuhr mit dem Zeigefinger wie zum Stoß durch die Luft, augenscheinlich um auszudrücken, daß Barcsai erstochen worden sei.

»Erstochen? Wer hat ihn erstochen?«

»Graf.«

»Welcher Graf?«

»Graf . . . Nix Name.«

Franziska lachte. »Der arme Graf. Da hat Barcsai mehr Glück gehabt, der hat doch wenigstens einen Namen. Aber weißt du wohl, Toldy, daß ich das Lied haben möchte.«

Sie sprach das so hin und war deshalb einigermaßen überrascht, eine Minute später den alten Toldy, der das bloß hingeworfene Wort als einen Befehl genommen hatte, mit einem mittlerweile hervorgesuchten Blatt erscheinen zu sehen.

»Ist Barcsai.«

Sie nahm das Blatt und sah, daß es ein echter Jahrmarktsdruckbogen war mit einem noch viel echteren Jahrmarktsbilde darauf: eine mit Strohkränzen umwickelte Frau, schon ganz in Flammen stehend.

Franziska fuhr zusammen. Aber ihre Neugier überwog doch, und so sagte sie: »Habe Dank, Toldy. Morgen schaff' ich's dir zurück oder bring' es selbst. Ich will es nur übersetzen und dem Herrn Kuratus vorlegen, bei dem ich Ungrisch lerne. Du weißt doch davon?«

Und damit erhob sie sich und kehrte durch den Park ins Schloß zurück.

Es lag ihr wirklich daran, den kleinen Geistlichen in Verwunderung zu setzen, und rasch erkennend, daß ihr wenigstens der Anfang der Ballade, der aus lauter Alltagsworten bestand, nirgends Schwierigkeiten machen würde, setzte sie sich an ihren Schreibtisch und schrieb, ohne daß sie das Wörterbuch zu Rate gezogen hätte:

>Vater, Vater, lieber, guter Vater,
Meine liebe Mutter liebt Barcsai.«

»Hörst du, Weib, was unser Kind da plaudert?«

»Hör' wohl, was es plaudert, liebster Gatte.
Töricht ist es. Weiß nicht, was es redet.«

Und er eilt von hinnen, fort auf Tolna,
Ging die Hälfte Weges, – kam dann wieder.

»Öffne, Weib, die Türe, öffne, Gattin!«

»Ja, ich öffne, öffne schon, mein Gatte,
Laß den Rock nur um den Leib mich werfen,
Laß die Linnenschürze nur mich umtun,
Laß die roten Stiefel nur mich anziehn.«

Aber jener sprengte schon die Türe.

Hier legte Franziska die Feder nieder und überflog das wenige, was noch folgte. Wo das sprachliche Verständnis einen Augenblick versagte, half ihr das Bild nur zu gut nach, und so wußte sie zum Schluß, daß das unglückselige Weib, »weil es den Barcsai geliebt«, bei einem durch den Gatten veranstalteten Rachegastmahl diesem und seinen Gästen als brennende Fackel gedient hatte.

Sie schob entsetzt das Blatt beiseite.

In diesem Augenblick aber meldete der alte Czagy, daß der Graf die Frau Gräfin zum Tee bitten lasse. Sie ließ ihm ihr Erscheinen zurücksagen, und als sie sich gleich darnach in einem kurzen Gespräche mit Hannah wieder gesammelt hatte, kam ihr plötzlich der Einfall, ob es sich nicht empfehlen würde, das ganze Vorkommnis ins Scherzhafte zu ziehen und dem Grafen eine humoristische Szene daraus zu machen. Wirklich, es war ein vorzüglicher Stoff, aber sie fühlte doch allzu deutlich, daß es mißglücken werde. So gab sie denn den Plan wieder auf und begnügte sich damit, bei der Teeplauderei von Toldy zu sprechen und von der kleinen Marischka, die mit jedem Tage reizender und drolliger werde.

Zwanzigstes Kapitel

Der Kuratus, der am andern Vormittage, wie gewöhnlich zum Unterricht kam, war mit der Übertragung zufrieden und erheiterte sich an Franziskas Entsetzen über den Inhalt der Ballade. Dabei nahm er zugleich Veranlassung, den Literarhistoriker zu spielen, Barcsai sei Lieblingsballade von alter Zeit her und seinem Stoffe nach nicht schrecklicher als andere. Das sei nun mal Balladenrecht, wenigstens in Ungarn. Es gäbe kaum ein altes Volkslied, darin nicht Verrat und Untreue vorkämen, denn das Lied spiegle das Leben. Allerdings verlange das Volksgefühl hinterher auch Sühne, ja, sei dabei ziemlich streng und gestatte meist nur die Wahl zwischen Eingemauert- und Angezündetwerden. Aber das letztere werde bevorzugt, weil es bunter und lebendiger sei.

So ging das Geplauder, und alle Schrecknisse der Barcsaiballade waren aus ihrer Seele weggescherzt, als der Graf sie gleich nach Ablauf der Unterrichtsstunde zur Spazierfahrt abholte.

Diese Spazierfahrten, die meist in die Berge hinein, aber auch wohl um die nördlichen Buchtungen des Sees gingen, blieben Franziskas besondere Freude, was nicht überraschen durfte. Der Graf war auf diesen Fahrten am gesprächigsten und plauderte dann viel von seinen Kinder- und Jugendjahren, von seiner geschwisterlichen Liebe zu Gräfin Judith, und wie schön und reizend sie gewesen sei, bis endlich der alte Gundolskirchen, ein hausbackener Steiermärker, einer von denen, die mit Reiterstiefeln zur Welt kommen, an die Stelle der ihr angeborenen magyarischen Grazie die deutsche Würde vulgo Schwerfälligkeit gesetzt habe, den Rest habe dann die Kirche getan.

Allemal, wenn das Gespräch diese Richtung nahm, nahm Franziska wahr, daß es dem Grafen in der Neigung lag, über die kirchlich und zugleich schwerfällig-deutsch gewordene Schwester Judith in einen spöttischen Ton zu verfallen, aber ebensowenig entging ihr, daß es diesem spöttischen Ton an Unbefangenheit gebrach. Soviel er sich dagegen sträuben mochte, die Schwester hatte doch das, was ihm fehlte: Klarheit und Einheit. Sie war jede Stunde dieselbe, während er auf jedem Gebiete schwankte. Selbst sein prononziert ungrischer Patriotismus, so voll und ehrlich er war, war doch schließlich nicht ganz das, wofür er ihn ausgab, und so kamen ihm selbst zum Trotz immer wieder Stunden, in denen er empfand, ohne Hof und Hauptstadt eigentlich nicht existieren zu können. Es ging eben ein Bruch durch sein Leben und seine Denkweise.

Wochen vergingen. Eine besondere Freude war ihm die Vorliebe, mit der Franziska ihren Studien oblag, und nur *ein* Schatten lagerte sich über diese glückliche Zeit: allerlei Herrenbesuch aus der Nachbarschaft kam, oft mehr, als lieb und bequem war, aber die Damen blieben aus und ließen mit jedem Tage deutlicher erkennen, daß man die Mesalliance betonen wolle. Der Graf ärgerte sich heftig und begann den Besuchern, ja selbst Szabô gegenüber, eine große Kühle zu zeigen und ließ sich dann im Gespräche mit Franziska, wenn der Besuch endlich fort war, bis zu Bitterkeiten und Drohungen hinreißen. Er sei nicht gewohnt, einen solchen Affront zu dulden; ob man ihn etwa zwingen wolle, sich an die Revision der ungrischen Stammbäume zu machen? Er habe lange genug gelebt, um das Wunderbarste darüber berichten zu können. In dieser erregten Sprache ging es weiter. Aber so heftig er war, so wurd' es doch schließlich Franziska nie schwer, die Zornesfalte wieder wegzudisputieren. »Laß, Petöfy, du zwingst mich sonst, dir einen Kursus über vornehme Welt zu halten! Ich will dir erzählen, wie's kommt. Eines Tages sind wir in Pest, und ein Erzherzog oder vielleicht die Kaiserin selbst ladet uns in ihre Zirkel. Andrassy reicht mir den Arm, und Prinzessin Gisela geht eine Viertelstunde lang in irgendeinem Poetensteig oder noch besser auf einer freien Parkwiese, wo wir hundert Zuschauer haben, mit mir spazieren. Sieh, ich biete jede Wette, den andern Vormittag weiß ich mich vor Besuch, auch vor Damenbesuch, nicht mehr zu retten.«

Es war eines Morgens im September, als dies Gespräch geführt wurde. Franziska zog sich gleich darnach in ihre Zimmer zurück und klingelte nach Josephinen. Diese war meistens guter Laune, hatte Neuigkeiten und erhielt jeden Tag einen langen und zärtlichen Brief von ihrem Wiener Bräutigam, was sie freilich nicht hinderte, sich von dem halben Schloß Arpa den Hof machen zu lassen. Dieses beständige Kokettieren, und noch dazu nach allen Seiten hin, berührte Franziska wenig angenehm, aber der Wiener Brief und die Lust und Ungeniertheit, womit seitens der Empfängerin der Inhalt desselben jedesmal zum besten gegeben wurde, ließen sie doch über manches hinwegsehen und brachten es zuwege, daß die Toilettestunde keineswegs zu den schlimmsten des Tages zählte.

»Nun, Josephine, was schreibt er heute?«

»Kein Brief gekommen.«

»Aber die Zeitungen sind doch schon da. Vielleicht ist er dir untreu geworden.«

»O nicht doch, gnädigste Gräfin, das kann nicht sein. Ich hab' einen Charme von klein auf, und wer den Charme hat, von dem kann keiner wieder los.«

»Er könnt' aber doch gehört haben, daß du hier herumkokettierst und sogar mit dem Andras dein Wesen treibst.«

»Mag er. Da wird er bloß eifersüchtig, und mit der Eifersucht wächst der Charme. Das weiß ich. Übrigens brauchen wir heute keine Briefe, gnädigste Gräfin, denn wir haben genug mit uns selber zu tun. Ist ja seit gestern abend, als wäre der Böse los im Gebirg' und auf dem See.«

»Was gibt es denn?«

»Ein Wildschwein hat dem Försterssohn von Szent-Görgey die Seit' aufgerissen; liegt auf den Tod. Und auf dem See gestern abend, als die Fähre von Nagy-Förös nach Mihalifalva hinüber wollt', ist das Boot umgekippt, und ihrer elf sind ertrunken. Und der elfte war der Kaplan, das heißt ein junger Kaplan, hübsch und blaß, der einem Kranken die Sterbesakramente bringen wollt'. Und hat das Allerheiligste hoch in der Hand gehalten, immer über dem Wasser. Aber es hat ihn auch nicht retten gekonnt.«

»Ich begreife nicht, daß mir der Graf nicht davon gesprochen hat.«

»Es kommt eben erst aufs Schloß, und der Herr Graf wissen es noch keine Viertelstund'. Es ist das Neueste.«

Einundzwanzigstes Kapitel

Die Nachricht von dem Unglück auf dem See hatte Franziska wirklich erschüttert, aber Josephinen, als sie nach einer halben Stunde das Zimmer wieder verließ, war es nichtsdestoweniger gelungen, das Gleichgewicht in ihrer Herrin Seele wenigstens so weit wiederherzustellen, daß alle vorerzählten Ereignisse nur noch nachwirkten, als ob sie sich im vorigen Jahrhundert oder weit weg in einem überseeischen Lande zugetragen hätten. In keinem Falle nahm Franziska Veranlassung, ihre Tagesordnung dadurch stören zu lassen, die für heut einfach lautete: Brief an Gräfin Judith.

Unmittelbar nach ihrer Ankunft hatte sie bereits an diese geschrieben, aber doch nur wenige Zeilen, Zeilen, auf die weder eine Antwort erwartet noch eingetroffen war. So lag denn eine wirkliche Schreibepflicht vor.

»Schon seit einigen Tagen, meine gnädigste Gräfin, war ich willens, meiner ersten Benachrichtigung von hier einen längeren Brief folgen zu lassen, sah mich aber immer wieder an der Ausführung meines Vorhabens verhindert.

Auch der heutige Tag schien mich durch ein schweres Unglück auf unserem See, das dem Geistlichen von Nagy-Förös das Leben kostete – selbst das Allerheiligste versank in die Tiefe – meinem Vorhaben abermals untreu machen zu wollen. Ich entreiße mich aber der dadurch hervorgerufenen Stimmung und schreibe.

Vierzig Tage sind es heute, daß ich auf Schloß Arpa bin, und die lange kurze Zeit liegt hinter mir wie ein Traum. Die Güte des Grafen gegen mich ist grenzenlos, seine Nachsicht rührend, seine Meinung von mir beschämend. Er findet, daß mir nicht ausreichend gehuldigt wird, und zürnt darüber mit der Nachbarschaft, die sich seiner Ansicht nach mehr als statthaft zurückhält; es gelingt mir aber immer wieder, einen Ausbruch seiner Empfindlichkeit zu hindern und ihm den gegenwärtigen Zustand als einen erklärlichen, entschuldbaren und sehr wahrscheinlich auch vorübergehenden darzustellen.

Ich habe mich nun hier völlig eingelebt, und so mag es mir gestattet sein, Ihnen, meine gnädigste Gräfin, ein Bild dieses Lebens zu geben.

Den Morgen verbring' ich mit Petöfy; dann folgen viele Stunden, in denen ich mir allein angehöre. Das Zimmer, das ich bewohne – das zweifensterige neben dem großen Eßsaal – gönnt mir einen Blick über den See, dessen Schönheit mich immer wieder entzückt. Anfänglich jeden Tag und jetzt jeden zweiten Tag kommt der Herr Kuratus von Szegenihaza herauf und gibt mir eine Sprachstunde (magyarisch), die sehr oft eine Doppelstunde wird. Gescheit und fromm, dabei persönlich ohne jedweden Anspruch, gehört er ganz jenen selbstsuchtlosen und aller Eitelkeit entkleideten Geistlichen zu, denen man in Ihrer Kirche häufiger begegnet als in der unsrigen. Ich disputiere mit ihm beinahe mehr, als ich konjugiere, woraus mir der Vorteil wird, im Ungrischlernen auch zugleich die katholische Kirche kennenzulernen, von der ich, offen gestanden, bis dahin sehr unausreichende Begriffe hatte.

Neben dem Geistlichen ist es der alte Toldy, der meine Zeit am meisten in Anspruch nimmt. Er lebt mehr in der Vergangenheit als in der Gegenwart, und unter den Gegenständen seiner Adoration steht Komtesse Judith obenan. Ein wahres Kreuz könnte mir sein bei jeder Gelegenheit hervortretendes

Magyarentum sein, wenn nicht die Naivität, mit der sich dasselbe gibt, etwas Versöhnendes und oft etwas geradezu Rührendes hätte. So nehm' ich ihn denn als Type, folg' ihm liebevoll auch in seinen Schwächen und vervollständige durch mein Geplauder mit ihm die Sprachstudien, zu denen der Geistliche von Szegenihaza die Fundamente legt. Meine Fortschritte setzen mich beinahe selbst in Verwunderung, aber mehr noch, als sie mich verwundern, beglücken sie mich. Denn ich gehöre nun diesem Lande mit meinem Herzen, und wenn vielleicht nicht voll mit meinem Herzen, so doch mit meinen Entschlüssen an und will das ganz sein, was zu sein ich mir an jenem mir unvergeßlichen Tage vornahm, der mir zuerst Ihr schönes Herz und Ihre wohlwollenden Gesinnungen für mich offenbarte. Nach dem nur kurzen Diner, sechs Uhr, folgen Fahrten über Land, ein paarmal auch schon über den See. Das schönste Wetter hat uns bis jetzt begünstigt; nicht einmal ein Gewitter zog in den heißen Tagen herauf. Den Tee nehmen wir abwechselnd auf der Plattform in Front des Schlosses oder auf der obersten Gartenterrasse, die sich mehr und mehr in einen Blumengarten verwandelt hat. Ich erzähle dann, was ich von Josephine gehört oder auch in den Zeitungen gelesen habe, wobei mich immer wieder die schöne Milde des Grafen überrascht und ein Gerechtigkeitssinn, der, so möcht' ich annehmen, auch Sie, gnädigste Gräfin, in Erstaunen setzen würde. Denn er ist doch anders, als Sie vermeinen, anders in diesem und manchem andern Punkte. Wohl zeigt er sich unruhig und unbefriedigt und sucht die Ruhe nicht da, wo sie vielleicht einzig und allein zu finden ist, aber er sucht sie doch und nicht bloß in dem, was man Zerstreuungen nennt. Er birgt vielmehr umgekehrt einen Schatz von Gemüt in seinem Herzen, und daß er nur selten und immer nur flüchtig und andeutungsweise davon spricht, ist mir ein Beweis mehr von seiner tiefer angelegten Natur. Erst gestern abend auf unserer Spazierfahrt bei Sonnenuntergang, was er besonders liebt, überraschte mich wieder ein Wort von ihm. Die Sonne stand schon unter dem Horizont, aber in dem zurückgebliebenen Glutscheine spiegelte sich noch von unten her ihr Schattenbild. Er wies darauf hin und sagte: ›Sieh, Franziska, das ist das Leben oder doch sein Ausgang. Wenn die Sonne fort ist, bleibt uns ihr Bild noch eine Weile zurück, aber ein Schattenbild nur, und auch das ist kurz.‹ In dieser Weise spricht er öfter zu mir und verrät darin einen Anflug von Resignation, der mich betrübt. In allem andern aber bin ich glücklich und unzweifelhaft um vieles glücklicher, als ich zu hoffen wagte. Gute Sterne haben bisher über meinem Leben auf Schloß Arpa gestanden, und von dem, was ich fürchtete, hat sich nichts erfüllt. Ich fürchtete mich vor Unfreiheit, auch vor Unfreiheit in kleinen Dingen, aber in Wahrheit bin ich freier geworden. Wie viel schöner ist dies Leben als das, das abgeschlossen hinter mir liegt und in dem eines war, das mich stets empörte: das Sichbewerbenmüssen um Gunst und Liebe. Hier hab' ich beides als ein freies Geschenk.

Anfang Dezember will Petöfy wieder nach Wien zurück. Ich freue mich darauf und auch nicht. Das laute, großstädtische Leben hat einen unendlichen Reiz für mich gehabt und hat ihn vielleicht noch, aber ich möchte nur Zuschauer darin sein und nur andere leben und erleben lassen. Selbst wieder eine Rolle darin zu spielen, widerstrebt meinem innersten Herzenszuge. Mir will es scheinen, daß ich, wenn nicht für die Stille, so doch für die Kontemplation geboren und in dem, was mir zurückliegt, in einem Irrtum befangen gewesen bin. Ich habe noch eine Sehnsucht, aber diese Sehnsucht ist nicht die Welt. Oder irrt' ich auch darin wieder? Schließen Sie mich in Ihre Gebete ein. Ihre Ihnen dankbar und herzlich ergebene

Franziska Petöfy.«

Zweiundzwanzigstes Kapitel

Abermals waren Wochen vergangen und in Ablösung der sonnigen Tage, die seit Anfang August über Schloß Arpa gestanden, hatten sich Regentage eingestellt. »Es regnet wie auf dem Szekler Landtage«, sagte Franziska scherzhaft, und als der Graf nach der Bedeutung davon fragte, rezitierte sie zu seiner nicht geringen Erheiterung das gleichnamige Chamissosche Gedicht.

»Ei, da muß ich aus einem norddeutschen Gedicht erfahren, wie's auf dem Szekler Landtag aussieht«, lachte der Graf, und jedesmal, wenn er Franziska begegnete, wies er auf die Wasser, die draußen nach wie vor niederströmten, und wiederholte die Refrainzeile: »Der Regen regnet immer noch.«

Als es mit diesem Wetter anfing, versuchten beide zunächst noch ihre Spazierfahrten fortzusetzen, am dritten Tag aber waren die Wege bereits so grundlos geworden, daß man es aufgeben mußte. Nichts blieb ihnen als eine Promenade durch die Gewächshäuser und ein tagtägliches fleißiges Billardspiel, das Franziska wenigstens im Anfang sichtlich bemüht war zu lernen. Aber weder das eine noch das andere konnt' ihr eine rechte Freude schaffen, in den Treibhäusern war es zu wasserschwül, und das Billardspiel ärgerte sie, weil es ihr nicht gelang, es im Umsehen zu bemeistern. In allem, was sie tat, wollte sie rasche Resultate sehen. Nichtsdestoweniger hielt man sich bei Stimmung und fand immer neue Mittel, um ein sich anmeldendes Unbehagen aus dem Felde zu schlagen. In allen Kaminen brannten riesige Feuer, der kleine Geistliche, wenn er zur Unterrichtsstunde kam, ward über den halben Tag hin festgehalten, und die kaum dreijährige Marischka, Toldys Jüngste, sah ihren Geburtstag gefeiert, als ob sie wenigstens eine Prinzeß gewesen wäre. Zweimal gab es auch Tanz. Zigeuner, denen man bei dem Unwetter einen Unterschlupf in einer Schloßbaracke gegönnt hatte, spielten zum Dank dafür ihre Czardas (Hanka selber war mit heraufgekommen), und Graf und Gräfin saßen all die Zeit über in der großen Halle, darin sich die Dienstleute versammelt hatten, und sahen dem Treiben zu. Selbst Josephine tanzte mit, unter den Klängen der Musik sich einer Exklusivität entschlagend, auf die sie sonst nur in ihren intimsten Privatverhältnissen zu verzichten pflegte.

So ging es anderthalb Wochen, und man hätte sich in neue gute Tage, die doch endlich anbrechen mußten, hinübergerettet, wenn nicht Krankheit gekommen wäre. Erst erkrankte Hannah und den Tag darauf auch der Graf.

Franziska nahm es nicht allzu schwer damit oder gab sich wenigstens das Ansehen davon, und als Hannah sie wegen der doppelten Krankenpflege bedauern wollte, sagte sie: »Hannah, ich begreife dich nicht. Wie du nur so töricht sein und alles so falsch ansehen kannst! Du tust mir leid, und der Graf tut mir leid, aber sprich nur nicht von Mitleid mit *mir*. Mir konnt' eben nichts Besseres geschehen als eure Krankheit. Ich bin doch nun das Billardspiel los und die Promenaden im Treibhaus und kann mich statt dessen mit etwas Vernünftigem beschäftigen, also zum Beispiel, ob eure Zudecke sich verschoben hat, oder ob ihr vielleicht heimlich ein Buch habt, aus dem ihr lesen wollt und nicht sollt. Glaube mir, Hannah, ich schwärme geradezu für Barmherzige Schwesterschaft oder, wenn dir das zu katholisch klingt, für Diakonissentum; wenigstens hier. Der Graf wollt' es mir auch abdisputieren und einige meiner Krankenpflegepflichten in die Küche verweisen, die Kathis und Nanis hätten ohnehin nichts zu tun, aber ich hab' ihn bekehrt und ihm rund heraus gesagt, erst käme ich und dann die Kathis, und ich hätte nicht Lust, mir eine so gute Gelegenheit zum Zeitvertreib entgehen zu lassen. Und sieh, Kind, so liegt es wirklich. Ich gönne dir alle mögliche Gesundheit, weil ich weiß, daß du Krankheit nicht leiden kannst, aber wenn ich ein bißchen egoistischer wäre, so wünscht' ich dir jeden Tag einen furchtbaren Wadenkrampf, so furchtbar und so heftig, daß ich dich ganz in Senfpflaster einwickeln müßte. Das kenn' ich alles noch von meiner seligen Mutter her, und war eigentlich schlimm genug, aber mitunter war es auch eine wahre Wonne, wenn's einen so in die Augen biß, bis die Tränen kamen.«

»Male den Teufel nicht an die Wand.«

»Wegen des Krampfes oder wegen der Tränen?«

»Vielleicht wegen beidem. Ich hab' es nicht gern, wenn du so sprichst, Franziska. Bedenke doch, ich kenne dich von klein auf und weiß nur zu gut, daß dir ganz anders ums Herz ist. Es geht etwas in dir vor, und du willst es nur nicht aufkommen lassen.«

»Ach, du bist eine Törin. Aber lassen wir's. Ich will nun fort und nach deinem Leidensgefährten sehen, er wird sonst ungeduldig. Hier stell' ich dir die Medizin her und das abgebrauste Brausepulver. Und nun hast du alles, was du brauchst, zur Hand. Oder soll ich dir lieber noch die Josephine schicken?«

»O nein.«

Und nach diesem Zwiegespräch ging sie treppab. In dem Zimmer unten lag der Graf auf einem Feldbett, nur mit einem Militärmantel zugedeckt. Er hatte so seine Vorstellungen von dem, was sich für einen Soldaten zieme, wohin vor allem auch ein künstlich genährtes Entsetzen vor dem Federbett gehörte. Nichts als das Ticktack der Uhr unterbrach die Stille. Die schweren Damastvorhänge der Fenster waren geschlossen, und nur vom Tisch her, auf dem eine mit einem Schleier verhangene Lampe stand, fiel ein mattes Licht auf das Lager des Kranken.

»Ei, das ist hübsch, daß du kommst, Fränzl. Ich habe die Minuten gezählt. Es ist so leer und öde hier, so leer und öde für mich schon, und wie muß es erst für dich sein! O dieser Regen! ›Es regnet, regnet immer noch.‹ Vorzüglich! Ich kann diese Zeile von eurem französisch-preußischen Dichter gar nicht los werden. Aber nun setz dich und nimm den Lampenschleier fort, ich will dich deutlicher sehen können. Oder laß ihn doch lieber, ich komme sonst auch in eine helle Beleuchtung, und ein Kranker präsentiert sich am besten im Halbdunkel, wenn er sich überhaupt präsentiert. Ein vermaledeites Wetter! Und dreimal vermaledeit diese Neuralgie! Hier in der Hüfte sitzt es. Sie nannten es Ischias, die Herren Doktoren, aber das ist mir gleich, sie könnten es auch Inferno genannt haben oder geradezu Hölle. Judith, wenn sie davon hörte, würde sagen, es spuke vor. Aber es kann nicht jeder in den Himmel kommen. Dazu muß man eben einen Beichtvater haben wie Feßler, der fromm genug ist, einen Luzifer loszubeten. Glaubst du nicht auch? Apropos, ist ein Brief von Judith gekommen?«

»Nein.«

»Ich finde, sie läßt lange damit warten, und doch gibt es Situationen, in denen man umgehend schreiben muß oder doch in derselben Woche noch. Und nun sind es über zwei.«

»Die Gräfin kann krank sein, wie du.«

»Kaum. Wer sich jeden Tag so reinbeichtet wie Judith, bei dem gedeiht keine Neuralgie. ›Krankheit wächst nur auf dem Beet der Sünde‹, sagen die Frommen, und vielleicht haben sie recht. Unter allen Umständen halten sie sich dessen gewiß, solange sie nicht persönlich in die Zwickmühle genommen werden, und nur eines ist mir noch gewisser, daß du hier seit vierzehn Tagen ein elendes und tristes Leben führst und daß mit diesem Elend und dieser Tristheit ein Ende gemacht werden muß. Ja, Fränzl, ein Ende gemacht, und wenn ich die Ziegler auf Gastrollen, etwa ›Medea‹ zweimal täglich, oder euren Bismarck auf eine Bärenjagd in den Karpathen einladen sollte, – gleichviel, wir müssen heraus aus dieser Dumpfheit, in die kein Licht und keine Freude dringt.«

»Ich bitte dich, Petöfy, denk' an dich und nicht an mich. Ich habe gute Tage.«

»Gute Tage? Graue Tage hast du.«

»Nein, gute Tage, sag' ich. Und wenn sie nebenher grau sind, so laß sie; die grauen sind nicht die schlimmsten. Nichts ist schwerer zu ertragen als eine Reihe von guten Tagen.«

»Ist schon recht. Aber es hat's ein Mann gesagt, und ihr, ihr empfindet anders; ihr seid für Gegensätze, könnt Schwarz ertragen, aber nicht Grau, Tod und Unglück, aber nicht Langeweile. Kenne das und habe mir auch schon einen Plan ausgedacht. Sobald ich die Hand wieder rühren kann, schreib' ich an Phemi.«

»Nein, Petöfy. Das unterlaß. Ich bitte dich darum.«

»Aber ihr stimmtet doch so gut zusammen, und so mich nicht alles täuscht, hattest du wirklich ein Herz für sie.«

»Hatt' ich auch und hab' ich noch. Ich bin ihr ganz aufrichtig zugetan, und wenn sie meiner je bedürfen sollte – sie wird es nicht, sie weiß eben für sich selbst zu sorgen – so werd' ich mich vor der Lächerlichkeit und vor der Undankbarkeit hüten, ihr gegenüber die Fremde herauskehren zu wollen oder wohl gar die Gräfin. Ich bin dessen überhaupt nicht fähig. Ich weiß das. Aber ebenso gewiß weiß ich auch, daß ich keine Veranlassung habe, diese Beziehungen ohne Not wieder anzuknüpfen. Ich bin nun aus dem Kreise heraus und wünsche mich nicht wieder hinein. Am wenigsten aber wünsche ich, ein zweilebiges Leben zu führen, ein zweilebiges, das nach meiner Meinung nicht viel besser ist als keins.«

Er hatte den Kopf anfangs mißmutig hin und her gewiegt, aber diese Mißlaune ging rasch wieder in eine freundlichere Stimmung über. »Und so soll es denn immer Hannah sein! Hannah und immer wieder Hannah. Weißt du, Fränzl, ich bewundere deine Genügsamkeit, und daß ihr euch nicht ausplaudert.«

»Oh, wir können uns nicht ausplaudern, weil wir, was dich vielleicht überraschen wird, eigentlich überhaupt wenig plaudern.«

»Je nun, was tut ihr denn?«

»Wir verstehen uns.«

»Das ist freilich viel.«

»Beinahe alles.«

»Nun gut. Aber ist sie nicht etwas zu nüchtern, oder doch wenigstens nüchtern überhaupt?«

»Immer nur da, wo sie's sein darf, wo Nüchternheit ausreicht oder hingehört. Ich möchte sagen: nüchtern für alle Tage.«

»Und feiertags?«

»Ist sie voll Mut und Leidenschaft und liebt mich so, daß sie jeden Augenblick für mich sterben würde.«

»Das glaubst du?«

»Nein, ich weiß es und weiß es seit lange, seit meinem zehnten Jahr, da fing es an. Und wie sie sich damals gezeigt hat, so zeigt sie sich noch. Ich bin ihrer so sicher, wie daß ich lebe, ja, mein Zutrauen zu ihr ist grenzenlos. Sieh, um dir nur ein Beispiel zu geben, ich ängstige mich beim Gewitter, aber in ihrer Gegenwart fällt alle Furcht von mir ab. Es ist mir dann, als stünde mein Schutzgeist neben mir. Eigentlich könnt' ich dir von ihr erzählen, von ihr und meiner Kinder-

zeit. Aber sage mir, wenn der Anfall kommt und die Schmer-
zen; ich weiß, du bist dann am liebsten allein.«

»Erzähle nur; ich höre. Kinderzeit ist ohnehin unsere beste
Zeit und die lehrreichste dazu. Da leben wir noch so recht
eigentlich und zeigen uns, wie wir sind. In dem, was nachher
kommt, ist so viel Zurechtgemachtes. Auch im Guten.«

»Avis au lecteur.«

»O nicht doch, Fränzl, ich hasse das, ich hasse das Hinter-
rückssprechen in Winken und Andeutungen. Aber du wolltest mir von Hannah erzählen, und wie sie zuerst dein Cham-
pion wurde, dein Ritter ohne Furcht und Tadel. War es nicht
so?«

»Ja. Du darfst es so nennen, denn es gab etwas von einer
regelrechten Schlacht, und Blut floß. – Aber es ist kalt geworden. Erlaube mir also, daß ich zunächst für Feuer sorge,
soweit die paar Kohlen dazu reichen, und vor allem diesen
Schirm beiseiteschiebe. Das Halbdunkel hier ist nur gut für
Gespenstergeschichten, und die wären das letzte, was ich
erzählen möchte.«

»Gib deiner Geschichte jede Beleuchtung, die du für gut
hältst, vor allem aber gib die Geschichte.«

»Nun, also Hannahs Vater war Küster an der Kirche, wo
der meinige Prediger war . . .«

»Ich entsinne mich . . .«

»Er war aber nicht bloß Küster, sondern auch Totengräber, was ihm in meinen Augen noch ein besonderes Ansehen
gab. Er hatte langes weißes Haar, viel weißer, als es seinen
Jahren nach hätte sein müssen, und sah eigentlich immer aus,
als ob er irgendeinem das letzte Gebet sprechen wolle. Trotz
allem Grauen aber, das mir sein Ernst und seine Hagerkeit
einflößten, hatt' ich ihn gern oder doch nicht ungern, weil mir
alles an ihm apart vorkam und nicht zum wenigsten seine
Wohnung, die dicht neben dem Kirchhofsgitter lag und
eigentlich gerade so wirkte wie der alte Stedingk selber. Denn
das war sein Name, Tordeson Stedingk, und es hieß, daß er
von den schwedischen Stedingks herstamme. Sommers standen immer frisch angestrichene Bahren, die trocknen sollten,

um sein Haus her, Grund genug zu Grusel und Angst, am meisten aber ängstigte mich ein kleines Gärtchen, das von Buchsbaum eingefaßt war und darin nur immer Studentenblumen blühten. Einmal sah er mich und rief mich heran, um mir eine dieser gelben Blumen zu geben, aber ich war wie starr vor Schreck und schüttelte nur den Kopf. Als ich mich endlich wieder erholt hatte, lief ich fort und hatte dabei das Gefühl, als ob mich irgendwer an den Hacken halte.«

»Das wird aber doch eine Gespenstergeschichte.«

»Nein, nein. Ich verirre mich bloß und krame mehr aus, als zu meiner Geschichte gehört, alles nur, weil die Bilder von alter Zeit her wieder lebendig werden und so mächtig auf mich einstürmen, daß ich mich ihrer nicht ganz erwehren kann.«

Und sie tupfte, während sie so sprach, mit ihrem Taschentuch über die Stirn hin und fuhr dann fort:

»Unser eigentlicher Spielplatz war ein großer Grasplatz um die Kirche her, auf dem Bauholz und allerlei Stämme lagen, die, wenn der Herbst kam, geschnitten werden sollten, Kiefern und Tannen und auch wohl Birken- und Eschenholz, in der Mitte des Platzes aber war ein Tümpel, durch den die Jungen, die gute Stelzenläufer waren, immer durchmarschierten, was mich so mit Neid und Entzücken erfüllte, daß ich's auch zu lernen anfing und nicht eher zufrieden war, als bis ich mit allem um die Wette mitten im Wasser stehen und auf einer Stelze balancieren und mit der andern präsentieren konnte. Du kannst dir denken, welche Wonne das war.«

Petöfy nickte seine Zustimmung.

»Aber«, fuhr Franziska fort, »was war der Kirchplatz im Vergleich zu dem Kirchhof, der dicht daneben lag und über dessen niedrige Mauer weg die Hagebuttensträucher bis in die Straße hineinwuchsen. An dem Kirchhofe hing unser ganzes Herz. Eigentlich war es kein rechter Kirchhof mehr, denn was starb, wurde seit Jahr und Tag schon vors Tor hinausgetragen und auf einem abgesteckten und ummauerten Stück Heideland begraben, einzelne Familien in der Stadt aber hatten noch ein Anrecht an den alten Kirchhof, und so kam es, daß immer noch von Zeit zu Zeit auf ihm beerdigt wurde. Das war denn allemal ein Festtag für uns, und wenn am Abend vorher, so gegen Sonnenuntergang, der alte Stedingk aus seiner Hoftür trat und sich ans Graben machte, so fehlte keiner von uns, weil jeder neugierig war, ihn das Grab aufschütten zu sehen. Und einmal hatten wir auch wieder so gestanden und zugesehen, und als er zuletzt fertig war, unser schon draußen auf dem Kirchplatz begonnenes Spiel auf dem Kirchhof drinnen wieder aufgenommen. Es hieß ›Hirsch und Jäger‹ – ich weiß nicht, ob ihr das Spiel hier auch habt – der stärkste Junge, wie sich denken läßt, war allemal der ›Hirsch‹, der aufgestöbert oder auch in seinem Versteck überrascht, umstellt und zur Kapitulation gezwungen werden mußte. Dieser stärkste Junge nun, der damals mit uns spielte, hieß Willy Thompson und war eines reichen Schiffsreeders Sohn, dessen Familie von Inverness oder Aberdeen herübergekommen war. Denn in der kleinen Stadt war alles schottisch oder schwedisch, weil der Handel dahin ging. Nun, dieser Willy war eigentlich ein blondes Prachtstück, trotzdem er übermütig und hochfahrend und ein vollkommener Tyrann war, der uns in Schrecken und blindem Gehorsam hielt. Wenn ein Streit ausbrach, so stand alles auf seiner Seite, bloß aus Furcht vor ihm, und daß ihm irgendwer widersprochen hätte, kam eigentlich gar nicht vor.«

Der alte Graf richtete sich auf, ersichtlich immer interessierter, weil er bei dieser Schilderung die Bilder seiner eigenen Jugend wieder vor sich aufsteigen sah.

»Und so war es auch an dem Abend«, fuhr Franziska fort, »von dem ich erzähle. Kaum daß unser blonder Tyrann ausgeflogen und in seinem Versteck untergekrochen war, so war auch schon alles hinter ihm her, hierhin, dorthin, und während er sonst darauf rechnen durfte, nie gefunden zu werden, und dann ganz zuletzt, wie gutwillig, zum Vorschein kam, um uns zu verhöhnen und auszulachen, so hatten wir ihn heut' in fünf Minuten schon. In einer der Kirchhofsecken stand nämlich in schräger Stellung ein gußeisernes Monument, und in dem dreieckigen Winkel, der dadurch gebildet wurde, saß er und war nun gefangen. Unter einem ungeheuren Jubel holten wir ihn hervor, um ihn über den Kirchhof hin bis an die Anschlagstelle zurückzuführen. Als wir aber bis an die frisch gegrabene Grube gekommen waren, riß er sich plötzlich los, packte mich, die ich ihn besonders verhöhnt haben mochte, beim Zopf und schrie: ›Franze, du bist schuld; du hast geguckt, du hast mich verraten.‹ Ich sah, wie wütend er war, und legte mich aufs Versichern meiner Unschuld, aber er wurde nur immer wütender und schrie: ›Bekenn es, sag es, dann schenk' ich's dir; sonst, sonst . . .‹ und nun fing er an zu schwören: ›sonst werf' ich dich hier ins Grab.‹ In meiner namenlosen Angst fiel ich vor ihm aufs Knie, gerad, als ob sich's um mein Leben gehandelt hätte, und wirklich, ich glaub' auch, ich hätt' es nicht überlebt. Aber er wollte von nichts hören und wissen und zerrte mich auch wirklich schon auf die Stelle zu, wo mitten in dem eben aufgeworfenen Sandhaufen das große Grabscheit des alten Stedingk wie ein Kreuz im Zwielicht aufragte. Von den anderen Jungen hatte aber keiner den Mut, für mich einzutreten; als er jetzt aber oben stand und mich unerbittlich nach sich zog, sprang Hannah vor und sagte: ›Laß sie los!‹ Er aber lachte bloß, und es war auch zum Lachen, denn Hannah, die jetzt so derb und gesund aussieht, war damals ein blasses und schwächliches Kind und so mondscheinen, daß man sie durch und durch sehen konnte. ›Laß sie los!‹ rief sie noch einmal und legte die Hand auf die Grabscheitkrücke. – ›Dummes Ding, du sollst mit hinein.‹ – ›Laß sie los!‹ rief sie zum drittenmal, während ihr die Augen wie aus dem Kopfe traten, und als er noch immer nicht abließ und mich weiterzerrte, riß sie plötzlich das Grabscheit aus der Erde heraus und stieß es ihm mit solcher Gewalt vor die Brust, daß er rückwärtstaumelte. Voll Geistesgegenwart griff er im Fallen noch nach einem Hagebuttenstrauch und hielt sich fest, während ihm zu unser aller Entsetzen das Blut über die Turnjacke floß; denn das nach obenhin ausgleitende Grabscheit hatte mit einer seiner scharfen Ecken ihm das Kinn bis an die Lippe hin aufgeschnitten. Und so hielt er

135

sich eine Weile noch, bis er zuletzt ohnmächtig vor Schmerz und Blutverlust in denselben Hagebuttenstrauch hineinfiel, der ihn vor dem Niederstürzen ins Grab bewahrt hatte. ›Blut besiegelt‹, sagt das Sprüchwort, und das Blut, das an diesem Tage floß, Petöfy, hat Hannahs und meine Freundschaft fürs Leben besiegelt.«

»Aber was wurd' aus dem Jungen, dem zweiten Helden der Geschichte?«

»Nun, den haben wir vor drei Jahren in Leipzig mit dem ganz zerhauenen Gesicht eines alten Korpsburschen wiedergesehen. Er ließ sich bei mir melden, als ich dort zu Gastspiel war, war sans phrase reizend, und als er endlich auch Hannahs ansichtig wurde, brach er in einen wahren Höllenjubel aus und rief einmal über das andere: ›Sieh, Hannah, es ist immer so weitergegangen. Aber *die* hier‹, und dabei wies er auf die Narbe am Kinn, ›ist doch die beste.‹«

Der Graf war ernst geworden und sagte: »Fränzl, ich könnte dich um deine Hannah beneiden, wenn beneiden meine Sache wär'. Aber das ist gewiß, sie ist ein Schatz für dich, den du festhalten mußt.«

»Das will ich auch. Aber zunächst will ich nachsehen, ob sie nichts versäumt und keine Torheiten begangen hat. Denn sobald sie krank ist, ist sie, was Medizin angeht, voll Ungehorsam und Unvernunft.«

»Ein Beweis mehr für ihre Vernünftigkeit. Ich werde schließlich auch noch ein Hannahschwärmer werden.«

Dreiundzwanzigstes Kapitel

Hannah schlief fest und atmete ruhig. Das Fieber hatte sichtlich nachgelassen, und leise, wie sie gekommen war, verließ Franziska, die wohl wußte, daß dieser Schlaf die Genesung bedeutete, den Alkoven wieder, um in ihrem Wohnzimmer vor dem Kamin Platz zu nehmen.

Das Feuer darin war halb niedergebrannt, aber über dem Kamin befand sich ein Ofen, der seine Heizung von außen her empfing und trotz vorgerückter Stunde noch eine behagliche Temperatur ausströmte, was nicht überraschen durfte, denn der erst beim Beginn der Regentage zum Vorschein gekommene schnauzbärtige Slowake, dem das Heizungsdepartement unterstellt war, pflegte lieber zu viel als zu wenig zu tun.

Es war noch nicht spät, und Franziska nahm auf gut Glück ein Buch vom Bücherbord. Es war ein Band von Rousseau, die »Confessions«, und sie sah im Durchblättern, daß wenigstens auf den ersten fünfzig Seiten viele dünne Bleistiftstrichelchen an den Rand gemacht worden waren. Die Leserin indes, sehr wahrscheinlich die Mutter des Grafen, schien sich im Weiterlesen immer ablehnender gegen den Autor verhalten zu haben, denn der Strichelchen, die ganz unzweifelhaft Zustimmung ausdrücken sollten, wurden immer weniger und der Fragezeichen immer mehr. In der Mitte des Buches aber lag ein weißes, goldgerändertes Blatt mit einem Spruch darauf, und dieser Spruch selbst lautete: »Vor jedem steht ein Bild *des*, was er werden soll. Solang er das nicht ist, ist nicht sein Friede voll.« Franziska stutzte. »Wie schlicht«, sagte sie, »wie nüchtern fast! Und doch bewegt es mich. Und warum? Ist es, weil ich das ›Bild dessen, was ich werden soll‹ ahnungsvoll bereits vor mir sehe, oder ist es umgekehrt, weil ich es *nicht* sehe? Sonderbar.«

Sie legte das Buch wieder aus der Hand, gab ihren Platz vor dem Kamin auf und setzte sich in die Fensternische. Wenn nicht alles täuschte, so mußte sich das Wetter zum Guten geändert haben; nur kalt schien es geworden zu sein, denn die Scheiben beschlugen sich, und die Tropfen zogen Rinnen über das Glas. »Ich muß doch sehen«, sagte sie neugierig und erhob sich halb von ihrem Sitz, um den Fensterflügel zu öffnen.

Wirklich, der Regen hatte nachgelassen, und nur ein Nebel, der aus der halb überschwemmten Landschaft aufstieg, lagerte noch zwischen Schloß und See. Seine Dichtigkeit hinderte den Schall, und nichts von Lärm und Leben drang von unten herauf, bis mit einem Male, wenn auch schwach und gedämpft nur, die Glocke des sich eben nähernden Dampfschiffes vernehmbar wurde. Sie freute sich des Tons und suchte begierig nach dem Schiff, aber nach mehreren Minuten erst sah sie, daß ein dunkelroter Schimmer allmählich und wie mühevoll durch den Nebel brach. Das war das Laternenlicht vorn am Bugspriet, und nun wuchs es und wurde ein Feuerauge. Sie konnte den Blick nicht davon abwenden und hatte das Gefühl dabei, daß das noch unsichtbare Schiff ihr etwas bringen müsse. Was? Nun, zum mindesten ein Zeichen aus der Welt.

Endlich schwieg das Läuten, und sie hörte nur noch den Pfiff und das Zischen des Dampfes, der abgelassen wurde.

Sie schloß das Fenster wieder. Josephine kam, um ihr beim Auskleiden behilflich zu sein, aber Franziska schickte sie wieder fort, weil ihr daran lag, sich ungestört ihren Gedanken und Träumereien überlassen zu können. Alte Bilder zogen herauf und mit ihnen ein Gefühl unendlicher Sehnsucht. Wonach? Wohin? In ihre Kindheitstage zurück? War sie glücklicher gewesen, als sie mit Hannah auf dem Kirchplatze gesessen und hinaufgesehen und die Sterne gezählt hatte? Nein. Unbefriedigt damals wie heute. »Und so haben wir denn nichts sicher als ein ewig ungestilltes Verlangen?«

Immer leidenschaftlicher und fiebriger drängten sich ihr die Fragen, bis sie zuletzt ermattet einschlief. Aber nicht lange, so war sie wieder wach, warf einen Plaid über und trat auf den Balkon hinaus, auf denselben Gitterbalkon, auf dem sie schon einmal, damals von Angst und Schreck wie heute von Unruhe gepeinigt, gestanden hatte. Der Nebel war fort, eine scharfe Luft zog vom Gebirge her, und sie sog die Kühle begierig ein. Über einem der bewaldeten Vorberge stand die Mondessichel, und an ihr vorüber zogen die Reste der Regenwolken endlos und in fliegender Hast. Alles war längst still in Schloß und Stadt, nur ein dumpfes Donnern und Brausen traf ihr Ohr, und als sie hinhorchte, woher es komme, sah sie, daß es der unter den tagelangen Regengüssen angeschwollene Bergbach war, der ihr zur Linken über die Klippenwand hin in die Tiefe schoß. Die ganze Wassermasse lag in Nacht und

Dunkel, und nur immer auf Augenblicke, wenn die Sichel drüben ihr Licht herüberschickte, leuchtete der Schaum auf. Aber unausgesetzt hörte sie von der Klippenwand her das eintönig mächtige Rauschen, und dazu klang es plötzlich und erinnerungsvoll in ihrer Seele:

> »Hörbar rauscht die Zeit vorüber
> An des Mädchens Einsamkeit.«

Es waren dieselben Worte, die damals an jenem ersten Abend in Gräfin Judiths engerem Kreise den alten Grafen entzückt und vielleicht über ihr und sein Leben entschieden hatten.

Vierundzwanzigstes Kapitel

Franziska hatte nach der unruhigen Nacht länger geschlafen als gewöhnlich, so daß, als sie zu später Stunde erwachte, die Sonne bereits hell ins Zimmer schien. Alles war wie verändert und ihre melancholische Stimmung wie mit dem Regen fortgezogen.

Auch die beiden Kranken hatten sich erholt und gingen unter dem Einfluß des Wetterumschlags ihrer Genesung ersichtlich entgegen. Der Graf saß aufrecht in seinem Feldbett, und Tür und Fenster waren geöffnet, um dem Licht überall Zutritt zu gönnen. Franziska versäumte nicht, von der so vorteilhaft veränderten Situation auch ihrerseits Nutzen zu ziehen und über das Schiff und das Feuerauge zu berichten, die sie beide bis in ihren Traum hinein verfolgt hätten. Übrigens sei sie sicher, daß ihr das Schiff eine Neuigkeit gebracht habe.

»Hat es auch, Fränzl, einen Brief von Judith. Sie kommt und Egon auch, und beide warten nur noch auf bessere Tage.«

Franziska, während der Graf diese Worte sprach, sah vor sich hin und wechselte die Farbe.

»Du freust dich nicht?«

»O doch, ich freue mich. Und wie könnt' ich auch anders

139

als mich freuen? Du weißt, wie sehr ich die Gräfin verehre, ja wie sehr ich sie liebe; Wochen und Tage, die sie mir hätte vergällen können, hat sie mir zu den unvergeßlich glücklichsten gemacht. Ich freue mich wirklich und aufrichtig, und wenn ich doch vielleicht einen Augenblick erschrak, so geschah es in dem Gedanken, aus dieser mir liebgewordenen Stille plötzlich und unerwartet herausgerissen zu werden.«

Er sah sie scharf an, aber sie hatte durchaus die Herrschaft über sich zurückgewonnen und begegnete ruhig seinem Blick.

»Im übrigen«, nahm der Graf wieder das Wort, während er unter Papieren umhersuchte, die neben ihm auf dem Tisch lagen, »im übrigen hat der Brief an mich auch eine Einlage. Da! Schwester Judith scheint sich, wie gewöhnlich, nicht ganz kurz gefaßt zu haben. Im Briefeschreiben ist sie noch ganz die Dame des vorigen Jahrhunderts, obschon sie dem unsrigen angehört und sich sogar den Tag von Austerlitz als ihren Geburtstag ausersehen hat. Beiläufig die wenigst patriotische Tat ihres Lebens.«

Franziska hatte den Brief genommen, augenscheinlich in der Absicht, ihn auf ihrem Zimmer in aller Muße zu lesen, aber Petöfy war andern Sinnes und fuhr fort: »Ich bin neugierig, zu hören, was sie dir schreibt. Es werden keine Staatsgeheimnisse sein, überflieg' es also und laß mich wissen, was ich wissen darf. Nur die Überschrift möcht' ich mit eigenen Augen sehen . . . ›Liebe Gräfin . . .‹ Ah, das ist gut; und nun lies.«

Franziska nahm den Brief zurück und las:

»Ich bin noch altmodisch genug, meine liebe Franziska, Briefe durch Einlage zu schicken; in meiner Jugend tat man dies oft und gern, jetzt lächelt man darüber. Jede neue Zeit dünkt sich eben klüger, als die vorausgegangene. So war es von jeher, und ich entsinne mich, über vieles gelacht zu haben, was meine Mutter, trotzdem sie doch manches Freiere von England her mit herübergebracht hatte, noch als einen Gegenstand von besonderer Wichtigkeit ansah.

»Alltagsbetrachtung!« unterbrach der Graf. »Aber laß uns weiter hören.«

»Ich freue mich, daß Dein Leben auf Schloß Arpa Dich so glücklich macht, und find' es klug, daß Du das Ungrische so gleichsam von verschiedenen Seiten her in Angriff nimmst. Aber wenn Du den Rat einer alten Frau nicht verschmähst, so gehe darin nicht zu weit. Es wird das klügste für Dich sein, deutsch zu bleiben und das Ungrische nur so weit gelten zu lassen, soweit es gelten muß. Alles, was in Deinem neuen Leben an Dich herantritt, mußt Du freundlich ansehen und ein Wort der Anerkennung dafür haben, auch selbst gegen besseres Wissen, aber Du darfst nicht selbst ungrisch sein oder werden wollen. Es wird einem ein solches Opfer in den seltensten Fällen gedankt. Und kann auch kaum. Denn so gewiß ein Sichselbstvergessen unser Schönstes ist, so geziemt sich dies Selbstvergessen doch immer nur im Sinn und Dienste des christlichen Ideals. Wir sollen unser Ich opfern um der erlösenden Liebe willen, das ist etwas Großes, aber wir sollen uns, unser Volk und unsere Sprache nicht aufgeben, bloß um einer andern in gleicher Selbstsucht und Selbstgerechtigkeit befangenen Nationalität willen.«

»Und doch hat *sie's* getan. Aber fahre fort.«

»All das ist weder nach Gottes Gebot noch nach dem Gesetz der Klugheit, und ich lebe der Überzeugung, daß der Herr Kuratus von Szegenihaza diese meine Meinung teilen wird. Wär' es anders, so wär' er mehr ungrisch als christlich, was ich nach dem Bilde, das ich in früherer Zeit von ihm empfangen habe, nicht glaube. Der Unglücksfall auf dem See hat mich tief erschüttert, am meisten aber, daß die Gegenwart des Allerheiligsten das Unglück nicht abwenden konnte. Vielleicht, daß um *eines* Schuld und Missetat willen so viel Unschuldige den Tod miterleiden mußten.«

»Judith hat eine Neigung«, warf hier der Graf ein, »an den einfachsten Erklärungen vorüberzugehen und immer nach wenigstens einem Geheimnis zu suchen, wenn es ein Wunder nicht sein kann. Das Fährboot kenterte, weil es überladen und der Fährmann betrunken war. C'est tout. Aber nun laß mich auch den Schluß hören.«

»Durch Graf Adam wirst Du, noch ehe Du diese Zeilen

liest, von unserer Absicht eines kurzen Herbstaufenthalts auf
Schloß Arpa vernommen haben. Wenn ich sage, von ›unserer
Absicht‹, so heißt das, Egon begleitet mich. Er wünscht an
den Wolfsjagden teilzunehmen, die der alte Graf Pejevics in
der Umgegend von Schloß Falcavar und auf seinen Gütern
überhaupt abzuhalten gedenkt. Auch der junge Graf, den du
ja kennst, wird, wenn er Urlaub erhält, bei den Jagden zugegen sein. Ich freue mich sehr auf diesen Aufenthalt, den ersten
wieder seit nun gerade zehn Jahren. Wohl ist es wahr, die
Stätten unserer Jugend bleiben uns allzeit teuer, und wir hän-
gen daran mit der Kraft einer ersten Liebe.

Sage dem Pfarrer meinen Gruß, ebenso dem alten Toldy.
Sowie der Regen nachläßt, den wir hier unausgesetzt seit fast
zwei Wochen gehabt haben, brechen wir auf. Ein Telegramm
meldet Euch zuvor noch Bestimmtes und wenn nicht die
Stunde, so doch den Tag unserer Ankunft. In herzlicher Er-
gebenheit

Deine
Judith v. Gundolskirchen
geb. Gräfin Petöfy«

Franziska legte den Brief aus der Hand und sagte: »Wie
liebenswürdig! Und am liebenswürdigsten da, wo sie mich
tadelt. Ich glaube, daß sie recht hat und daß es in der Tat eine
Gefahr in sich birgt, sich irgendwo gewaltsam einbürgern zu
wollen. Ich muß alles mehr abwarten lernen. Das aber überrascht mich doch, und du selbst, Petöfy, schienst etwas derart
andeuten zu wollen, die Gräfin, deine Schwester, so wenig
ungrisch zu sehen, trotzdem sie doch ihrer ungrischen
Jugendtage mit Vorliebe zu gedenken scheint. Ist sie deutsch
geworden ihrem deutschen Eheherrn oder einfach ihrem
deutschen Namen zuliebe?«

»Weder das eine noch das andere. Kirchliche Leute haben
eben die Kirche. Die bedeutet ihnen Heimat und Vaterland,
und *nur die*. Die Nationalitäten sind ihnen nichts und empfangen ihre Schätzung erst aus der Frage, wieweit sie der
Kirche dienen oder nicht. Übrigens ist Judith nach Art aller
Langsamen und Schwerfälligen auch rascher Entschlüsse, ja

vollkommener Überhastungen fähig, und da wir, wie der Augenschein, Gott sei Dank, zeigt, seit sechs Stunden ein anderes Wetter haben, so können wir sie nach sechsmal sechs Stunden erwarten. Ich werde mich also von heut' an in Papier Fayard wickeln und mit meinem Rest von Hüftweh wenigstens so weit aufzuräumen suchen, um die Häuser Gundolskirchen und Asperg auf gut ungrisch empfangen zu können.«

Fünfundzwanzigstes Kapitel

Den dritten Tag darnach kam ein Telegramm: »Wir treffen mit dem Mittagsdampfer ein; Egon.« Und wenn schon in den Tagen vorher ein Lüften und Klopfen, ein Schieben und Stellen gewesen war, so verdoppelte sich jetzt der Einrichtungseifer. Für Gräfin Judith wurden die Zimmer bestimmt, die neben denen ihres Bruders gelegen waren, während für Egon, wie schon bei manchem früheren Besuche, wieder die kleine Turmstube hergerichtet wurde, womit der in seinem unteren Teile nur ein Treppenhaus bildende alte Schloßturm nach obenhin abschloß. Egon, wenn er hier wohnte, stieg dann oft und gern auf die Plattform hinauf und erfreute sich von dieser aus der wunderbar schönen Aussicht über den See. Der alte Graf behandelte dies als »deutsche Romantik« und spottete darüber, obschon er selbst in Dinge verfallen konnte, die viel romantischer waren.

Und nun brach der Tag an, wo sie kommen sollten. Franziska war früh auf, nahm noch einmal bis in die Turmstube hinauf eine Musterung vor und stand eben auf dem Punkte, durch den großen Eßsaal in ihre Zimmer zurückzukehren, als sie Hannahs ansichtig wurde, die von den der alten Kapelle gegenübergelegenen Balkon her irgendeinem auf dem Schloßhofe stattfindenden Vorgange neugierig zuzusehen schien.

»Was hast du?« fragte sie, Hannah aber winkte nur halb geheimnisvoll, so still wie möglich heranzutreten, und als

Franziska diesem Winke folgte, sah sie, daß eine Taube
bemüht war, ein großes Wollknäuel abzuwickeln, das mitten
auf dem Schloßhof lag und von einer der Mägde verloren sein
mußte. Das Tierchen, eine Kropftaube, pickte beständig
daran herum und ruhte nicht eher, als bis es einen wohl zwanzig Fuß langen Faden abgewickelt hatte, mit dem es nun,
während das unten liegende Knäuel sich abwechselnd hob
und wieder fiel, auf eine dicht neben dem Glockenstuhl
befindliche Maueröffnung zuflog. Es war ganz ersichtlich,
daß es den unten von ungefähr gemachten Fund benutzen
wollte, sich oben ein Nest zu bauen, und als Hannah wahrnahm, daß alles beinahe abgewickelt war, schickte sie sich an,
an das alte Knäuel ein neues anzubinden, bloß um sich zu
vergewissern, wie lange das Tier wohl in seinem Fleiße verharren würde. Franziska litt es aber nicht und sagte: »Du
darfst es dem, der sein Nest bauen will, nicht zu schwer
machen.«

»Ich mach' es ihm nicht schwerer, als er sich's selber macht.
Dieser Kröpfer kann ja den Faden, wenn er will, jeden
Augenblick wieder fallen lassen.«

Es war nur ein kleiner und unbedeutender Hergang, und
doch haftete das Bild davon in Franziskas Seele. »Trieb!«
sagte sie. »Wohl nichts weiter als Trieb. Aber er bedeutet
Arbeit und Mühe um Lebens und Liebe willen.«

Und sie hing diesen und ähnlichen Betrachtungen noch
eine Weile nach.

Aber die Mittagsstunde war nahe heran, und der Graf ließ
sagen, daß der Wagen in einer Viertelstunde vorfahren werde.
Da galt es denn, sich zu eilen. Sie wußte, wie sehr er auf
Pünktlichkeit hielt, und trat eine Minute vor der Zeit in sein
Zimmer in leichtem Hut und schwarz und weiß gestreiftem
Burnus, darin er sie mit Vorliebe sah. Die Kapuze mit der
Quaste daran und mehr noch der seidenglänzende Stoff, der
im Winde bauschte, kleideten sie in der Tat vorzüglich. Ein
zweiter, leerer Wagen, ebenfalls zweisitzig, folgte. Den Berg-
weg hinunter ging es in einem mäßigen Trab, unten aber
jagten die Pferde durch die Tümpel hindurch, die hier noch

überallhin von der Regenzeit her standen. Der Mais ragte hoch auf, so hoch, daß auf eine ganze Strecke hin der Ausblick gehindert war, kaum indes, daß ihr Wagen die Maisplantage hinter sich hatte, so ward auch schon der Dampfer sichtbar, der auf die Anlegestelle zusteuerte.

»Rasch, rasch!« rief der Graf, indem er dem Kutscher einen Schlag auf die Schulter gab und auf das immer näher kommende Schiff deutete, dessen unausgesetztes Läuten eine ganze Welt von Ankömmlingen erwarten ließ. Aber nur wenige Passagiere standen unter dem ausgespannten Dach, dessen rot eingefaßte Borte lustig hin und her flatterte. Franziska glaubte die Gräfin schon von fernher erkannt zu haben und wies auf eine stattliche Gestalt in schwarzer Robe; der alte Graf aber, der schärfer sah, lachte herzlich, daß sie den Geistlichen von Nagy-Vasar, »der freilich noch schwärzer als Schwester Judith sei«, mit dieser verwechselt habe.

Fast im selben Augenblick, wo der Wagen hielt, hielt auch der Dampfer.

Egon, im Jagdrock und steirischem Hut, sprang ans Ufer, umarmte den Oheim und küßte Franziska die Hand. Er schien in ausgiebigster Laune, freilich auf Kosten der alten Gräfin, die noch immer nicht sichtbar wurde. Die Tante habe sich zu Beginn der Fahrt auf Deck befunden und bei den gleichgültigsten Stellen im heißesten Sonnenbrande tapfer ausgehalten, im Moment aber, wo der See breit und schön geworden sei, habe sie sich in die Kajüte zurückgezogen, nicht um zu schlafen, was er gelten lasse, sondern um eines seekranken Kanarienvogels willen, der seit etwa zwei Monaten mit Feßler die Herrschaft teile. »Mais voilà.« Und nun wies er auf die Tante, die mit dem Vogelbauer in der Hand eben die Kajütentreppe heraufkam und gleich darnach auch die kleine Rollbrücke passierte, die man inzwischen von der Landungsstelle her auf das Schiffsdeck geschoben hatte.

Die Begrüßung war herzlich, weniger mit dem Bruder als mit Franziska, deren Handkuß sie mit einem Kuß auf die Stirn erwiderte. »Wie gut dir die Luft von Schloß Arpa bekommen ist! Vortrefflich. Du siehst besser und frischer aus als in Öslau. Und das waren doch auch schöne Tage. Nicht wahr? Hörst du noch dann und wann von dem reizenden Fräulein Phemi?«

Unter solchem Gespräch und Geplauder hatte man von der Landungsbrücke her den Punkt erreicht, wo die beiden Wagen hielten; Franziska nahm im ersten neben der Gräfin Platz, Egon aber im zweiten neben dem alten Grafen. Und im Fluge ging es nun auf Schloß Arpa zu.

»Nun, meine liebe kleine Gräfin«, sagte Judith, während sie die Quaste, die beständig hin und her flog, in Franziskas Kapuze zurückstopfte, »nun sage mir: come sta? Wie lebt sich's mit diesem Ungeheuer von Bruder, mit diesem Infidèle, mit diesem Überbleibsel aus dem Nachlasse des Herrn von Voltaire? Du hast mir geschrieben, du seist glücklich, und dein Teint und deine klaren Augen scheinen es mir bestätigen zu wollen, aber, meine teure Franziska, Briefe lügen und Teint und Augen auch. Aber was *nicht* lügt, das ist die Stimme, und so sage mir denn, denn so schön und so frei fahren wir nicht wieder in die Welt hinein, sage mir also: bist du glücklich?«

Franziska nahm Judiths Hand und küßte sie. Dann sagte sie, während sie zu der Gräfin aufsah und ihre Hand, die sich wie Wohlwollen anfühlte, fest in der ihrigen behielt: »Ich habe mehr Glück gewonnen, als ich erwartete. Der Graf liebt mich und ist edel und gerecht. Ob ich glücklich bin? Ich weiß es nicht, gnädigste Gräfin, aber ich hoff' es. Vielleicht kann man glücklich sein, wenn man es sein will, und ich hab' einmal gelesen, man könne das Glück auch lernen. Das hat mir gefallen. Und wirklich, es muß Mittel dazu geben.«

»Ja, das Gebet. Und vor allem das eine: ›Führ uns nicht in Versuchung.‹«

Auch in dem Wagen, der folgte, ging das Gespräch. Etwas von dem Schlammwasser spritzte gegen Egons Hut, der ihn abnahm, um ihn wieder zu säubern. »Sieh, gerad an dem Gemsbart«, sagte der Oheim. »Und so straft dich denn der erste magyarische Tümpel für dein unmagyarisch Herz. In

allem Ernst, Egon, du kannst in dem Gemsbarthute nicht zu
dem alten Pejevics fahren, der, weil er eigentlich kein Magyar
ist, selbstverständlich den Doppelmagyaren spielt. Aber
gleichviel, deine Mutter war eine Petöfy, das vergißt man dir
nicht und fordert einen Reiherbusch oder eine Adlerfeder von
dir, solange du hier bist. Du kennst unsere kleinen Schwächen.«

»Und unterwerfe mich ihnen. Am wenigsten aber möcht'
ich mir die Jagd und Stimmung auf Schloß Falcavar verderben. Weißt du, wer zugegen sein wird? Natürlich Szabô.«

»*Der* gewiß und sehr wahrscheinlich auch Perczel. Devaviany zweifelhaft. Familienmalheur. Im übrigen steh' ich mit
der Nachbarschaft auf einem Grollfuß und weiß eigentlich so
gut wie nichts. Man beliebt nämlich, meine Gräfin nicht gräflich genug zufinden, oder bemängelt ihren Stammbaum. Ich
bin aber nicht gewohnt, mir Vorschriften machen oder wohl
gar alte Vorurteilsalbernheiten als ebensoviel Weisheit auf-
drängen zu lassen.«

»Und so lebt ihr denn ziemlich einsam?«

»Nein und ja. Jedenfalls einsam genug, um sich eines lieben
Besuches doppelt zu freuen.«

Und damit fuhr ihr Wagen unter dem Portal fort in den
Schloßhof ein.

Sechsundzwanzigstes Kapitel

Seit jenem Ankunftstage war eine geraume Zeit, über drei
Wochen, vergangen und Egon längst wieder von den großen
Jagden im Pejevicsschen Schlosse zurück. Man war mitten im
Oktober und sprach bereits von Abreise, das wundervolle
Wetter aber, das jetzt ausgleichen zu wollen schien, was der
Regen vorher verschuldet hatte, schob den Termin immer
wieder hinaus. Auch war es mit dem Aufbruch ein gut Teil
weniger ernsthaft gemeint, als es den Anschein hatte, wenig-
stens von seiten Egons, der nicht müde wurde, das »sich in
der Ellipse bewegende Leben oder, was dasselbe sagen wolle,

das Leben mit dem Doppelmittelpunkte zweier Tanten« als eine neue und höchste Daseinsform zu proklamieren.

Mit Franziska stand er überhaupt auf dem Neckfuß und versicherte, daß sie gleich vom ersten Augenblick an ihn in ihrer neuen Eigenschaft als »Magyarin« enttäuscht habe. Schon am Dampfschiff hab' es begonnen. Er habe sie nämlich auf einem Rassepferd erwartet, im Reitkleid, mit wehendem Schleier und englischer Gerte, statt dessen sei sie wohlverwahrt in einem Korbwagen herangekommen, ganz wie protestantische kleine Komtessen, die zum Religionsunterricht oder zum Kinderball in die Stadt gefahren werden. Ja, so hab' es begonnen, und was er seitdem hier erlebt habe, habe seine Verwunderung und seine Betrübnis nur gesteigert und ihn mehr und mehr erkennen lassen, auf wie falschen Wegen sie wandle. Sie wolle magyarisch sein oder doch wenigstens werden und fange das Magyarische mit der Korrektheit an, während sie's umgekehrt mit der Unkorrektheit versuchen müsse. Korrektheit, und noch dazu solche, zu der man durch Grammatik und die kleine Kirchengröße von Szegenihaza herangebildet werde, sei durchaus alltäglich, und was alltäglich sei, sei nicht ungrisch. In Ungarn müsse das Leben in der Attacke genommen werden. Und er wette, daß sie, richtig geleitet, den Mut und die Geschicklichkeit und vielleicht auch schon ein Stück Vorbildung dazu besäße. Die richtige Leitung aber habe gefehlt. Das Nächste sei, den kleinen Geistlichen unten auf Urlaub zu schicken, für den Rest hoff' er sich persönlich verbürgen zu können.

Egon, wenn er so neckte, durfte der Zustimmung des alten Grafen jedesmal sicher sein, der nur noch hinzuzufügen liebte: Franziska habe zuviel von des Goldschmieds Töchterlein mit Gebetbuch und Trippelschritt; sie sei nicht bloß deutsch, sie sei sogar schwäbisch. Nur Gräfin Judith opponierte, wenn so gesprochen wurde, schüttelte den Kopf und wollte von Steeplechase nichts wissen. Franziska sei mehr auf die Betrachtung als auf die Durchlebung der Dinge gestellt und werde den Geistlichen, wenn er ausbleibe, gewiß schmerzlich vermissen; sie säh' es durchaus als ihre Pflicht an, um Franziskas willen in diesem Sinne zu sprechen. In Wahrheit aber sprach sie nur deshalb mit so viel Wärme für das Weitererscheinen des Herrn Kuratus, weil sie persönlich nichts lieber hatte, als Plaudereien über Beichtgang und den Stand der Sittlichkeit in der Gemeinde.

Franziska, wenn der Kampf der Parteien in dieser Weise tobte, horchte dankbar lächelnd dem Lobe zu, das ihr von der alten Gräfin gespendet wurde, war aber doch zu jung, als daß sie nicht die bald in Angriff genommenen Lektionen im Sattel denen in der Grammatik vorgezogen hätte. Mitunter schloß sich der alte Graf an, meist aber war es Andras, der das junge Paar in die Berge hinein begleitetete.

Während dieser Ausflüge war es denn auch, daß sich Egon und Franziska recht eigentlich erst kennen und ein Gefallen aneinander finden lernten. In der rasch durchtrabten Plaine sprachen sie wenig, aber in das Schluchten- und Waldeswirrwarr einbiegend, wo zwischen Gestrüpp und Unterholz hin der Weg erst gebahnt werden mußte, wurde ihr Gespräch lebhaft.

Egon zeigte sich dann sehr anders als im Kreise daheim. Er ließ den spöttischen Ton fallen, sprach ernst und einfach und vermied Fragen, die für ihn ohnehin so gut wie beantwortet waren. Er sah deutlich, daß Franziska vor einer Aufgabe stand, die schließlich ihre Kraft übersteigen würde. Sie gab sich freilich kühl. Aber war sie's? Er hegte Zweifel und sah sich eines Tages in diesen seinen Zweifeln bestärkt. In einem benachbarten adligen Hause nämlich hatte sich ganz vor kurzem erst ein Entführungsroman abgespielt, in dem eine Schwägerin Graf Devavianys die Schuldige, nach Ansicht andrer aber, und zwar mit Rücksicht auf ihren sittenverdorbenen und grundschlechten Eheherrn, die Heldin war. Auch Franziska trat für die Verklagte mit lebhaften Worten ein, und als Egon, übrigens mehr aus Überlegung als aus Überzeugung, ihr widersprach, wurde sie mit jedem Momente heftiger und erregter. Einer der ihr feststehenden Grund- und Lebenssätze sei der von der Gegenseitigkeit der Pflichten, und die Forderung, eine gewohnheitsmäßige Pflichtuntreue mit unerschütterlicher Pflichttreue beantworten zu sollen, empöre sie geradezu, ja mehr, sie fühle ganz deutlich, daß sie durch Verrat und Untreue, denen sie wie selbstverständlich hingeopfert werden solle, zu den extremsten Dingen hingerissen werden könne. Dank und Pietät, ohne die die Welt roh und gemein sei, seien ihr, so hoffe sie wenigstens, tief ins Herz geschrieben, aber ebenso tief berge sie den leidenschaftlichen Hang nach Wiedervergeltung in ihrem Gemüt, und wenn sie zurückblicke, so gäb' es für sie kein Gefühl, in dem ihre Phantasie *so* geschwelgt habe, wie in dem befriedigter Rache.

Egon, während sie so sprach, hatte sie von der Seite her scharf beobachtet und hielt sich von dem Augenblick an mehr noch als vorher überzeugt, daß die Kühle, die sie zeigte, nur Täuschung sei.

Sein Interesse wuchs aber, je mehr ihn diese Frage beschäftigte.

Siebenundzwanzigstes Kapitel

Auch die Beziehungen, die Franziska zur alten Gräfin unterhielt, gestalteten sich, soweit eine Steigerung überhaupt noch möglich war, immer freundlicher und erfuhren durch kleine, halb scherzhafte Meinungsverschiedenheiten keine Schädigung, weil man sich in ernsthaften Dingen einig wußte. Dies trat schon an einem der ersten Tage hervor, wo Gräfin Judith, ihre Scheu gegen Treppensteigen überwindend, einen speziellen, allerdings auch wohl von Neugier diktierten Anstandsbesuch bei Franziska gemacht und eine herzliche Plauderstunde mit dieser gehabt hatte. Gleich beim Eintritt war sie froh überrascht gewesen, dem Muttergottesbilde wiederzubegegnen, das sie sich sehr wohl entsann in den Tagen ihrer Kindheit an eben dieser Stelle gesehen zu haben. Und wirklich, nur der Rosenkranz am Arm des Christuskindes war neu hinzugekommen. Franziska, die rasch bemerkte, was im Gemüte der alten Gräfin vorging, schob ihr einen bequemen Sessel heran, setzte sie sorglich hinein und sagte dann erklärend und in einem gedämpften Tone: sie habe sich wohl gedacht, daß ihr das Muttergottesbild eine besonders liebe Erinnerung sein werde, weshalb sie denn auch eine Weile geschwankt habe, ob sie's nicht von der Konsole herabnehmen und unten im Schlafzimmer der Gräfin aufstellen solle. Aber sie woll' es nur gestehen, sie habe sich ihrerseits nicht davon trennen mögen. Denn das Muttergottesbild sei das erste gewesen, von dem sie hier auf Schloß Arpa begrüßt worden sei, noch früher als von Hannah, und sosehr sie sich im ersten Augenblick als Protestantin über diesen Gruß verwundert und beinahe erschreckt habe, so sei's ihr doch am andern Tage schon gewesen, als wüchse das kleine Nischendach und nehme sie mit unter seinen Schutz.

Von all diesem, als Franziska so sprach, war der guten Gräfin Herz so ganz getroffen worden, daß sie bewegt geantwortet hatte: Franziska habe recht getan, das Bild an alter Stelle zu lassen; man solle, nach dem Sprüchwort, alte Bäume nicht verpflanzen, aber alte Heiligenbilder auch nicht, und so hoffe sie sich keiner Sünde schuldig zu machen, wenn sie rundheraus spreche, die Heiligen segneten überall, aber da, wo sie gerade stünden und schon von alter Zeit her gestanden, da hätten sie doppelte Macht und noch ganz besondere Wurzeln ihrer Kraft. Und dieser Kraft bedürfe der eine mehr als der andere. Franziska sei jung, und ein junges Herz, eben weil es jung sei, brauche zwiefach Trost und Beistand. Ein altes finde sich schon eher zurecht. Und darnach hatte man das Gespräch fallen lassen, das nichtsdestoweniger oder vielleicht gerade, weil man es still nachwirken ließ, das gute Verhältnis zwischen beiden noch um ein erhebliches befestigt und auch wohl Hoffnungen in dem Herzen der alten Gräfin angeregt hatte. Denn sie war nach wie vor nicht frei von dem Hange nach Bekehrung und hielt es mit dem Fischzuge Petri. Schon in Wien hatte sie mit Feßler die Möglichkeit eines Übertritts erwogen und an dem Tage, der dem vorerwähnten Gespräche mit Franziska folgte, diesen Punkt auch brieflich wieder aufgenommen. Aber erst einem zweiten kleinen

Ereignisse war es vorbehalten, sie hinsichtlich ihrer Konversionspläne mit voller, wenn auch freilich abermals mißverstandener Hoffnung zu erfüllen. Das Ereignis selbst aber war das folgende.

Schon bald nach Egons und der alten Gräfin Ankunft auf Schloß Arpa war von einem Besuch unten in der Gruftkapelle gesprochen worden, immer jedoch hatte sich's wieder zerschlagen, bis endlich seitens des alten Grafen, sowenig ihm persönlich an diesem Kapellenbesuche lag, ein Trumpf darauf gesetzt worden war. »Fahren oder Gehen« stand allein noch zur Frage. Schwester Judith, die sich vor dem Bergab und mehr noch vor der raschen Zickzackbewegung fürchtete, entschied sich für Gehen mit dreimaliger Rast, und zwar erst bei Toldy, dann bei den Hängeweiden und zuletzt bei Schmied Ambronn unten, in dessen Verwahrsam sich auch der Gitterschlüssel befand. Unten angekommen, setzte man sich auf eine zwischen zwei Pappeln stehende Bank gerade der Schmiede gegenüber und sah dem Schmied, der eben ein Pferd beschlug, bei seiner Hantierung zu. Tante Judith war entzückt. »Sieh, Franziska, das hab' ich nun seit fünfzig Jahren nicht mehr gesehen, seit meinen Mädchentagen nicht. Wo hat man nur immer seine Augen? Nie da, wo man sie haben sollte. Man achtet so viel auf Schlechtes und Häßliches im Leben und auf das Gute nicht. Sieh doch nur das Eisen, womit er den Huf abstößt, und das Sprühfeuer auf dem Herd.«

Der Schmied, als er die Herrschaften erscheinen sah, hatte sich bei seiner Arbeit unterbrechen wollen, war aber dem Widerspruche des Grafen begegnet. »Habe lange genug in Deutschland gelebt, mein lieber Ambronn, um euer Sprüchwort zu kennen: ›Wer zuerst kommt, mahl zuerst‹. Also nur erst fertig hier. Wir haben Zeit und die Toten auch. Übrigens seht nur, wie Gräfin Judith Euch zusieht, sie verschlingt Euch fast, so gut gefällt Ihr ihr. Und ist nicht der schlimmste Geschmack, den sie hat. Nicht wahr, Judith? Aber dafür müßt Ihr sorgen, Ambronn, daß der Jung' am Blasbalg seine Schuldigkeit tut und daß die Funken immer höher fliegen. Haben wir die, so haben wir alles, und es kann dann so lange dauern, wie's will. Ist dann, als ob wir Feuerwerk hätten.«

Der Schmied, der vornehme Leute sehr gut kannte, beeilte sich nichtsdestoweniger, und ehe zehn Minuten um waren, erschien er mit dem Schlüssel und bog, vorangehend, auf den kleinen Platz ein, auf dem die Kapelle gelegen war.

Es war ein Grasplatz mit zwei runden Asterbeeten und einem Kiesweg dazwischen; mitten auf dem Kiesweg aber stand eine Sonnenuhr. Egon wies darauf hin, als er mit Franziska vorüberging. »Für wen?«

Und nun stieg der Schmied die Steinstufen hinauf und öffnete die große Gittertür, dieselbe, durch die Franziska gleich am ersten Ausfahrtstage mit dem Grafen einen Blick geworfen und das Flimmern der ewigen Lampe gesehen hatte.

Drinnen sah es etwas vernachlässigt aus, der Graf war eben kein Kapellenbesucher. Und nun gar eine Gruftkapelle! Staub und Spinnwebe lagerten über allem, und der unausgesetzt aufsteigende Qualm der ewigen Lampe hatte das steife byzantinische Marienbild, das an der Wand dahinter aufragte, halb überblakt. Die strengen Züge schienen noch strenger geworden, und nur das Christkind, das nach der Weltkugel griff, lächelte.

Franziska konnte sich von dem Bilde nicht trennen und sah andächtig und bewegt hinauf, während Egon, der zum ersten Male hier war, ziemlich abgespannt an den Särgen hinschritt und sie wiederholentlich zählte, trotzdem zur Feststellung ihrer Zahl ein einziger Blick genügte. Nur auf dem letzten Sarge lag ein Kranz, aber verwelkt, weil er nur einmal alljährlich erneuert wurde.

Der alte Graf schien nicht viel interessierter als Egon, am lästigsten aber war ihm das Anstandsschweigen, die gezwungene Rücksicht auf Gebete, die, Judith abgerechnet, mutmaßlich von keinem gesprochen wurden. Endlich trat er in die Lücke, die noch zwischen dem letzten Sarg und dem Wandpfeiler war, und sagte: »Sieh, Judith, zwei Plätze noch, für dich und für mich. Kommt noch wer, so müssen wir zusammenrücken. Die Petöfys haben es an Politesse nie fehlen lassen.«

Franziska gab es einen Stich, als er so sprach. Gehörte sie nicht hierher? Überkam ihn plötzlich eine Standes- und Hochmutslaune? Nein, unmöglich. Wenn er sich eben halb scherzhaft seiner Politesse berühmt hatte, so wußte sie, daß er eines besaß, das ungleich höher stand: Edelsinn und ein innerstes Widerstreben, anderer Gefühle zu verletzen. Aber wenn es nicht Hochmutslaune war, was war es dann? War es, daß er sie zart und rücksichtsvoll in ihrer Eigenschaft als Protestantin nicht ohne weiteres an die katholische Stelle hin einladen wollte? Sie kam zu keinem Abschluß und ging ernst und sinnend neben der alten Gräfin her, die, halb durch ihre Wünsche, halb durch ihre Korrespondenz mit Feßler präokkupiert, all diesem Ernst und Sinnen eine andere Deutung gab und an die Möglichkeit dachte, daß der Moment vor dem verblakten Marienbilde doch vielleicht ein Erweckungsmoment gewesen sein könne.

Unter denselben Pausen, die man beim Hinabsteigen gemacht hatte, stieg man auch wieder bergan und war eben bei dem Teich und seinen Hängeweiden angekommen, als man etwas höher hinauf ein Schluchzen, Lärmen und Lamentieren hörte, das, wenn nicht alles täuschte, von der Stelle herkam, wo hinter dem langen Weingange die Gärtnerei gelegen war. Und wirklich, als man sich mit so viel Raschheit, wie das Asthma der alten Gräfin nur irgendwie zuließ, jener Vorlaube genähert hatte, vor der Franziska damals an dem Barcsaitage mit so viel Devotion und Liebe von seiten der Toldyschen Kinder empfangen worden war, sah man, daß sich hier etwas Ungewöhnliches ereignet haben müsse, denn nicht nur lief Toldy wie von der Tarantel gestochen auf und ab, auch die beiden ältesten Töchter starrten, den Kopf auf die Hand gestützt, in Traurigkeit vor sich hin, während vier kleinere, von denen keines über sieben zählte, bald an dem Rock des Vaters, bald an Kleid oder Schürze der beiden älteren Schwestern hingen und jenes Wehgeschrei fortsetzten, das man schon auf Mittelhöhe des Abhanges gehört hatte. Franziska, die für alles Toldysche voll wirklicher Zärtlichkeit war, eilte, wie sie den Jammer sah, allen anderen vorauf, den beiden ältesten Mädchen entgegen, aber ehe sie noch eine Frage stellen konnte, hatte sich Toldy selbst schon vor dem Grafen in die Knie geworfen und überflutete diesen mit einem Redestrom, in dem Marischka das dritte Wort war. Marischka sei fort, Marischka habe drunten auf der Wiese gespielt mit Stellmacher Szekelis großer Aranka, die schon ins zwölfte Jahr geh', und mit Zsoldos kleinem Görgeli, der noch kleiner sei als Marischka. Und mit eins sei von der Seite her ein böses altes Weib mit einem roten Tuch um den Kopf aus dem Erlenbusch herausgesprungen und hätte die Marischka gepackt und weggezerrt. Und das Kind habe nicht einmal geschrien, so todangst sei es gewesen. Und der kleine Görgeli sage, sie hätten's in einen Sack gesteckt. Aber das sei nicht wahr, das sei bloß aus dem Märchen, wo die Kinder immer in einen Sack gesteckt würden, nein, das glaub' er nicht; aber weg sei die Marischka, und er müsse sie wiederhaben, denn Marischka sei das Nesthühnchen und ein Engelchen, und er solle nur die Gräfin gnädigste fragen, die wiss' es auch, daß es ein Engelchen sei.

So ging es noch eine gute Weile, während die Kinder ebenfalls niederknieten und ihre Händchen falteten und jämmerlich weiterweinten und -schluchzten. Es war rührend, die Liebe der kinderreichen Familie zu dem verlorengegangenen Liebling zu sehen, aber in das Rührende mischte sich freilich auch ein Beisatz von Komischem, der, wenn nicht von Judith und Franziska, so doch von Egon und dem alten Grafen empfunden wurde.

»Ja, Toldy«, sagte dieser endlich, »ich will tun, was du willst, aber du mußt mir sagen, was und wie. Gegen wen hast du Verdacht? Wohin sind sie gegangen? Und wen nehmen wir mit?«

»Istem Magyar, ich weiß: der Hanka muß helfen. So wir haben Hanka, haben wir auch Marischka. Hanka ist König. Aber Hanka hat Haß gegen Toldy, zweimal, erst Haß wegen dem Spiel« – und er machte die Bewegung eines Geigenstrichs –, »und dann Haß, weil Toldy gesagt hat – aber Toldy hat es nicht gesagt – das letzte Feuer, das sei von ihm, von dem Hanka gewesen. Aber wenn Graf sagen: ›Hanka hilf!‹ dann hilft Hanka und vergißt Haß. Denn Hanka liebt Graf und fürchtet Graf.«

Einem solchen Appell an Hülfe war natürlich nicht zu widerstehen, und so wurde denn, als man das Schloß erreicht hatte, sofort an »König Hanka« geschickt, der alsbald auch zurücksagen ließ: er wisse nichts weiter, als daß drei Lager am großen See seien; an alle drei woll' er schicken und alle drei seinen Willen wissen lassen. Aber es werde sich keiner zu dem Kindesdiebstahl aus freien Stücken bekennen wollen, und so werde man's doch suchen müssen, bis man's finde. Aber *finden* werde man's.

Nach Eingang dieser Nachricht beruhigten sich alle Parteien, am meisten Andras, der sich von Anfang an ziemlich kühl gezeigt und im Gegensatz zu dem Rest der Familie zu Hannah, die seine Vertraute war, dahin ausgesprochen hatte, daß das Toldysche Haus überhaupt auf zuviel Augen stehe. Was aber die Marischka beträfe, so sei sie wohl ein Verzug, aber kein Engel. Ein Punkt, über den zu sprechen er um so geeigneter war, als er selber ungebührlich verzogen wurde.

Ja, man beruhigte sich, und Egon, als die Teestunde da war, stand bereits an dem Punkt, alles von der heiteren Seite zu nehmen. Zugleich sprach er gegen Franziska, die dabei zustimmend nickte, die Hoffnung aus, sie werde die für den andern Tag anberaumte große Suche mitmachen, immer vorausgesetzt, daß sich bis dahin nicht alles wieder geregelt habe, was freilich das wahrscheinlichste sei. Denn das ganze Gesindel hänge zusammen, und nachdem König Hanka seinen Ukas nunmehr erlassen habe, werde sich das »Engelchen« am andern Morgen auf Toldys Türschwelle vorfinden.

Aber dies erfüllte sich nicht, und als um die zehnte Stunde noch immer an keine Marischka zu denken war, brach man in zwei starken Trupps auf, von denen der alte Graf die für das linke, Graf Egon die für das rechte Seeufer bestimmte Kolonne führte. Bei der ersteren war auch Toldy, bei der zweiten aber Andras und Franziska, welch letztere trotz alles Abmahnens der alten Gräfin ihrer Neugier und einem kleinen in ihr aufsteigenden Abenteuerhange nicht hatte widerstehen können. Unten in Szegenihaza schloß sich dem Egonschen Trupp auch noch der kleine geistliche Herr an, anscheinend um dem Ganzen eine höhere Weihe zu geben, in Wahrheit aber aus Vorliebe für die junge Gräfin und in dankerfüllter Erinnerung an die Stunden und Tage, die sein armes, kleines Leben einen Sommer lang beglückt hatten.

Egon hieß ihn willkommen, und in jagdgerechtem Absuchen immer wieder von der Peripherie der Gehölze her bis in das Innere vordringend, ritt man von Dorf zu Dorf, auch sonst noch auf jede Kleinigkeit achtend. Aber die Sonne stand schon ziemlich tief, ohne daß man einer Spur des Kindes begegnet wäre. Franziska hing den Kopf, während Egon in wirklicher oder erkünstelter Verstimmung über den Schuft von Hanka herfiel, der bloß große Worte gemacht habe, sehr wahrscheinlich aber mit im Komplott sei. Das ganze Vergnügen sei wie Dachsgraben ohne Dachs, und alles in allem habe der Junge, der Andras, ganz recht, wenn er von zu vielen Geschwistern im Hause Toldy spreche.

Bei solchem Geplauder waren sie bis in die Nähe der Südspitze des Sees gekommen, als sie plötzlich einige hundert Schritte hinter sich ein Rufen hörten und in raschem Sichwenden Andras erkannten, der, eine Strecke Weges zurückgeblieben, in seiner Linken etwas in die Höhe zu halten schien. Gleich darnach aber hörten sie, daß er Marischkas kleine Schuhe auf dem Grabenrande gefunden habe, ganz so wie hingestellt, um leicht und bequem gesehen zu werden; dies sei der eine, den andern aber hab' er stehen lassen, um die Stelle nicht zu verpassen; er wette jetzt seinen Kopf, hier würden sie die Marischka finden, tot oder lebendig. Alle waren derselben Meinung und umstellten, als ihr Trupp heran war, eine von Disteln, Gras und Heidekraut überwachsene Gemarkung, auf der sie nun abermals wie zum Kesseltreiben vorgingen.

Und siehe da, was man vermutet hatte, traf ein, und zwischen hohem Farnkraut, ein Tuch unterm Kopfe, lag das Kind und schlief. Auch ein weniges von Brot war ihm in die Tasche gesteckt worden. Alles jubelte, sogar Egon, und jeder bedauerte, daß der alte Toldy, weil bei der andern Kolonne, sein Glück nicht gleich erfahren könne. Zwei, drei Schloßleute brachen denn auch auf, ihn an der andern Seeseite zu suchen, der Rest aber legte das übermüdete Kind, das ruhig weiterschlief, in einen Korb und machte kehrt, um nunmehr unter Führung des Geistlichen an demselben Ufer hin, an dem man gekommen war, den Rückweg anzutreten.

Dies war ein mehr als dreistündiger Weg, den die vom langen Ritt sich ohnehin ermüdet fühlende Franziska nicht auch noch im Sattel zurückzulegen wünschte, weshalb sie vorschlug, lieber in der einmal eingeschlagenen Richtung bis zu dem nahen Nagy-Vasar hin weiterreiten und von dort aus das letzte Dampfschiff zur Heimfahrt benutzen zu wollen. Andras solle sie beide begleiten.

Egon war mit dem Vorschlage zufrieden, und so ritten sie denn auf den Flecken und seine Dampfschiffstelle zu.

Achtundzwanzigstes Kapitel

Es schlug eben sechs in den umliegenden Dörfern, als Egon und Franziska, nur von Andras begleitet, auf Nagy-Vasar zuritten. Was sie nach rechts und links vor sich hatten, waren Äcker und Wiesen, und nur dann und wann unterbrach ein mit Tannen untermischtes Birkengehölz die sich bis an den See hin dehnende Plaine. Der Weg konnte keine halbe Stunde mehr sein, und so mußten sie das um sieben Uhr abgehende Boot noch bei guter Zeit erreichen, auch wenn sie nur Schritt ritten.

Aber gleich das erste Gehölz, das sie zu passieren hatten, gab ihnen einen Aufenthalt, indem sie ziemlich in der Mitte desselben einen Feuerschein zwischen den Bäumen hin wahrnahmen und allerlei Stimmen zu hören glaubten. Es schien ein Streit.

»Wir müssen hinein und sehen, was es ist«, rief Egon, sein Pferd rasch herumwerfend, während ihm Andras und Franziska durch die weißen Birkenstämme hin folgten. Aber sie fanden nichts und kehrten endlich nach längerem Suchen auf die große Straße zurück.

»Ich hoffte schon«, sagte Egon, »daß wir dem Toldy noch ein zweites, ein Pflegekind mitbringen könnten.«

»Dessen er sich in dem Glück über das eigene Kind auch wahrscheinlich gefreut haben würde.«

»Ganz unzweifelhaft. Denn zu den vielen Unerklärlichkeiten des Daseins gehört auch die, woher die gewöhnlichen Leute, die sogenannten Enterbten der Gesellschaft, ihre Zärtlichkeit nehmen.«

»Ich dächte daher, woher andere sie gemeinhin auch nehmen oder doch nehmen sollten, aus dem Herzen.«

»Gewiß. Aber wo die Not des Lebens nicht bloß mitspricht, sondern oft geradezu mitschreit, erscheint es mir immer rätselhaft, daß die Stimme des Herzens überhaupt noch gehört wird. Eine meistens doch nur leise Stimme.«

»Warum leise? Sie kann auch laut sein. Aber freilich, ich wundere mich nicht, Sie diese Sprache führen zu hören. War Ihnen doch die ganze Suche von Anfang an nur ein Sport.«

Egon biß sich auf die Lippen und sagte mit einem Tone, darin eine gewisse Schärfe lag: »Vielleicht.« Aber rasch wieder einlenkend, fuhr er fort: »Ich begreife Sie nicht, Franziska. Welche Vorwürfe! Sie werden sich doch, Pardon, nicht auf das Gefühlvolle hin inszenieren wollen! Gerade Sie. Das ist ganz unmöglich. Ich möchte nicht gern über diesen Punkt eine Meinungsverschiedenheit oder auch nur Unklarheit zwischen uns herrschen sehen, und so lassen Sie mich Ihnen denn sagen, daß es in meinen Augen nichts Trivialeres gibt als Sentimentalitäten. Und darin, denk' ich, stimmen wir zusammen. Ich gönne dem Gesamthause Toldy sein Glück und sein Geschluchze, denn alle diese Menschen, die Weiber natürlich vorauf, haben eine merkwürdige Gabe, zu jeder ihnen beliebigen Zeit in einen Strom von Tränen ausbrechen zu können, aber offen gestanden, ich habe kein Vertrauen zu der Aufrichtigkeit und noch viel, viel weniger zu der Tiefe solcher Gefühlsefferveszenz.«

»Efferveszenz!« wiederholte sie. »Welche Welt von Gleichgültigkeit drückt sich in diesem einen Fremdwort aus! Und diese Gleichgültigkeit haben Sie für das Höchste. Denn das ist es, wenigstens unter den irdischen Dingen. Ich kenne diese Leute, diese sogenannten ›Enterbten‹, und wenn ich mir nun ausmale, wie der alte Toldy das Kind in die Höhe hebt und es küßt und umhalst, und wie's dann reihum geht und jeder es halten und wieder haben will, so wird es mir heiß und kalt ums Herz, und ich beklage geradezu, nicht Zeuge davon sein zu können. Wie leer ist anderer Leben dagegen!«

»Anderer?«

»Oder sagen wir unser, Ihres, meines. Ich habe nicht gelernt, aus meinem Herzen ein Geheimnis zu machen, und will es auch als Gräfin Petöfy nicht lernen.«

»Ich erkenne Sie nicht wieder, Franziska.«

»Weil Sie mich nie gekannt haben... Aber wir werden uns in Trab setzen müssen, Egon, oder wir verfehlen das Schiff.«

Andras wurde herangerufen, um über die beste Richtung Auskunft zu geben, ehe er aber noch antworten konnte, hörten alle drei schon das erste Läuten vom Dampfschiff her. »Allez!« und in einer rascheren Gangart ging es jetzt über einen Feldweg und gleich darnach in schräger Richtung über eine Wiese hin, um mit Hülfe dieser Schräglinie die Hälfte des Weges abzuschneiden. Aber in der Mitte der Wiese war eine Sumpfstrecke, darin die Pferde so tief einsanken, daß sie kehrtmachen und die Hauptstraße wieder aufsuchen mußten.

Endlich trotz alledem hatten sie Nagy-Vasar erreicht und jagten nun, um das Versäumte wieder einzuholen, die lange winklige Gasse hinauf auf den See zu, von woher eben das dritte Läuten herüberklang. Aber ehe sie noch die letzte Biegung gemacht hatten, löste sich das Schiff schon vom Bollwerk und war bereits in voller Fahrt, als sie die Landungsbrücke zwei Minuten zu spät erreichten. Andras, im ganzen

Stolz eines gräflichen Dieners, rief dem Kapitän ein ziemlich befehlshaberisches »Halt!« nach und erwartete nicht anders, als daß der Respekt vor seinem Grafen allerhand Wunder wirken werde. Dies Wunder aber blieb aus, da Kapitän und Schiffsleute weder Egon noch Franziska erkannten, und so setzte das Boot denn seine Fahrt ruhig fort, während sich das an der Anlegestelle herumstehende Volk seiner kleinen Schadenfreude hingab und kicherte.

»Que faire?« fragte Egon, der sich rasch vom Pferde geschwungen hatte. »Wir werden uns in der nächsten Schenke wohl oder übel einquartieren oder vielleicht besser noch bis Mihalifalva reiten müssen. Da finden wir etwas, das einem Gasthof ähnlich sieht.«

Auch Franziska war aus dem Sattel gestiegen. »Ich denke, wir nehmen ein Segelboot und versuchen es mit einer Fahrt über den See ... Sagt, Leute, wie lange fahren wir bis Szegenihaza?«

Diese Frage hatte sie an eine Gruppe von Personen gerichtet, die bis dahin in dem Ausdruck ihrer Schadenfreude voran gewesen waren, jetzt aber bei der Aussicht auf Lohn und Verdienst mit einem Male sehr ernst und respektvoll wurden.

»Zwei Stunden«, sagte der eine. »Drei«, verbesserte der andere. So ging es hin und her, bis man sich dahin einigte, daß es in dritthalb Stunden zu machen sei, wenn man ein kleines, leichtes Boot, ein Segel und zwei gute Ruderer nähme. Der Wind sei nicht ungünstig, Südwest, und die Sterne zögen immer heller herauf.

Alles Volk, das zur Hand war, war denn auch sofort bereit, ein auf den Strand gezogenes Boot wieder flottzumachen, Egon aber nahm Franziskas Hand und sagte: »Franziska, Sie nehmen die Sache von der romantischen Seite. Fast ist es, als trügen Sie Verlangen nach einem Abenteuer. Aber erinnern Sie sich, daß Abenteuer und Gefahr Geschwisterkinder sind. Ich habe manches von diesem See gehört und muß Ihnen sagen, daß Sie beides haben können, Abenteuer und Gefahr.«

»Beides?« scherzte sie. »Nun, dann um so besser. Übrigens vergessen Sie, daß ich aus einer Seestadt bin. Und weil ich es bin, weiß ich mit aller nur möglichen Sicherheit, daß es gerad umgekehrt liegt und daß keine Gefahr im Anzug ist. Schiffersleute sind die sorglichsten und beinahe ängstlichsten Leute von der Welt, und wenn ein Bootführer mir sagt: ›Heute fahr' ich‹, so fahr' ich mit ihm, wohin er will, und wenn es in einer Nußschale wäre.«

»Gut, ich bin es zufrieden. Unter allen Umständen würd' es mir schlecht anstehen, noch weiter abmahnen zu wollen. Also wir fahren!«

Andras hatte, während dies Gespräch geführt wurde, die drei Pferde bei dem Schenkwirt untergebracht. Als er zurückkam, schwamm das Boot schon, und abermals eine Minute später löste sich's unter den Zurufen der Menge von dem Brückenpfahl ab, an dem man es kurz vor dem Einsteigen zu größerer Bequemlichkeit angekettet hatte. Jeder hatte seinen Platz: Andras am Steuer, Egon und Franziska dicht vor ihm; von den beiden Schiffsleuten aber, denen man sich anvertraut hatte, hielt der eine die Segelleine, während der andere bequem ausgestreckt am Boden lag und seinen wollhaarigen Mohrenkopf gegen die Kielspitze lehnte. Nichtsdestoweniger war er ersichtlich die Hauptperson und gab durch kurze Bewegungen mit seiner Stummelpfeife dem gegenübersitzenden Andras an, ob er mehr nach rechts oder nach links hin steuern solle.

Die Fahrt war entzückend, keine Welle ging, und Egon und Franziska, die den Blick auf den anscheinend in endloser Ausdehnung vor ihnen liegenden See frei hatten, konnten noch eine Zeitlang die durchglühte Rauchwolke des ihnen vorauffahrenden Dampfschiffs erkennen. Endlich aber schwanden Schiff und Glutschein, und von Licht war nichts mehr sichtbar als die Pünktchen in den Hüttenfenstern am Ufer. Andras begann ein Lied, unsicher erst und befangen; als aber gleich darnach sein Gegenpart am Kiel und wieder einen Augenblick später auch der Mann am Segel einzufallen und Egon im Takte Bravo zu klatschen begann, wurde das Singen immer kräftiger und voller und klang melodisch in die Nacht hinein.

Egon nahm Franziskas Hand und sagte: »Wie schön!«

»Romantisch«, neckte diese. »Zuletzt behalt' ich doch recht mit unserer Fahrt.«

Aber immer einsamer ward es. Die letzten Lichtfünkchen am Ufer erloschen, und nur die Sterne glühten noch über ihnen.

So war eine Stunde wohl vergangen, und sie mußten eben den Punkt erreicht haben, wo zwischen zwei Bergmassen das Wetterloch und sehr wahrscheinlich infolge beständig kreisender Luftströmungen eine von den Schiffern gefürchtete Trichterbewegung, ein Strudel, auf dem See war. Egon wußte von diesen Strudeln und ihrer Gefahr, aber auch wenn er nicht davon gewußt hätte, würd' ihn die plötzlich veränderte Haltung der beiden Bootsleute darauf aufmerksam gemacht haben. Der jüngere, der bis dahin die Segelleine gehalten hatte, reffte plötzlich ein, während der andere seine Pfeife beiseite warf und rasch aufsprang, um dem andern bei seiner Arbeit behülflich zu sein. Ihr Singen hatte schon vorher aufgehört. Und nun nahmen beide die großen Ruder zur Hand und griffen mit einer Anstrengung ein, die deutlich erkennen ließ, daß man entweder den Kurs ändern oder einen immer stärker werdenden Widerstand besiegen wolle.

Franziska hatte all dessen nicht acht und sah nur auf die blinkenden Tropfen, die vom Ruder fielen. Sie war müde geworden und bedauerte nichts weiter, als daß das Singen aufgehört habe. Plötzlich aber überlief es sie fröstelnd und fiebrig, und sie sagte leise vor sich hin: »Mich friert.«

Wirklich, es kam eiskalt vom Gebirge her, während zugleich hoch oben in der Luft ein feines Getön, ein unheimliches Pfeifen anhob. Und als Egon jetzt hinaufsah, sah er, daß die Sterne fort waren. Er schwieg indes und fragte nur den mit dem Mohrenkopf, ob er nicht eine Decke für die Gräfin habe. Der nickte, gab dem andern sein Ruder in die Hand und kam gleich darnach mit zwei Decken zurück, die bis dahin in der Nähe des Steuers unter einem Stück Segeltuch gelegen hatten. Franziska stand auf und wollte sich darin einhüllen, aber sie hatte nicht mehr Kraft genug und streckte sich endlich auf Egons Bitten am Boden des Bootes hin aus, auf dem man ihr eine Kopflage zurechtgemacht hatte. Dann nahm Egon die Decken und deckte sie zu.

Es war höchste Zeit, denn kaum daß sie so lag, so kam es auch schon wie eine Spirale die Luft herunter und hob das Wasser samt dem Boot in die Höhe, als ob ein Kork gezogen würde. Dazu wuchs das unheimliche Gepfeif, und als Egon jetzt unwillkürlich dem wenigstens anscheinend aus der Höhe niedersteigenden Tone nach obenhin folgte, sah er, daß die Sterne wieder da waren. Aber sie standen jetzt an einem wunderbar durchglühten Himmel, und ihr Licht, das eine Stunde vorher noch so still und friedlich auf die Welt herabgeblickt hatte, sah jetzt auf sie nieder, als ob es Unheil und Untergang bedeute.

»Mich friert«, wiederholte Franziska, während sie mit der Hand auf ihre Schläfe wies; Egon aber, ohne sich zu besinnen, riß jetzt den langen blauen Schleier von dem neben ihr liegenden Reithut und wand ihn um ihre Stirn, und der freundlich matte Blick, der ihn traf, verriet ihm, daß er's mit diesem Dienste getroffen habe.

Die Bootsleute hatten mittlerweile die Ruder eingezogen, und Egon, der eine Hoffnung daran knüpfen mochte, fragte: »Sind wir heraus?«

Aber keiner antwortete.

»Soll ich helfen?« fuhr er fort. »Wenn ihr müde seid, ich versteh's. Und Andras versteht es auch.«

Aber sie schwiegen weiter.

»Hört doch. Ich seh', ihr habt noch zwei andere Ruder; gebt sie nur her. Vier können mehr als zwei. Wir wollen mit anfassen.«

Alles still.

»Basseremtete!« rief jetzt Egon im Zorn. »Sprecht. Ich will Antwort haben. Wir kommen nicht von der Stelle, drehen uns bloß und müssen doch am Ende heraus.«

»Müssen?« wiederholte der ältere nur, während er lächelnd seine Pfeife nahm und damit spielte.

Franziska war bis dahin halb apathisch dem Gespräche gefolgt. Sie sah nun, wie's stand, und Egon die Hand reichend, sagte sie: »Verzeih! *Ich* bin schuld.«

»Woran?«

»An unserem Tod.«

»Wir leben.«

»Aber wie lange noch? Und es ist auch das beste so. Wenigstens das beste für mich. Der Tod löst alles Wirrnis, das ich heraufbeschworen habe. Was sollt' ich noch hier? Ich sterbe gern, Egon, und gerade so, so. Das Glück bleibt mir treu bis zuletzt . . . Aber du?«

»Nein, nein, Franziska. Es kann nicht sein; nicht so. Wir leben noch, *müssen* leben.« Und er ergriff ihre Hand und bedeckte sie mit Küssen.

In diesem Augenblicke schwieg das Pfeifen und Singen oben in der Luft, und statt seiner gab es einen schweren, dumpfen Schlag, wie wenn ein Segel im Winde hin und her klappt. Und dabei legte sich das Boot auf die Seite, so weit und so tief, daß es kentern zu wollen schien; aber als es wieder stand, griffen beide Bootsleute mit ihren Rudern ein, und alle fühlten jetzt, auch Franziska, daß sie dem Tod entronnen und aus dem Trichter heraus seien.

Egon hatte das Steuer genommen.

»Wohin?« rief er. Aber der, der den Führer machte, wies nur auf ein Inselchen, das sie jetzt, keine hundert Schritte mehr entfernt, aus dem Wogenschwall aufragen sahen. Es war ein Schieferfelsen mit angespültem Schlick und Sand, an dessen Abhang die Möwen ihre Nester hatten. Aber keine war zu sehen, alle steckten in ihren Felsenlöchern, und nur ein Fischreiher, so schien es, stand auf der kahlen Höhe und hielt Umschau.

»Wohin?« wiederholte Egon seine Frage.

Doch statt aller Antwort kam diesmal ein Wellenstoß und warf das Boot auf den Strand.

Alles sprang in die Brandung, und durch Schaum und Gischt hin watete man auf das Vorland zu, das zwischen dem Felsen und dem See lag. Allen voran Franziska, der mit der

Hoffnung auf Leben auch die Lust am Leben wiedergekommen war, und als sie jetzt aus Tod und Brandung heraus mit einem Male wieder den trockenen Sand unter ihren Füßen knirschen fühlte, warf sie sich nieder und griff in den Sand hinein, als ob sie das Leben selbst mit aller Kraft aufs neu erfassen wollte. Dabei sprach sie Dankesworte vor sich hin und weinte und schluchzte, bis ihr Weinen und Schluchzen endlich schwieg.

»Komm!« bat Egon.

Aber sie hörte nicht mehr, und als er sie vom Boden emporhob, sah er, daß sie besinnungslos war und eine Ohnmacht ihr Leben in Banden hielt.

»Ist eine Hütte da?«

»Ja. Da, wo der Rauch zieht.«

Und sich untereinander ablösend, trugen sie sie die roh in den Felsen gehauenen Stufen hinauf, bis man oben vor der Fährhütte hielt.

Neunundzwanzigstes Kapitel

Die Insel, darauf das Boot aufgelaufen war, lag nur in geringer Entfernung vom Ostufer des Sees, so daß, als der Sturm eine Stunde später nachgelassen hatte, von seiten Egons beschlossen werden konnte, Botschaft an den alten Grafen zu senden. Ein zwölfjähriger Junge, der den See wie sein Vaterunser kannte, war auch zu der Botschaft bereit, setzte glücklich über und traf um zwei Uhr nachts auf dem Schloß oben ein. Er fand noch alles wach und übergab an Graf Adam einen Zettel, den Egon geschrieben hatte. Dieser lautete: »Gerettet. Franziska matt und erschöpft. Bei Tagesanbruch fahren wir mit der Fähre bis Szent Görgey, wo wir einen Wagen erwarten. Egon.«

Der Graf, als er gelesen, gab den Zettel an Judith. Diese war in äußerster Erregung, sah in allem nur Wunder und Gebetserhörung und versprach, eine Kirchenschenkung zu machen, während ihr Bruder das Rettungswunder auf die zwei Bootsleute schob und sich dahin entschied, es diesen zugute kommen zu lassen.

»Im übrigen«, schloß er, »da wir nun Egon und Franziska geborgen wissen, wollen wir auch uns selber bergen. Etwas Schlaf ist immer gut, es fehlt uns sonst an Kraft, uns morgen unserer Geretteten zu freuen. Denn eine Freude mit müden Augen ist nur halbe Freude. Also gute Nacht.«

Am andern Morgen regte sich bis zu verhältnismäßig später Stunde nichts im Schloß, und zehn Uhr war längst vorüber, als man sich endlich beim Frühstück traf und nach voraufgegangener herzlicher Begrüßung an ein Fragen und Erzählen ging.

Franziska hatte das Wort und sprach lebhaft und anziehend, aber obschon sie hinter ihrem Erzählerrenommee nicht eigentlich zurückblieb, so blieb doch vieles in ihrem Vortrage dunkel und lückenhaft und gewann erst wieder Leben und Unbefangenheit, als sie mit gewohnter Vorliebe für die Kleinmalerei zur Schilderung des Fährhauses und seiner Insassen überging. Alle Geschichten ihrer Kindertage seien ihr in demselben Augenblick wieder lebendig geworden, wo sie sich beim Erwachen aus ihrer Ohnmacht in dem aus Feldstein und Rasenstücken aufgebauten Fährhause mitsamt der alten Fährhaushexe vorgefunden habe. Wirklich, alles sei halb Märchen, halb Walter Scott gewesen. Aber kein Kaffee der Welt hab' ihr je so geschmeckt wie dieser Fährhaus- und Hexenkaffee, was schließlich auch wieder nicht zu verwundern und jedenfalls kein Mirakel sei. Denn die Lage, darin man sich gerade befinde, bestimme nicht nur unser Tun, sondern auch unseren Geschmack, und während ihr, um nur ein Beispiel zu geben, bis dahin Blak und Torfqualm der Inbegriff alles Lästigen und Widerlichen gewesen sei, denke sie jetzt mit Dankbarkeit an die Blak- und Torfqualmwolke zurück, aus der ihr in ebendieser Fährhütte das Leben neu niedergestiegen sei.

»Das Glück kommt immer in der Wolke«, lachte der alte Graf, »und wer es nicht aus der Mythologie weiß, nun der weiß es aus den Bildergalerien. Und du darfst darüber nicht verlegen werden, Franziska, denn ich wage die Behauptung und erhebe sie hiermit zum Dogma: ›Alles, was noch gemalt werden kann, ist auch noch salonfähig.‹ Und dabei bleibt es, auch wenn Schwester Judith mir Blicke zuwirft, als ob sie den großen Bann über mich verhängen wolle. Sie vergißt eben ganz und gar, daß wir dem frohen Ereignis, das sich zugetragen, auch ein Dankopfer zu bringen haben, und das meine besteht in etwas Übermut und guter Laune. Jeder nach seinen Kräften. Judith freilich wird auf der Rettungsinsel lieber eine Kapelle bauen und eine heilige Franziska darin aufstellen lassen, immer vorausgesetzt, daß es eine solche gibt. Vorläufig aber stell' ich ernstlich zur Frage: Wer fährt mit? In einer Stunde nämlich muß ich auf drei Tage zur Gerichtssitzung nach Gruz, diesem verdammtesten aller verdammten Nester, das keinen Pflasterstein und auf tausend Mäuler in Bausch und Bogen dreitausend Rüssel hat. Eins zu drei. Aber was sag' ich, eins zu drei? Wer eine Gerichtssitzung mitmacht, der rechnet sich noch ganz andere Prozentsätze heraus. Doch das beiseite. Was meint ihr, Egon, Franziska? Ihr könntet mich bis Mihalifalva begleiten und mir bei der Gelegenheit als erste Wallfahrer eure Rettungsinsel zeigen.«

Egon und Franziska schwiegen unschlüssig, Judith aber war mit großer Entschiedenheit dagegen. Es sei besser, des Jüngstvergangenen in Andacht und Stille zu gedenken, als spöttisch und persiflierend aus dem Inselchen eine Pilgerstätte zu machen.

Der Graf lachte, war es aber zufrieden und brach allein auf, um an dem so wenig schmeichelhaft von ihm geschilderten Komitatsort einer dreitägigen Gerichtssitzung beizuwohnen.

Dreißigstes Kapitel

Eintönig waren die drei Tage vergangen; Egon und Franziska mieden sich und trafen sich nur bei Tisch und beim Tee, und während der Stunden, wo sonst lebhaft geplaudert zu werden pflegte, war es jetzt still, als ob man sich nichts zu sagen habe.

Judith hatte dessen am ersten Tage nicht acht, am zweiten aber bemerkte sie's, und am dritten sprach sie's unumwunden aus. Nun besannen sich Egon und Franziska wieder und nahmen ein Gespräch auf, lebhaft, pointiert und überhaupt anscheinend wie früher. Aber es lachte niemand. Die Worte, die gewechselt wurden, entbehrten aller Unbefangenheit.

Am vierten Tage früh kam ein Telegramm aus Gruz, worin der Graf meldete, daß er statt am Vormittage, wie gewollt, erst spät am Abend eintreffen werde.

Das Blatt ging von Hand zu Hand, ohne daß eine Bemerkung gemacht worden wäre; dann aber zog sich Franziska zurück und sah, oben in ihrem Zimmer angekommen, in das Kaminfeuer, das lustig flackerte. Hannah erschien aus dem Nebenzimmer, um ein Scheit aufzulegen, eigentlich aber, weil sie sah, daß ihre Herrin und Freundin bedrückt war und sprechen wollte.

»Setze dich auf das Kissen hier«, sagte Franziska nach einer Weile. »So; hier. Und nun bleib und erzähle mir etwas Hübsches, etwas Freundliches, etwas Trostreiches. Ich brauch' es so sehr. Ich habe Sehnsucht nach Wien, nach Welt und Menschen und wollte, wir wären erst fort von hier.«

»Ich wollt' es auch, aber glaubst du, daß es hilft?«

»Was?«

»Daß wir hier fortgehen. Ich meine, Fränzl, es muß *hier* anfangen.« Und dabei wies sie mit dem Finger auf Franziskas Herz.

Diese schwieg und sah vor sich hin.

»Ja, Fränzl, du mußt wieder einen Willen haben; konntest dich doch sonst bezwingen. Aber die langen Regentage sind schuld, da fing es an. Und das zweite war, daß sie die Marischka wegstahlen, und das dritte, daß das Dampfschiff fort war. Ach, an derlei hängt es immer, und in so kleine Haken hakt der Teufel am liebsten ein. Ich sorge mich jetzt vor dem, was kommt. Denn sieh dich vor, Fränzl, ich versteh' mich auf Augen, und ein so gutes Herz er hat, so heißes Blut hat er. Er ist ein Feuertopf, und fällt erst mal ein Funke hinein, so haben wir ein Geprassel und einen Krach und

169

Knall. Ich beschwöre dich, hast du mir nichts zu sagen, nicht ein kleines Wort, das mich beruhigen könnte?«

Franziska schüttelte den Kopf.

»Fränzl, Gräfin«, fuhr Hannah fort, »ich begreife dich nicht. Du weißt, ich war damals dagegen, in Öslau schon und dann in Wien. Aber als du's durchaus wolltest, da begab ich mich und dachte bei mir: ›Nun, sie muß es am Ende wissen, was ihr Herz kann und nicht kann.‹ Und du berühmtest dich auch. Und nun endet es so. Bezwinge dich und denke, du bist noch jung. Ich will dich nicht mit Tugendrederei quälen; ach Gott, Tugend! Aber sei klug und bedenke, was Phemi dir immer sagte: ›Bis dreißig ist es nichts.‹ Und sieh, ehe du dreißig bist, bis dahin ist noch lang und ändert sich vielleicht viel. Du mußt nur warten können.«

»Ich glaube wohl, daß du recht hast, Hannah, aber es ist nun einfach zu spät. Und dann, dann . . . Aber ich will mich nicht bergen und flüchten dahinter; es wäre kleinlich und unedel gegen ihn und vielleicht Schlimmeres noch. Also lassen wir's. Ich fühle meine Schwäche, mein Unrecht, und ich bekenne mich dazu.«

Als Hannah und Franziska so sprachen, war Egon erst in den Park und dann über die breite Dorfwiese fort in die Berge gegangen. Heute zu Fuß.

Es war derselbe Weg, den er in den ersten Wochen seiner Anwesenheit fast alltäglich mit Franziska gemacht und auf dem ihm das Gespräch über den Entführungsroman in der Devavianyschen Familie zum erstenmal einen bestimmten Blick in Franziskas leidenschaftliche Natur gegönnt hatte. Hoch oben, am Waldsaume hin, lag Tannen- und Birkenholz in Klaftern aufgeschichtet, und müde vom Steigen nahm er auf einer dieser Klaftern Platz. Er sah vor sich hin, zeichnete Figuren in den Sand und überdachte seine Lage.

»Was tun? Ich habe nur zwei Wege: weiter treiben oder Rückzug. Und der eine Weg ist um nichts besser als der andere. Weiter treiben und auf Geheimnis hoffen, – eine Hoffnung, die jedesmal trügt. Denn alles dunkel Verschwiegene wächst sich ans Licht, heut' oder morgen. Also Rückzug oder, was dasselbe sagen will: Rückfall in die Gewissenhaftigkeit, in eine Gewissenhaftigkeit, an die niemand glaubt und am wenigsten die, der man damit zu sagen scheint: ›Ich bin gewissenhafter als du.‹ Die Weiber haben dies Rückzugsrecht, nicht wir. Unser Rückzug ist allemal Erkühlung oder Feigheit oder Überdruß. Oder wird doch so gedeutet. Also nur weiter! Wer ehrlich sein will, muß mit Ehrlichkeit anfangen.«

Der Weg, auf dem er aufgestiegen war und auf den er jetzt von der Höhe her zurücksah, lief wie ein Faden zwischen den Waldwiesen hin, und ein Wässerchen, das halb in Binsen stand, schlängelte sich nebenher. In den Binsen aber ging der Wind, denn seit dem Sturm auf dem See war wieder ein Wetterumschlag eingetreten, und grauschwarze Wolken, aus denen dann und wann ein Regenschauer niederfiel, zogen endlos vom Gebirg her über das Schloß hin. Auch in diesem Augenblicke wieder lag der Glockenturm in solchem Gewölk, und ein fahler Lichtschein, der von der entgegengesetzten Seite her auf die graue Wand fiel, steigerte nur das Unheimliche des Anblicks. Um ihn her die Stelle, wo das Holz aufgeklaftert lag, war windgeschützt, aber aus dem Walde kam dann und wann ein Luftstrom und schüttelte von dem überhängenden Gezweig einige Tropfen auf ihn nieder. Alles in Nähe und Ferne war wie in eine große Trübe gekleidet.

Er erhob sich endlich, um seinen Rückweg anzutreten, wollte jedoch den Schlängelpfad, auf dem er gekommen war, nicht wieder einschlagen und zog es vor, weglos über eine den steilen Abhang bedeckende Wiese hinabzusteigen. Diese Wiese war aber glatter und abschüssiger, als er dachte, so daß er sich, um nicht auszugleiten, an allerlei Gebüsch, Weißdorn und Hagrosen, festhalten mußte, die den ganzen Abhang hinauf und hinab gepflanzt waren oder auch wohl sich selber gepflanzt hatten. An einem dieser Büsche blühte noch eine verspätete Rose; die brach er und nahm sie mit sich, einen Augenblick von der Hoffnung und fast auch von dem Glauben erfüllt, ein Unterpfand künftigen Glückes in ihr empfangen zu haben.

Aber welches war das Glück?

Und nun sprang er über den Binsenbach fort und hielt wieder die große Straße, bis er zuletzt an ein tieferes Wasser kam, das an seinem Uferrande von Werft und Weiden überwachsen war. Es hieß, daß erst ganz vor kurzem einer an dieser Stelle gefunden worden sei, halb verschlammt und begraben und nur die rechte Hand ausgestreckt nach dem niederhängenden Gezweig. Und keiner wußte, war es Untat oder ein Unglück.

In weitem Bogen ging er um das verschlammte Wasser herum, aber als er's im Rücken hatte, war ihm doch, als folg' ihm wer.

Er blieb stehen, da stand der andere auch.

Und es überlief ihn eiskalt.

Erst nach einer Weile nahm er wahr, daß es der Widerhall seiner eigenen Schritte gewesen, was er unheimlich und gespenstisch neben und hinter sich gehabt hatte.

Einunddreißigstes Kapitel

Der Graf war spät abends, wie sein Telegramm gemeldet, wieder auf Schloß Arpa eingetroffen, aber erst am andern Morgen begrüßte man sich. Er war sehr heiter und aufgeräumt und erzählte von allerlei Zwischenfällen. Ein feiner Sinn für das Komische, der ihn auszeichnete, gab all seinen Schilderungen Kolorit und Leben.

»Aber nun will ich wissen«, fuhr er fort, »was inzwischen *hier* vorgegangen ist, hier und draußen in der Welt. Denn ich habe seit vier Tagen kein Zeitungsblatt in der Hand gehabt und weiß nicht einmal, ob Gambetta mittlerweile seine Revanche genommen hat oder nicht. Ich vermute, nicht, aber es wäre mir lieb, die Bestätigung zu hören. Und zwar möcht' ich sie, wenn es sein kann, von Schwester Judith hören. Ja, Judith soll lesen, hält sie doch ohnehin seit einer Viertelstunde das Zeitungsblatt in der Hand und wartet darauf, daß ich schweigen soll. Ich habe mich zwar in meinem Redestrom durch ihre stille Kritik nicht stören lassen, aber doch beständig gefühlt, daß sie mit ihrer Unschuld und ihrer Trauermiene meinem ganzen Gruzer Komitatsvortrage das Mark ausgesogen hat. So denn zur Strafe, lies und fange mit Frankreich an. Es ist immer noch das Interessanteste. Selbst ihr Gezänk ist voller Leben.«

Er sprach weiter und schien es mit seinem Verlangen, etwas aus der Welt hören zu wollen, nicht allzu dringlich gemeint zu haben. Endlich aber entsann er sich wieder und sagte: »Nun, was hast du gefunden? Gib uns die Quintessenz.«

»Ich habe nichts gefunden, Adam. All diese Zänkereien, die dich interessieren, interessieren mich nicht, und was *mich* wiederum interessiert, das sind Anekdoten und Notizen, über die du spöttisch hingehst.«

»Es käme doch auf einen Versuch an. Ich bin schließlich auch der Mann der Anekdote.«

»Nun denn, im Hospitale zu Charenton, so berichtet hier die ›Augsburgerin‹, ist hundertunddrei Jahre alt ein Mensch gestorben, den man allgemein den Glasmenschen nannte.«

»Sonderbar. Ein l'homme de fer ist mir auf meinen Weltfahrten irgendwo vorgestellt worden, ich glaub' in Straßburg. Aber ein l'homme de verre ist mir neu. Warum hieß er so?«

»Weil er sich selber einbildete, von Glas zu sein.«

»Also durchsichtig?«

»Ja.«

»Sagt die Notiz nichts weiter? Du bist so einsilbig, Judith. Ich möchte mehr wissen. Wie verbracht' er sein Leben?«

»Er lebte korrekt.«

»Nur in der Ordnung. Wer von Glas ist, hat die Verpflichtung, korrekt zu leben; er kann ja jeden Augenblick in seinem Triebwerk kontrolliert werden. Was meinst du, Franziska?«

Diese senkte den Blick, überwand sich aber und sagte: »Die Seele, mein' ich, bleibt unsichtbar.«

»Ja, die Seele, Aber es wäre schon immer was, das Herz arbeiten zu sehen.«

»Es ist das so nötig nicht«, sagte Judith. »Alles hat seinen Widerschein, und auch das Herz spiegelt sich. Wir sind alle viel mehr Glasmenschen, als du glaubst, Bruder. Und es ist schließlich auch ein Glück, daß es so ist.«

»Aber ein größeres noch, daß es als Regel nicht so ist. Nur der Irrtum ist das Leben.«

»Oder die Wahrheit.«

»Ach, die Wahrheit? Glaube mir, Judith, die Welt bleibt ewig in der alten Pilatusfrage stecken.«

Egon, als dies Gespräch schwieg, trat auf die Veranda. Dann kam er zurück und entschuldigte sich für den Tag, er habe eine Verabredung; Fasanenjagd mit Szabô. Nach ihm erhob sich auch Franziska, der der Boden unter den Füßen brannte. War dies alles Zufall, oder war es mehr? Sie ging auf ihr Zimmer, froh, aus dem Kreuzfeuer heraus zu sein.

Nur Graf Adam und Gräfin Judith blieben, jeder anscheinend in seine Lektüre vertieft. Aber die Gräfin war es nicht, und als eine kleine Weile vergangen war, legte sie die Zeitung nieder und sagte: »Hast du noch nicht an Aufbruch gedacht, Adam? Ich meine, nach Wien. Die Tage werden kurz . . .«

»Und dir zu lang«, unterbrach der Graf. »Der kleine Mann unten ist freilich kein Pater Feßler; aber Pardon, Judith, so steht nicht jeder zu dieser Sache. Was sollen wir jetzt in Wien? Es ist noch um einen Monat zu früh, und verlängern wir die Saison um diese vier Herbsteswochen, so nehmen die Frühjahrswochen kein Ende. Zudem bin ich einigermaßen Gewohnheitsmensch und treffe nicht gern vor dem zweiten Dezember in Wien ein. Also wenn du willst, auch ein Mann des zweiten Dezember.«

»Ich würde mich nie so nennen, Adam, auch im Scherz nicht. Und nun gar du, der im Aberglauben steckt. Aber was ich dir sagen wollte: du verfällst zu sehr in deinen alten Fehler.«

»Und der nennt sich?«

»Ein liebenswürdiger Egoist zu sein. Ehedem durftest du das. Aber du bist heute nicht mehr der, der du vor einem Jahre warst, und hast heute kein Recht mehr, so bon gré mal gré von deinem gewohnheitsmäßigen zweiten Dezember zu sprechen.«

»Ich verstehe dich nicht.«

»Oh, du verstehst mich sehr gut; ich seh' es an dem Zucken um deinen Mund. Aber ich kann alles, was ich zu sagen habe, dir schließlich in einem einzigen Worte sagen, und dies eine Wort ist ein Name.«

»Hat sie geklagt?«

»Mit keiner Miene; solche Naturen klagen nicht. Aber ob sie nun geklagt hat oder nicht, das bleibt bestehen: du mutest ihr mehr zu, als sie tragen kann. Und wenn ich vorher von Wien sprach und von unserer Abreise dahin, so heißt das einfach: sie muß aus dieser Einsamkeit heraus.«

»Einsamkeit. Was heißt Einsamkeit? Ich hab' es in ihre Wahl gestellt, ob sie Besuch haben wolle oder nicht, und hab' ihr beispielsweise von Phemi gesprochen. Sie hat es aber abgelehnt. Das war, ehe ihr kamt, ja, ehe wir wußten, daß ihr kommen würdet. Nun seid ihr seit einem Monat hier, und jeder Tag ist so bunt wie das Laub im Park draußen und so plapperhaft wie ein Elsternest. Ist das Einsamkeit? Du bist hier, Egon ist hier, und zum Überfluß et pour combler le bonheur sorgt auch noch der Himmel für entführte Kinder, für Schiffbruch und Abenteuer.«

»Eben deshalb«, unterbrach hier die Gräfin und verließ langsam das Zimmer. Es war fast, als ob sie darauf gerechnet habe, von ihm zurückgerufen zu werden.

Aber seine Verwirrung war zu groß, so groß, daß er in Schweigen verharrte. Sein Auge rötete sich, wie es stets geschah, wenn ihn ein Gegenstand erregte; dann warf er die Zigarette durch die Balkontür, nahm ein Buch, das auf dem Nebentische lag, und blätterte mit dem Finger über den Rand hin, wie wenn man über ein Spiel Karten fährt. Er war bis ins Tiefste getroffen. Aber seine vertrauensselige Natur überwand es wieder, und indem er eine Spalte der Zeitung, aus der Judith vorgelesen hatte, mit dem Auge durchlief, ohne sich im geringsten um den Inhalt zu kümmern, sprach er vor sich hin: »Es ist Judith, wie sie leibt und lebt, und ich werde sie nicht ändern. Die hellste Seele von der Welt und dabei passionierte Schwarzseherin. Überall geheimnist sie was hinein. Das hat sie sich von den Pfaffen angenommen, die sich nichts vorstellen können ohne Dunkel, Komplott und Intrige. Welche Widersprüche leben doch in unserer Natur; sie selbst hat nie den kleinsten Höllenfaden gesponnen, und wenn der Himmel der Hölle Preis wäre, sie würde diesen Faden nicht spinnen können. Aber weil sie von Jugend auf gehört hat, es gebe dergleichen in der Welt, so sieht sie's nun überall. Übrigens ist es leicht, Rat zu schaffen. Egon hat sich eben verabschiedet, und so paßt es für heute nicht; aber was heute nicht paßt, paßt morgen, und morgen mit dem frühesten werd' ich ihn stellen und ihm rund heraus erzählen, was der Tante Judith auf der Seele brennt.«

Er wiegte sich, als er so sann, in dem Schaukelstuhle hin und her ging dabei das Gespräch, das er mit Judith gehabt hatte, noch einmal durch. »Wie verlief es doch? Ich hatte von Egon gesprochen. Aber Egon war nicht das letzte Wort ... Schiffbruch und Abenteuer sagte ich, und dann antwortete sie: ›Eben deshalb‹.«

Er sprang auf und schlug sich vor die Stirn. »Wenn ...« Aber er wurde seiner Erregung abermals Herr. »Unsinn! Es ist Judith; c'est tout. Woher will sie's wissen. Als ob sie mit im Boot oder wohl gar mit in dem räucherigen Fährhaus gewesen wäre. Sie braucht Geschichten und macht sie sich, das ist alles, und am Ende, warum nicht? Die Menschen machen sich ihre Götter, warum sollen sie sich auch nicht ihre Geschichten machen? Bedürfnis und Angebot, das alte Lied. Übrigens freu' ich mich auf das Gesicht, das Egon ...«

In diesem Augenblicke trat Andras ein, um den Frühstückstisch abzuräumen. »Der weiß es«, schoß es dem Grafen durch den Kopf, und ehe er noch einen bestimmten Plan fassen oder zu reiferer Überlegung kommen konnte, fuhr es schon aus ihm heraus: »Andras, mein Junge, ich habe dich so gut wie noch nicht gesehen, seit du mit auf dem See warst. Hast dich tapfer und brav gehalten, hat mir die Gräfin erzählt, und Graf Egon ...«

Der Junge lächelte.

»Sieh, das hör' ich gern, Andras, und du kannst dir auch etwas wünschen, jetzt gleich, oder wenn du mal groß bist und eine Braut hast, hier oder in Wien. Aber hübsch muß sie sein, hörst du! Bist ja selber ein hübscher Jung'. Und dann heiratest du sie . . .«

»Will nicht, Graf.«

»Will nicht. Was heißt will nicht? Du wirst schon wollen. Und dann kommen wir alle zu deiner Hochzeit, ich und die Gräfin und Graf Egon. Ja, die Gräfin und Graf Egon auch; die gehören ja jetzt zusammen, weil sie zusammen in dem Boot und in der Gefahr waren. Und Gefahr schließt die Menschen zusammen, das weiß ich . . . Und du hast nichts auf dem Herzen? Und hast mir nichts zu sagen, Andras?«

»Nein, Herr.«

»Und weißt nichts?«

»Nein, Herr.«

»Und *willst* auch nichts wissen?«

Andras hatte sein »Nein, Herr« schon ein drittesmal auf der Zunge, besann sich aber rasch und sagte, während er sich vor dem Grafen aufrichtete: »Was, Herr?«

In dem Tone lag etwas, was den Grafen beschämte.

»Nichts«, sagte dieser ruhiger. »Es ist gut so. Wir gehen in dieser Woche noch nach Wien. Und du mit.«

Zweiunddreißigstes Kapitel

Eine Woche später war man wieder in Wien.

Der Graf hatte noch am selben Tage, wo sein Gespräch mit Judith stattgefunden, seinen Entschluß ausgesprochen, als Reisemarschall voraufgehen und im Stadtpalais, in dem man inzwischen eine Reihe neuer Zimmer eingerichtet hatte, nach dem Rechten sehen zu wollen, in Wahrheit aber lag ihm nur daran, ein Zusammensein mit Egon in demselben Kupee zu vermeiden. Er fühlte deutlich, daß er den rechten Ton nicht treffen, auch vielleicht der ihm eigenen Neigung zu Sarkasmen nicht immer widerstehen werde, was, wenn unberechtigt, einfach beleidigen, und wenn berechtigt, als ein Auskunftsmittel in Altweibermanier erscheinen mußte. Dem einen aber wie dem andern wollt' er sich entziehen. In Wien ließen sich dann die Begegnungen einschränken, wenn sich dies, was doch immer noch in Zweifel lag, überhaupt als wünschenswert herausstellen sollte. Die Zerstreuungen der großen Stadt waren jedenfalls das beste Mittel, ihm einen freieren Blick und ein eigenes selbständiges Urteil zurückzugeben.

Wirklich, diese Zerstreuungen übten auch ihre Wirkung auf ihn, und sie konnten es um so leichter, als sich seinem anscheinend nur oberflächlich, in Wahrheit aber scharf beobachtenden Auge nichts zeigte, was dem in seiner Seele wachgerufenen Argwohn irgendwelche Nahrung hätte bieten können. Egon, wenn er abends im Salon der alten Gräfin erschien, war ernster und schweigsamer als gewöhnlich, aber in seinem Benehmen gegen Franziska ließ sich weder eine besondere Zurückhaltung noch auch eine besondere Vertraulichkeit entdecken. Und so durft' es denn nicht wundernehmen, daß dem alten Oheim, wenn nicht ein volles Vertrauen, so doch ein gewisser seelischer Mittelzustand zurückkehrte, der gerade hoffnungsreich genug war, ihn zur Eröffnung der Saison eine musikalische Soirée mit sich anschließender Ballfestlichkeit veranstalten zu lassen, eine Reunion, zu der außer der Künstler- und Gelehrtenwelt auch alle diejenigen Personen der Aristokratie geladen worden waren, auf deren Erscheinen man mit Sicherheit rechnen durfte.

Man hatte nur noch drei Tage. Da jedoch alle Vorbereitungen längst getroffen worden, so waren gerade diese Tage freie Tage, die denn der Graf auch vorhatte, so gut altwienerisch wie möglich zu verbringen. Im Theater also. Das Gastspiel eines ausgezeichneten norddeutschen Künstlers, der zugleich ein besonderer Liebling des Grafen war, forderte noch besonders dazu auf.

»Ich habe für heute abend zu der Vorstellung unseres alten Freundes eine Loge genommen«, sagte der Graf, als er Franziska beim zweiten Frühstück begrüßte. »Wir werden ihn, nachdem wir die ›Partie Piquet‹ und leider auch die ›beiden Klingsberge‹ versäumt haben, wenigstens in einer neuen Rolle sehen.«

»Und in welcher?« fragte Franziska.

»Als Herzog von Chevreuse; ein Scribesches oder Dumassches Stück mit gleichgültigem Titel und gerade schon wieder alt genug, um als neu gelten zu können. Ich entsinne mich, es in den letzten Louis Philipp-Tagen in Paris gesehen zu haben, habe jedoch keine Ahnung mehr, was es ist.«

»Seinem Titel nach sehr wahrscheinlich eines jener französischen Memoirenstücke, die nie schlecht und nie gut sind und mir immer ein horreur waren. In meiner Erinnerung haben sie nicht bloß alle dieselbe Physiognomie, sondern auch dieselben Personen: einen König und eine Königin, eine merkwürdig naive Prinzessin, ein paar Herzöge mit pomphaften Namen einschließlich irgendeiner Maintenon oder Pompadour und dazwischen einen Perin oder Figaro, der alles einfädelt oder nasführt, oder wohl gar einen Narziß, der der ganzen Grandseigneurschaft die haarsträubendsten Sottisen sagt.«

»Schau, Fränzl«, entgegnete der Graf, der diesen Ton liebte, »du hast ja deine gute Laune wieder. Ich sehe nun, daß es Zeit war, aus unserem alten Dohlennest aufzubrechen; die Wiener Luft atmet sich doch besser und legt sich dir weicher ums Herz, nicht wahr? Ich hab' übrigens die Loge links genommen, die größere, denn ich rechne nicht bloß auf Egon, der sich angesagt hat, sondern auch auf Judith. Sie muß durchaus einmal heraus und nicht immer nur Feßler sehen und von der heiligen Genofeva hören.«

Und wirklich, die gute Gräfin, in der sich aller Frömmigkeit unerachtet doch dann und wann noch die Wienerin alter Tage regte, hatte sich bestimmen lassen, der Vorstellung beizuwohnen, und eine kleine Zeit nach Beginn derselben erschien man allerseits und nahm die Plätze: Gräfin Judith und Franziska vorn, dahinter der alte Graf samt Egon und Graf Pejevics, welcher letztere sich ihnen im Foyer erst angeschlossen und den eigenen Platz im Stiche gelassen hatte. Zu Beginn des Stückes wandte sich Franziska mehrfach um und schien, während sie Petőfy freundlich zunickte, fragen zu wollen: »Ist es nicht genau das, was ich dir im voraus erzählt habe?« Bald aber wurde sie befangen und unruhig, und als die große Szene kam, in der der alte Herzog in altfränkischer Ritterlichkeit immer noch Worte des Vertrauens an den Galan seiner jungen und bereits in Schuld verstrickten Herzogin richtet, stieg ihr das Blut derart zu Kopf, daß es so momentan wie Schwindel und Ohnmacht überkam. Aber es schwand wieder, und die tiefe Bewegung ihres Herzens war zuletzt doch größer als alle Furcht und Verlegenheit, und eine Träne fiel auf den Handschuh ihrer auf der Brüstung ruhenden linken Hand. Der alte Graf, in dessen Herzen der Inhalt des Stückes alle Zweifel und Bitternisse der letzten Wochen wieder lebendig werden ließ, war in kaum geringerer Erregung, aber er bezwang sich und bewahrte gute Haltung bis zuletzt.

»Es erscheint mir outriert«, sagte Judith, die nach dem Fallen des Vorhangs noch wie herkömmlich in der Loge blieb, um sich die großen Wasser draußen erst verlaufen zu lassen. »Wirklich, Adam, ich find' es übertrieben.«

»Ich auch«, lachte dieser in einer ihm plötzlich und beinah ungezwungen zurückkehrenden guten Laune. Von Grund aus nervös und allem Komischen zugänglich, entsproß ihm aus der Alltagsbetrachtung seiner Schwester eine Fülle wirklicher Heiterkeit. Im übrigen aber enthielt er sich jedes Eingehens auf das Stück und begnügte sich damit, das Spiel des Gastes, den er in anderen Rollen so hoch stellte, ziemlich scharf zu kritisieren. »Er ist doch nur groß im Genre. Das Tragische versagt ihm. Auch hätt' ich ihn seiner Maske nach eher für einen portugiesischen Granden aus der Pombalzeit als für einen französischen Grandseigneur gehalten.«

Einen Augenblick später erhob man sich und kehrte gemeinschaftlich in das Petőfysche Palais zurück, wo der Tee, wie gewöhnlich, im Zimmer der alten Gräfin genommen werden sollte. Feßler wartete schon der Heimkehrenden und empfing die Gräfin mit einem Scherzworte.

»Rückfall in alte Torheiten«, erwiderte diese nicht ganz frei von Verlegenheit. »Und wissen Sie, Feßler, womit mein Bruder mein Gewissen zu beschwichtigen gesucht hat? Mit dem sakrilegischen Satz: ein Komödiant könnt' einen Pfarrer lehren.«

»Es kommt auf den Pfarrer an«, entgegnete der Liguorianer und nahm gut gelaunt und unter Verneigung gegen Graf Adam seinen Platz am Tisch, auf den eben die Kuverts gelegt und die Gläser gestellt wurden.

Das sich entspinnende Gespräch behandelte natürlich den Herzog von Chevreuse, und Egon kam in die peinliche Lage, den Inhalt des Stücks vor Feßler skizzieren zu müssen. Er tat es aber in guter Haltung, und auch Franziska, die sich wieder zurechtgefunden hatte, blieb anscheinend unbefangen.

Es war nur Claret aufgestellt worden, und Egon, seit lange daran gewöhnt, im Salon der Tante den Wirt zu machen, nahm eben eine der Flaschen, um selber den Kork zu ziehen. Es gelang ihm aber, wie der Zufall eben sein Spiel treibt, nicht ohne Kraftanstrengung, und als er die Flasche wieder niedersetzte, sah die Tante, daß er an dem Ringfinger der linken Hand blutete.

»Was hast du?« fragte die Gräfin.

Und es stellte sich nun heraus, daß ein kleines, dünnes Ringelchen, das er halbversteckt unter einem großen Türkisringe trug, infolge der Anstrengung zerbrochen und mit einer seiner Spitzen ihm in das Fleisch eingedrungen war. Er zog das Ringelchen ab und schob es, so gut es ging, auf den Ringfinger der andern Hand, der Oheim aber erkannte sofort, daß es der kleine Ring mit dem Emaillevergißmeinnicht war, der damals in Franziskas Zimmer an dem Schmuckständerchen gehangen und ihn um seiner Einfachheit willen so sehr frappiert hatte.

»Wie du nur blutest«, sagte er, während er noch immer auf den Ring sah. »Und solch Ringelchen! Man sollte nicht glauben, daß es so tief verletzen könne. Wo stammt es nur her? Alles in allem kann es weder aus den Kronjuwelen der Petöfys noch aus denen der Aspergs kommen.«

»Ich trag' ihn noch von der École militaire her«, stotterte Egon. »Es war unser Verbindungszeichen.«

»Ah, Verbindungszeichen. Wohl, wohl; das gewöhnliche Los der Ringe. Nun, hoffentlich nichts Hochverräterisches. Unter allen Umständen aber nehmt euch in acht, ihr jungen Leute. Wir sind noch nicht so heraus aus der alten Zeit, als manche glauben; es findet sich immer noch mal ein Spitzel, der uns auf die Finger sieht.«

Und damit kehrte das Gespräch auf allerlei Theaterdinge zurück.

Dreiunddreißigstes Kapitel

Er sah nun klar, und nur in dem einen sah er nicht klar, was zu tun sei. Sollte er sich den lächerlichen Herzog zum Muster nehmen, über den Judith in ihrem einfachen Ausspruch: »Ich find' es aber doch übertrieben«, erbarmungslos zu Gericht gesessen hatte? Nein, es ging nicht ... Und überhaupt, was war denn geschehen? Es war nur geschehen, was geschehen mußte. War er nicht allezeit so stolz gewesen auf seine Kenntnis von Welt und Menschen, vor allem auch auf sein Freisein von Vorurteilen in dem, was er den natürlichen Gang der Dinge nannte? Was gab ihm jetzt ein Recht zu der Annahme, daß ihm zuliebe dieser natürliche Gang der Dinge sich in sein Gegenteil verkehren werde?

In solche Betrachtungen vertieft, die beständig zu Selbstanklagen wurden, schritt er, als er von Schwester Judith in den andern Flügel zurückgekehrt war, auf dem Teppich seines Zimmers auf und ab. Er öffnete das Fenster und sah, während ein gedämpfter Lärm von der inneren Stadt her herüberscholl, auf die stille Straße hinunter. Ein offener Wagen, in dem ein junges Paar saß, rollte vorüber, und das Licht der Gaslaternen fiel auf eine zarte Gestalt, Mädchen oder Frau, die sich müd und glücklich an die Schulter des Geliebten lehnte.

»Sie sind jung und lieben einander. Und das ist das Natürliche. Narr, der ich war, als ich mir ein Etwas ausdachte, das halb von der Sultanin Scheherezade, aber halb auch von der heiligen Elisabeth abstammen sollte; Dame von Welt, aber auch Nonne, weiblicher Esprit fort, aber in Klausur. Im Einfachsten hab' ich mich verrechnet ... Es gibt wohl Vögelchen, die winterlang das Bauer nicht verlassen und nicht fortfliegen, auch wenn ihre Gefängnistür offensteht. Gewiß. Aber wenn der Frühling gekommen ist und es draußen lockt und ruft, dann regt sich's doch, dann siegt doch der Hang und Drang im Herzen, und frei sein in der Luft hoch oben und sich jagen und schwingen und zwitschern, das ist dann mehr. Ich wußt' es wohl, aber ich vergaß es, weil ich's vergessen wollte.«

So sprach er vor sich hin und trat dann vom Fenster her wieder an seinen Arbeitstisch zurück, auf dem in geschnitztem Rahmen eine Photographie Franziskas stand. Er nahm sie von der kleinen Staffelei. »Das war damals, als wir in Riva waren; ich entsinne mich noch des Tages. Und wie klug und ruhig sie mich anblickt.«

»Aber darf sie's nicht?« unterbrach er sich plötzlich, und unter ihrem ruhigen Blicke schien ihm selber etwas wie Ruhe wiederzukommen. »Was weiß ich am Ende? Was hab' ich in Händen? Ich habe nichts als den Ring, auf den hin ich den Schwiegersohn des alten Brabantio spielen könnte. Soll ich's? Soll ich aus der Taschentuch- eine Ringszene machen und ihr statt des entsetzlichen ›the handkerchief‹ das etwas besser klingende ›the ring, the ring‹ zurufen? Es gibt hundert Ringe, hunderttausend, und der Boden, auf dem ich steh', ist recht eigentlich der Fruchtboden aller bösen Einbildungen.«

Und so fuhr er fort, seinen Verdacht geflissentlich einzulullen und alles, was ihm eben noch als Beweis gegolten hatte, wieder wegzubeweisen.

In aller Frühe war er auf und fand sich pünktlich um neun Uhr beim Frühstück ein; aber Franziska fehlte noch, und statt ihrer erschien Hannah und meldete: die Gräfin ließe sich entschuldigen, auch für den Tag; aber zum Tee werde sie drüben bei Gräfin Judith sein und hoffe den Grafen dort zu treffen.

»Was ist es, Hannah?«

»Ein Fieber. Sie hat kein Auge zugetan.«

»Ein Fieber. Ist das alles? Ich finde die Gräfin seit kurzem so verändert. Was meinst du?«

»Verändert? Vielleicht . . . Ich weiß es nicht.«

»Ich weiß es nicht«, wiederholte der Graf, als Hannah gegangen war. Und damit brach alles, was er mühsam von sich weggewiesen hatte, wieder über ihn herein und ließ sein ganzes Trostgebäude zusammenstürzen. »›Ich weiß es nicht‹, wahrlich, es klingt fast, als ob ich Franziska selber darum befragen solle. Soll ich es? Sie würde sich mir unterwerfen und nichts leugnen und ihre Schuld auf sich nehmen . . . Aber ach, was schwatz' ich nur! Ihre Schuld? Schuld, Schuld! Daß das häßlich anmaßliche Wort mir immer wieder auf die Lippe tritt, daß ich es nur zu denken wage! Hab' ich ihr nicht selber im voraus den Ablaßzettel in die Hand gegeben? Bin ich nicht das Kind, das etwas wiederfordert, das es zuvor weggeschenkt hat? Bin ich nicht der Gläubiger, der bis Ultimo warten will und am dritten Tage schon nach Zahlung verlangt? Und wenn ich den Ausgang aus dem Wirrsal nicht finden kann oder wenigstens nicht den, der ins Lichte führt, wer ist schuld? Wer? Ich, ich allein. An mir ist es, die Konsequenzen eines falschen Exempels auf mich zu nehmen, und ich will es und werd' es.«

So stürmten Fragen und Betrachtungen auf ihn ein, aber nach einer Weile fuhr er ruhiger fort: »Eine der lästigsten Erscheinungen in Leben und Gesellschaft ist mir immer der Störenfried gewesen; ich mag seine Rolle nicht spielen. Und zudem, was ist der einzelne? Nichts. Und nun gar der einzelne, wenn er gelebt hat und seine Tage hinter ihm liegen. Es kann auch ein Glück sein, ein letztes und höchstes, dem Glück anderer die Wege zu bereiten.«

Er rief Andras, ließ sich ankleiden und ging in die Stadt, um inmitten ihres bunten Treibens den Tag zu verbringen. Er freute sich an allem und war in der Stimmung, wie jemand, der aus einer schönen Gegend scheidet und im Abschiede sich das Bild derselben noch einmal fest und warm ins Herz prägen will. Er sah in Sankt Stephan hinein, wo man eben ein Hochamt zelebrierte, ging dann den Kohlmarkt hinunter und trat in die Kirche der Augustiner, zu der das Haus Petöfy von alter Zeit her hielt. Ein paar Lichter brannten, ein Wispern und Murmeln ging, und er sah still auf die Stelle vor dem Altar und gedachte des Tages, des Tages seiner Vermählung, an dem er das letztemal hier gestanden hatte. Dann verließ er die Kirche wieder, nahm sein Diner, las eine Zeitung und vergnügte sich eine Weile vor der »Burg«, wo die Vorstellung eben begonnen haben mußte. Danach ging er wieder auf sein Palais zu, denn die Stunde war nahe, wo man sich bei Schwester Judith zu versammeln pflegte.

Wirklich, Franziska war da. Sie saß neben Feßler und plauderte mit ihm in jenem neckischen Tone, der von ihrer ersten Begegnung an zwischen ihnen beibehalten war und namentlich dem Pater ein ersichtliches Behagen weckte. Zur andern Seite hatte Graf Pejevics Platz genommen, und nur Egon fehlte, was Feßler veranlaßte, nach dem »Jüngstverwundeten der kaiserlichen Armee« zu fragen, aber zugleich auch nach dem »mitlädierten Inkulpaten, dem kleinen Ringe«, – Fragen, an die sich dann wie von selbst ein Gespräch über Ringe und Ringinschriften anschloß, zu dem jeder nach Kräften, am meisten aber Graf Pejevics beisteuerte, der ein Numismatiker war und durch allerlei Kuriositäten und Niedlichkeiten überraschte. Nur Feßler hatte geschwiegen, bis er zuletzt, nach seiner Lieblingsdevise befragt, unter Lächeln bemerkte, daß es sonderbarerweise der Ring- oder Petschaftsspruch eines Protestanten sei, der ihm unter allem, was er auf diesem Gebiete kenne, den nachhaltigsten Eindruck gemacht habe.

»Eines Protestanten?« fragte Judith neugierig. »Wessen?«
»Thomas Carlyles.«

»Und der Spruch selbst?«

»Entsage!«

Niemand antwortete. Nur Franziska sagte: »Wie schön!« Und eine momentane Stille folgte.

»Kannst *du's?*« fragte der alte Graf leise, während er sich zu Franziska niederbeugte.

Sie sah eine Weile vor sich hin. Dann hob sie das Auge wieder und sah ihn still und ruhig an, und etwas wie Wehmut und Bitte lag in ihrem Blick.

Vierunddreißigstes Kapitel

Er war durch diesen Blick entwaffnet, zugleich in seinem Herzen bewegt und nahm Franziskas Hand und küßte sie, dann rasch aufbrechend sprach er von Briefen, die noch zu schreiben seien, und ging in den andern Flügel hinüber. Hier nahm er an seinem Schreibtisch Platz, erhob sich aber bald wieder, um auf und ab schreitend erst ruhiger in seinem Gemüte zu werden.

»Es war ein Bekenntnis, wie sie mich so ansah und mit ihren klugen Augen ihr zu verzeihen bat. Aber was soll ich ihr verzeihen? Immer die törichte alte Frage. Nichts, nichts. Während ich sie beständig warnte, das Leben nicht als Märchen zu nehmen, hatt' ich mir doch meinerseits ein Märchen ausgedacht, und ihr guter Wille, mir zu Willen zu sein, bestärkte mich in dem Glauben an eine Märchenmöglichkeit. Ja, ihr guter Wille, mir zu Willen zu sein! Das war es; sie hat mich einfach verwöhnt. Hätte sie mir von Anfang an gesagt: ›Aber eines muß sein, Petőfy, darauf dring' ich; wir bleiben in Wien, unter Menschen, und ich vergrabe mich nicht in eine Schloßeinsamkeit; ich muß Verehrer und Anbeter um mich haben, die mir schöne Dinge sagen und die mich heut' in das Konzert und morgen in die Oper begleiten‹, – ja, hätte sie von Anfang an auf solch freien und allerfreiesten Ton gestellt, auf einen Gesellschafts- und Lebensfuß, auf den sie sich stellen durfte, so hätte mir ihre Plauderei genügt, und ihr Bonsens und der Sonnenschein ihrer ewig guten Laune wären mein Glück gewesen. Das war es, was ich damals in Öslau wollte. Statt dessen hatte sie's besser mit mir im Sinn ... Wohl, ich wäre glücklicher geworden, wenn sie dies Bessere nie gewollt und, statt auf ihr Recht und ihre Freiheit zu verzichten, sich umgekehrt von Anfang an auf ihr Recht und ihre Freiheit gestellt hätte. Gewiß, gewiß. Aber soll ich den Entrüsteten spielen, bloß weil sie sich freiwillig höher eingeschätzt hat, als ihr Vermögen war?!«

Er stellte sich vor den Kamin und warf ein Scheit in die halberloschene Flamme. »Mein Kalkül war falsch, und Judith hatte recht. Das ist alles. Es tut nie gut, sich in künstliche Situationen hineinzubegeben und sich auszurechnen, wie's kommen müsse. Die Rechnung stimmt nie. Wir kennen uns nie ganz aus, und über Nacht sind wir andere geworden, schlechter oder besser. Schlimm, wenn wir uns schlechter finden, aber oft schlimmer noch, wenn besser. Es gibt dann ein Wirrsal, draus kein Entrinnen ist, und daß wir, sie wie ich, das Leben ernsthafter zu nehmen anfingen, als es geplant war, das entscheidet nun über mich und vielleicht auch über sie.«

Von der Flamme fort sah er jetzt in die Höhe, wo dicht über dem Kamin, ja mit dem breiten Goldrahmen die Kaminkonsole berührend, ein Bild hing, sein Bild, im Attila und das Ordensband über der Brust. Typisch der Kavalier. Und er lächelte. »Ja, was ich wollte, war eine Kavalierslaune, von der ich schließlich einsehen muß, daß sie nicht der Schlüssel war, der überallhin schließt. Aber für das, was ich noch vorhabe, für das, was noch zu tun übrigbleibt, dafür paßt sie; nur nicht Umkehr oder die Blame der Unkonsequenz, und wenn es von alter Zeit her als ein Höchstes gegolten hat, anderen zuliebe zu leben, so kann es unmöglich ein Niedriges sein, demselben Zweck und Ziel auch mal von der andern Seite her beikommen zu wollen. Auf den Zweck kommt es an, der entscheidet, der heiligt. Alter Grundsatz der Kirche. Wie sich wohl Feßler dazu stellen wird?«

Er setzte sich jetzt nieder und schrieb eine Stunde lang, anscheinend Geschäftliches, das er schließlich untersiegelte.

Dann nahm er einen Briefbogen, warf rasch einige Zeilen hin, überflog noch einmal den Inhalt und verschloß beide Schriftstücke.

Den andern Morgen war er früher als gewöhnlich auf und klingelte. »Bringe das Frühstück, Andras. In einer Stunde will ich ausreiten.«

Im Palais war alles noch still, als der Graf sich in den Sattel hob und zunächst über den Josephsplatz auf den Kärntnerring und die Schwarzenberg-Brücke zuritt. Andras folgte. Das Eckhaus der Salesiner Gasse, darin Franziska gewohnt hatte, lag in einem grauen Novembernebel; er sah hinauf, aber die Fenster der oberen Etage waren unerkennbar. »Ich soll es nicht sehen. Alles hat seine Bedeutung.« Auf dem Heumarkt, am Fluß und seiner Brücke hin herrschte schon das lebhafte Treiben, das hier allmorgendlich anzutreffen ist, aber es hatte nichts von seiner gewohnten Buntheit, und die Gestalten schoben sich wie Schatten aneinander vorüber. »Ist es doch, als ob es ein Unterweltsjahrmarkt wär'. Und hätte doch mein altes Wien gerne noch mal in Lust und Farbe gesehen.«

An der Tegethoffbrücke bog er wieder ein und lenkte sein Pferd am Stadtpark hin auf die große Franz-Josephs-Kaserne zu, die grau verschleiert wie eine Wolkenburg dastand. Vom Kasernenhofe her klangen Trommeln und Hörner, aber dumpf wie Notsignale.

So ritt er durch die Leopoldstadt bis in den Prater.

Als er draußen war, fiel der Nebel so stark, daß es sich einen Augenblick anließ, als ob die Sonne hervorkommen wolle. Doch es blieb bei dem guten Willen, und nur der Blick in die Landschaft war frei geworden. Er ritt an Plätzen vorbei, daran sich hundert Erinnerungen für ihn knüpften, bis er zuletzt auf eine künstlich aufgeworfene Höhe gekommen war, von der aus man einen Wiesengrund übersah, eine Niederung mit Tümpeln und Wasserlachen und ein paar schmalen Sandstreifen dazwischen. Eine der Lachen hatte Zufluß aus einem Graben, und das Wasser stieg infolge davon so rasch, daß es nicht bloß die Sandstreifen, sondern zugleich auch eine hier eingenistete zahlreiche Kolonie von Feldmäusen mit Überschwemmung und Untergang bedrohte. Zu hundert und aber hundert kamen sie von links und rechts her aus ihren Löchern hervor, um sich auf eine höhergelegene Stelle hin zu retten. Aber kaum daß sie sich hier gesammelt hatten, so schoß auch schon von einer danebenstehenden und in ihrer ganzen oberen Hälfte mit Nestern überdeckten Pappel allerlei Krähenvolk auf die geflüchteten Mäuse nieder und fuhr mit ihnen als gute Beute davon.

Der alte Graf hatte sein Pferd angehalten, um dem sonderbaren Schauspiele zuzusehen. »Überall dasselbe: keine Flucht vor dem, was einmal beschlossen.«

Er ritt weiter in den Prater hinein und eine halbe Stunde später an dem Liechtensteinschen Garten vorüber heimwärts auf sein Palais zu.

Es war elf Uhr, als er hier wieder eintraf und das Pferd abgab. Er sprach mit dem Türhüter, der, wie gewöhnlich, am Eingang in das Vestibül stand, und erkundigte sich, ob die großen Topfgewächse schon angekommen seien.

»Alles da.«

»Gut. Aber ich will es doch sehen. Komm. Oder nein, bleib; Andras soll mich begleiten.«

Und er stieg in den oberen Stock hinauf, in dem für das heute stattfindende Fest alles bereits in Geschäftigkeit war.

»Es wird niemand erscheinen«, sprach er vor sich hin. »Aber ich will die Stelle doch sehen, wo Graf und Gräfin Petöfy die Saison eröffnen und ihren ersten Ball geben wollten. Und will mir auch die Palmen und sogar die Lebensbäume betrachten, die nun wohl eine Woche lang im Hause bleiben und mir dann von hier aus bei den Augustinern ihren letzten Liebesdienst leisten werden.«

Unter diesem Selbstgespräche war er eingetreten und sah auf den ersten Blick und mit besonderer Befriedigung, daß Aufstellung und Anordnung genauso waren wie letzten Winter, als Franziska zum ersten Male hier erschien. Auch die grüne Nische war wieder arrangiert, in der er damals, als die Nachricht von Gablenz' Tode kam, mit Egon und Graf

Coronini gesessen und des jungen Rittmeisters unliebsame
Bemerkungen so scharf zurückgewiesen hatte. Jedes seiner
eigenen Worte kam ihm wieder in Erinnerung, und er
lächelte: »War es eine Vorahnung? Jedenfalls ist es mir lieb,
damals nicht anders gesprochen zu haben.«

Er ging vom Saal her den langen Korridor hinunter. Als er
die Zimmerreihe passierte, darin Franziska jetzt wohnte, traf
er Hannah.

»Ist die Gräfin zu Haus?«

»Nein. Eben fort; sie braucht noch einiges für den Abend.«

»Es ist gut so. Wenn du sie siehst, sag' ihr, daß ich nach ihr
gefragt. Aber vergiß es nicht.«

Er gab ihr die Hand, was ihr auffiel. Dann ging er auf sein
Zimmer zu, darin Andras eben das Fenster schloß.

»Ich bin für niemand zu sprechen, Andras. Für niemand.
Und diesen Brief gib an die Gräfin, wenn sie zurück ist. Und
nun geh. Ich will allein sein.«

Fünfunddreißigstes Kapitel

Eine Woche darnach, nachdem seitens der Kirche sein ge-
waltsamer Tod auf einen Anfall von Melancholie gedeutet
worden war, war Totenfeier bei den Augustinern, und das
Wappen der Petöfys stand zu Häupten des Katafalks, darüber
die schwarze Sammetdecke mit dem Silberkreuz ausgebreitet
lag. Im Halbkreis um den Altar her aber saßen außer den
nächsten Angehörigen auch entfernte Leidtragende der Familien Asperg und Gundolskirchen, während das ganze Schiff
der Kirche von Uniformen blitzte. Daneben viel Volks. Denn
der Heimgegangene hatte die Werke der Barmherzigkeit allezeit geübt und war ein Christ in seinem Tun gewesen, wie
sehr es sein Wort auch bestritten haben mochte. Viele waren
selbstverständlich nur aus Neugier gekommen und erzählten
im Flüstertone, was sie von seinem Tode gehört hatten:
er habe zurückgelehnt in seinem Schreibstuhl gesessen, auf
den ersten Blick ohne Zeichen äußerer Verletzung oder über-

haupt dessen, was geschehen sei, denn er habe sich nach innen hin verblutet. Auch über das, was seinen Tod verschuldet, wurde gemutmaßt: es habe sich um ein Hofamt gehandelt, das eben vakant geworden und in früherer Zeit immer bei den Petöfys gewesen sei, der Kaiser aber hab' es nicht gewollt, entweder wegen der jungen Gräfin oder noch von Neunundvierzig und der Revolution her. Und das habe der alte Graf nicht verwinden können. So ging das Gespräch. Alles schwieg aber vom selben Augenblick an, wo Pater Feßler vor dem Altar erschien und mit der ihm eigenen, beinah kirchenfürstlichen Würde die Zelebrierung des Totenamtes begann. Die Responsorien klangen, und die Kerzen auf den mit Flor umwundenen Leuchtern brannten dunkler noch als gewöhnlich in dem Weihrauchgewölk, das über ihnen lag.

Eine Stunde später leerte sich die Kirche wieder, und die Dienerschaften des Grafen trugen den Sarg zu vorläufiger Unterkunft in eine der Seitenkapellen.

Es war zu verhältnismäßig früher Stunde, daß die Feier stattgefunden hatte; die nächsten Leidtragenden kehrten in das Palais Petöfy zur Gräfin Judith zurück, während die junge Gräfin ohne Säumen nach Schloß Arpa hin aufbrach, in dessen Gruftkapelle der alte Graf am drittfolgenden Tage beigesetzt werden sollte.

Die Fahrt währte nur wenige Stunden, und die verschleierte Nachmittagssonne stand noch über den Bergen, als Franziska bei Nagy-Vasar den Schnellzug verließ und unmittelbar danach das Schiff bestieg.

Ein jeder an Bord wußte von dem Tode des Grafen, und die Flagge wehte von Halbmast.

Als das Schiff an der Landungsbrücke von Szegenihaza angelegt hatte, war die Sonne schon gesunken, und Franziska nahm allein Platz in dem ihrer harrenden Wagen. Ach, wie verändert alles seit jenem Julitage, wo sie hier zum ersten Male, den blauen Himmel über sich, über die sonnige Fläche hingeflogen war. Auf den Feldern standen heut' überall Tümpel und Lachen, und durch den aufgeweichten Boden hin ging es langsam und oft im Schritt auf das Schloß zu, dessen Umrisse sich im Nebel und Zwielicht kaum noch erkennen ließen. Alles war öde und abgestorben, und nichts als ein Rest von gelbem Laube hing noch an den Bäumen, die hie und da neben dem Wege standen. Dabei tiefe Stille, nur dann und wann unterbrochen, wenn ein paar Krähen aufflogen.

Und nun hatte der Wagen den Punkt erreicht, wo der Weg in Schlängellinie berganzusteigen begann. Als sie bis zur halben Höhe hinauf waren, hielt ihr Gefährt, und Franziska sah, als sie sich vorbeugte, daß man nicht weiter konnte, weil ein schwerer, ebenfalls berganfahrender Lastwagen die Passage so gut wie gesperrt hielt.

»Was ist es?« fragte sie den Kutscher, als das Gezänk mit dem Vordermann einen Augenblick schwieg.

»Is Glocke, Gräfin gnädigste«, antwortete der Kutscher und rief dem andern zu, daß er links bis an den Rand hin ausbiegen und die Felsen- oder Innenseite freigeben solle. Mühsam geschah es, und einen Augenblick später fuhr Franziska dicht an dem Wagen und seiner mit einem schwarzen Segeltuch überdeckten Last vorüber.

Im Schlosse fand sie's wohnlicher, als sie zu hoffen gewagt hatte; den zweiten Tag,. wie verabredet, kam Gräfin Judith, und am dritten Tage stand der letzte Petőfy vor dem Altar unten in der Gruftkapelle. Die Zeremonie wiederholte sich hier wie bei den Augustinern, nur mit dem Unterschiede, daß statt des stattlichen Feßler der kleine Pfarrer von Szegenihaza die Totenmesse las und an Stelle der vornehmen Welt nur Dienerschaften und Tagelöhner um den Altar mit dem großen, verblakten Marienbilde her versammelt waren. In Front aber saßen die beiden Gräfinnen selbst, den Blick auf den mit neuen Kränzen geschmückten Sarg gerichtet. Auch Hannah war in einem fast bis ans Kinn reichenden Trauerkleide anwesend und sah ernst und teilnahmsvoll vor sich hin, immer aber, wenn wieder unverständliche lateinische Sätze gesprochen und das Weihrauchfaß geschwenkt wurde, lag etwas wie Verdrießlichkeit und Überhebung auf ihrem Gesicht. Endlich schloß die Feier. Alles kehrte zu seinem Tagewerk zurück, und nur die Glocken oben klangen noch über Land und See hin.

Es waren aber wieder zwei, die geläutet wurden.

Franziska hatte sich bald darnach in ihre Zimmer zurückgezogen und blickte, nachdem sie lange vergeblich sich zu beschäftigen und in einem Andachtsbuche zu lesen versucht hatte, zu der Nische mit dem Baldachin hinauf, von woher ihr das Christkind den kleinen Arm entgegenstreckte. Sie nahm den daran hängenden Rosenkranz und ließ die Perlen desselben eine nach der andern durch ihre Finger gleiten. Da war es ihr, als ob hinter ihr die Tür ging, und Hannahs ansichtig werdend, steckte sie, wie von einer leisen Verlegenheit erfaßt, den Rosenkranz in den Gürtel, in der Hoffnung, daß seine Perlen auf dem schwarzen Kleide vielleicht weniger sichtbar sein würden.

Aber Hannah sah es doch und sagte: »Laß nur. Ich hab' es mir lange gedacht. Es kommt nun doch so.«

»Vielleicht. Aber denke dich in meine Lage. Kannst du mir böse sein?«

Hannah schüttelte den Kopf.

»Du bist mir also nicht böse. Nun das ist gut, aber es ist mir nicht genug. Ich will auch deine Gutheißung. Und wenn du mir die nicht geben kannst, so will ich wenigstens, daß du sagst: ›Ich glaube selbst, es geht nicht anders.‹«

»Sieh«, fuhr Franziska fort, als Hannah immer noch schwieg, »du bist so gescheit und mußt einsehen, daß alles sein Gesetz und seine natürliche Folge hat. Ich bin nun Gräfin Petöfy, ja, seitdem ich dies schwarze Kleid trage, mehr als vorher. Es war nicht nötig, daß ich's wurde; vielleicht wär' es besser gewesen, ich wurd' es nicht. Aber ich *bin* es jetzt und kann den Schritt nicht rückwärts tun. Dies Schloß ist mein und sein Besitzantritt, wie du weißt, an keine Bedingung geknüpft; ich hab' es zu freiem Eigentum. ›Also wieder mal eine ‚Freiheit‘‹, wirst du sagen. Aber *diese* Freiheit wenigstens will ich zu gebrauchen verstehen, und nur das soll geschehen, was mir ziemt.«

»Und glaubst du wirklich, daß dir als erstes geziemt, einen Rosenkranz, wenn auch verschämt, an deinen Gürtel zu stecken?«

»Ja, Hannah. Ich will nun Pflichten leben. Es soll dies nicht bloß mein Wittum, es soll auch mein Wirkungskreis sein, und ich kann hier nicht wirken als eine Fremde. Was dieser Leute Sinnen und Trachten ausmacht, muß auch *mein* Sinnen und Trachten ausmachen; wir müssen eins sein in diesen Dingen, sonst geht es nicht.«

Hannah antwortete nicht.

»Sprich. Was denkst du?«

»Was ich denke? Nun, Franziska, Gräfin, da du's durchaus wissen willst, was ich denke, so will ich dir's auch sagen. Ich denk' an meinen Vater selig, den ich eines Abends, als er dachte, ich schliefe schon, in seinem Halbplatt zu meiner Mutter sagen hörte: ›Hür, Olling, mit uns' oll Paster Franzen is dat nich veel. Hüt is he so, un morjen is he so.‹ Und als meine Mutter nun widersprach und zum Guten reden wollte, da wurd' er ärgerlich und sagte: ›Nei, nei, Mutter, bis still; dat verstehst du nich; ick awer, ick kenn' en. Un wenn morjen de Franzos o'r de Russ' kümmt un uns vörpriestern deiht, ›mit uns' Herrn Christus wihr dat man nix, und de heil'ge Niklas de wihr allens‹, denn priestert oll Franzen övermorjen: ›Un de heil'ge Niklas is allens‹. Und sieh, Franziska, das hast du von deinem Vater selig geerbt. Aber ich will nicht, daß sich meiner im Grabe rumdreht. I, da ging' ich ja lieber bis an der Welt Ende. Weiß wohl, manchem is es bloß wenig. Aber manchem is es auch viel.«

»Und so willst du fort?«

»Nein. Ich hab' dich nun mal in mein Herz geschlossen, und weil ich dich liebe, bleib' ich. Aber bei meinem lutherischen Katechismus bleib' ich auch.«

Am andern Morgen trafen sich die beiden Gräfinnen, und Gräfin Judith erzählte, sie habe Feßler um seinen Besuch auf Schloß Arpa gebeten, in der Voraussetzung, daß Franziska diesen Schritt billigen werde.

Franziska küßte die Hand der alten Gräfin und sagte: »Nie werd' ich Schritte mißbilligen, die Gräfin Judith getan hat oder zu tun für gut findet.«

Beide Damen sprachen dann noch über vieles, was zu regeln und anzuordnen sei, zuletzt aber sagte Judith: »Ich stimme dem zu, meine liebe Franziska, daß du dich zurückziehen und der Betrachtung und den guten Werken leben willst. Aber du bist noch jung, und der Zug in die Welt hinein ist mächtig. Und so denk' ich denn, wir rechnen vorläufig noch mit der Welt, die so vielen Zauber hat. Ich habe dein Vertrauen gewonnen, fast deine Beichte; jede Scheidewand zwischen uns ist gefallen, und unser Fühlen und Denken gehört einander. Ist es nicht so? Nun denn, so gestatte mir schon heute die Frage: Wirst du Egon deine Hand reichen?«

»Ich wünsche, daß er sie nicht fordert, aber *wenn* er sie fordert: nein.«

»Es klingt etwas Herbes in deiner Antwort. Verdient er es?«

»Nein. Aber wir sind allemal hart gegen die, die schuld sind an unserer Schuld. Und um so härter, je schuldiger wir uns selber fühlen.«

»Und wer soll dich schützen?«

»Ich denke *sie*, die schon so viele Gräfinnen Petöfy beschützt hat.«

Und sie wies auf die Nische, daraus das Bild der Maria niederblickte.

Anhang

Editorische Notiz

Der Text der vorliegenden Ausgabe folgt der Edition:

> Theodor Fontane. Werke, Schriften und Briefe. Hrsg. von Walter
> Keitel und Helmuth Nürnberger. Abt. 1: Sämtliche Romane, Er-
> zählungen, Gedichte, Nachgelassenes. Bd. 1. 2., rev. und erw.
> Aufl. München: Hanser, 1970.

Textgrundlage dieser Edition ist die ohne Angabe des Jahres (1884) im
Verlag F. W. Steffens in Dresden erschienene erste Buchausgabe, die
gegenüber dem Vorabdruck in der *Deutschen Romanbibliothek zu
Über Land und Meer* (Jg. 12, 1884, Nr. 28–34) stilistische Überarbeitungen Fontanes aufweist. Aus dem Vorabdruck wurde die Auftei-
lung in Kapitel übernommen, die der Buchverleger eigenmächtig auf-
gegeben hatte, der das Buch überdies in zwei Bände aufgeteilt hatte.
Auch diese Änderung wurde rückgängig gemacht. Orthographie und
Interpunktion wurden bei Wahrung des Lautstandes behutsam
modernisiert. Offensichtliche Druckfehler wurden stillschweigend
korrigiert.

Anmerkungen

3,4 *Prinz-Eugen-Tagen:* Eugen, Prinz von Savoyen (1663–1736), Feldherr und Staatsmann in österreichischen Diensten, erfolgreich in den Türkenkriegen und im Spanischen Erbfolgekrieg. Förderer von Kunst und Wissenschaft.

3,4 f. *Grafen von Petöfy:* nach dem ungarischen Dichter Sándor (Alexander) Petöfi, eigtl. Petrovics (1823–49), politisch und sozial engagiert, im ungarischen Freiheitskampf (Schlacht von Schäßburg) ums Leben gekommen; gilt als ungarischer Nationaldichter. Schrieb Gedichte, das komische Heldenlied *A helység kalapácsa,* (dt. *Der Dorfhammer,* 1844), das Märchenepos *János Vitéz* (1845), dt. *Held Janos,* den Versroman *Az apostol* (1848), dt. *Der Apostel.*

3,24 *Corps de Logis:* Hauptgebäude, Mittelteil eines Gebäudes.

3,27 *»invitiert«:* eingeladen.

4,1 *Wolter:* Charlotte W. (1834–97), bekannte Schauspielerin, seit 1862 am Wiener Burgtheater.

Schwarzenberg: Friedrich Johann Fürst zu Sch. (1809–85), Kardinal, Erzbischof von Prag.

5,5 *Attila:* Husarenjacke.

5,14 *Walache:* Bewohner der Walachei (Landschaft Rumäniens zwischen Südkarpaten und Donau).

5,24 *Groom:* Reitknecht, Diener.

5,33 *Theaterhabitué:* Habitué: Stammgast.

5,36 *Rachel:* eigtl. Elisa (Elisabeth) Rachel Félix (1821–58), berühmte französische Schauspielerin.

6,1 *Collection of beauties:* Sammlung von Schönheiten.

6,6 *Messaline:* Messalina (um 25–48), römische Kaiserin, dritte Frau des Kaisers Claudius. Bezug auf das Drama *Arria und Messalina* (1874) von Adolf von Wilbrandt (1837–1911).

6,7 *Paetus:* Gemahl der Arria in Wilbrandts Drama.

6,14 *Makart:* Hans M. (1840–84), Maler der Gründerzeit.

6,18 *Byron:* George Gordon Noël Lord B. (1788–1824), englischer Dichter (*Childe Harold's Pilgrimage,* 1812–18, dt. *Junker Harolds Pilgerfahrt, Manfred,* 1817, *Don Juan,* 1819–24).

6,30 *Obligiert:* verbunden, zu Dank verpflichtet.

Kotillon: Tanz.

6,37 *Nouveauté:* Neuheit.

7,9 *mal à propos:* ungelegen.

7,34 *fatiguiert:* müde, ermattet.

7,35 *un peu languissant:* etwas matt, entkräftet, schmachtend.

8,10 *petit cercle:* kleiner Kreis.

8,16 *Volumnia:* Mutter des Helden in Shakespeares *Coriolan.*
Arria: vgl. Anm. zu 6,6.

8,17 *die alte Galotti:* die Mutter in Lessings *Emilia Galotti.*

8,18 *sakrosankt:* hochheilig, unverletzlich.

8,20 *Soubrette:* ursprüngl. Kammerzofe, in der Oper jugendlich-heitere (Sopran-) Partien, früher auch als Bezeichnung entsprechender Rollen im Schauspiel üblich.

9,2 *Liszt:* Franz L. (1811–86), Komponist und Pianist, wurde von Pius IX. zum Abbé geweiht.

9,3 *Pio nono:* Papst Pius IX. (1792–1878).

9,20 *Liguorianer:* oder: Redemptoristen, 1732 von Alfonso Maria de Liguori gegründeter Orden, der sich besonders der Erziehung und Mission widmete.

10,4 *Gablenz:* Ludwig Karl Wilhelm Freiherr von G. (1814–74), österreichischer General. Nach seiner Pensionierung Beteiligung an einem Finanzunternehmen, das im Bankrott endete. Dies sowie gesundheitliche Gründe führten zum Freitod von Gablenz, dessen Erwähnung im Roman eine Datierung der Handlung erlaubt.

10,29 *marchandiere:* handle, feilsche.

11,11 *Grognard;* brummiger Mensch, alter Haudegen.

11,12 f. *das Wort von der süßen Gewohnheit des Daseins:* Goethe, *Egmont,* 5. Akt, Gefängnis: »Süßes Leben! schöne freundliche Gewohnheit des Daseins und Wirkens! von dir soll ich scheiden!«

11,36 *Philippika:* Scheltrede.

12,5 *Soirée:* Abendgesellschaft.

12,9 *Chorus:* Anspielung auf den Chor der griechischen Tragödie, der das Geschehen kommentiert.

12,10 *intrikaten:* verwickelten, heiklen, verfänglichen.

13,20 *Correggiosche »Nacht«:* das Gemälde »Die heilige Nacht« (um 1530) von Correggio, eigtl. Antonio Allegri (1489–1534).

13,21 *Dolci:* Carlo D. (1616–86), italienischer Maler.

13,24 *Ambra:* Ausscheidungsprodukt des Pottwals, dient zur Parfümherstellung.

14,23 ›*Liebet eure Feinde‹:* Mt. 5,44 u. ö.

15,9 *In hoc signo vinces:* »In diesem Zeichen wirst du siegen«. Inschrift des Kreuzes, das dem Kaiser Konstantin im Jahre 312 vor der Schlacht gegen Maxentius an der Milvischen Brücke erschienen sein soll. Nach dem Sieg machte Konstantin das Christentum zur Staatsreligion.

15,32 *apropos:* gelegen.

16,24 *schönen Kaiserin:* Elisabeth (1837–98), verheiratet mit Kaiser
Franz Joseph I.

17,3 *Confessions:* Bekenntnisse.

17,32 *reprimandieren:* tadeln, zurechtweisen.

18,15 f. *in diesen heiligen Hallen, in denen man die Rache nicht
kennt:* Anspielung auf die Arie des Sarastro in Mozarts Oper *Die
Zauberflöte* (II,12).

18,25 *Kuverts:* Gedecke.

18,30 *Zriny:* Drama (Urauff. 1813) von Theodor Körner, (1791 bis
1813), dessen Held der ungarische Feldherr Miklós Zriny (1508
bis 1566) ist.

19,31 *Examen rigorosum:* strenge Prüfung.

21,3 *Lenau:* Nikolaus L., eigtl. Nikolaus Franz Niembsch, Edler
von Strehlenau (1802–50), Dichter der Spätromantik, vor allem
Lyriker, daneben Verf. von Versepen und episch-dramatischen
Dichtungen (*Faust*, 1836, *Savonarola*, 1837, *Die Albigenser*, 1842,
Don Juan, Nachlaß 1851).

21,6 ›*Teich, den regungslosen*‹: eines von Lenaus *Schilfliedern*:

Auf dem Teich, dem regungslosen,
Weilt des Mondes holder Glanz,
Flechtend seine bleichen Rosen
In des Schilfes grünen Kranz.

Hirsche wandeln dort am Hügel,
Blicken in die Nacht empor;
Manchmal regt sich das Geflügel
Träumerisch im tiefen Rohr.

Weinend muß mein Blick sich senken;
Durch die tiefste Seele geht
Mir ein süßes Deingedenken
Wie ein stilles Nachtgebet.

21,14 *enchantiert:* entzückt.

21,24 ›*Nach Süden*‹: Lenaus Gedicht, das im Roman ungenau zitiert
wird, lautet:

Nach Süden

Dort nach Süden zieht der Regen,
Winde brausen südenwärts,
Nach des Donners fernen Schlägen,
Dort nach Süden will mein Herz.

203

Dort im fernen Ungarlande
Freundlich schmuck ein Dörfchen steht,
Rings umrauscht von Waldesrande,
Mild von Segen rings umweht.

An des Dörfchens stillem Saume
Ist ein Hüttlein hingestellt,
Das in seinem schmalen Raume
Wahret meine Herzenswelt.

Bäume, die dem Wald entsprungen,
Sehnend nach dem Hüttlein sich,
Halten Dach und Wand umschlungen
Mit den Zweigen inniglich.

Aus dem Fenster blickt nun schweigend
Lilla nach dem Wald hinaus,
Ihr Gesichtchen traurig neigend,
Blickt sie nach dem Laubgebraus.

Und sie siehts mit stillem Sinnen,
Und sie sieht es bang gerührt,
Wie die Wasser niederrinnen,
Wie der Wind das Laub entführt.

Lauter wogt der Bach und trüber,
Lauter wird der Lüfte Streit,
Hörbar rauscht die Zeit vorüber
An des Mädchens Einsamkeit.

22,11 *enfant gâté:* verwöhntes Kind, Liebling.
22,13 *Albionstolzes ... Lady Milford umgürtet war:* vgl. Schiller,
Kabale und Liebe I,7, Ferdinand über Lady Milford: »Umgürte
dich mit dem ganzen Stolz deines Englands – ich verwerfe dich – ein
teutscher Jüngling!« – »Albion« ist der alte, vielleicht vorkeltische
Name für Britannien (ohne Irland).
22,22 *au fond:* im Grunde genommen.
22,23 *Rodomontaden:* Aufschneidereien.
26,21 *Hotel:* hier: Palais.
26,31 *Erzherzog Rainer:* R., Erzherzog von Österreich (1827–1913),
1861–65 Präsident des österreichischen Ministerrats, 1874 Feld-
zeugmeister.
29,17 *»jours de fête«:* Festtage.
29,18 *medisant:* schmähsüchtig.
29,20 *König Sigurd Ring:* sagenhafter schwedischer König.

31,9 *Kinderjanitschar:* Spielzeug. Instrumente der Janitscharen-
musik, türkischer Militärmusik, sind Schellenbaum und Glocken-
spiel neben Trommel, Kesselpauke und Becken.

31,12 *Redoute:* Tanzfest, Maskenball.

31,31 *Medea:* Tochter des Königs von Kolchis, Gattin des Jason.
Tötete ihre Rivalin Kreusa und ihre eigenen Kinder, als Jason sie
verstieß.

32,12 *Öslau:* nach dem Badeort Vöslau bei Wien.

32,16 f. ›*Was du vom Lamm . . . zurück:*‹ parodistische Anspielung
auf Schillers Gedicht »Resignation«: »was man von der Minute
ausgeschlagen, / gibt keine Ewigkeit zurück.«

32,26 *Krachzeiten:* Wirtschaftskrise, die auf den Börsenkrach vom
1. Mai 1873 folgte.

34,19 *Courtoisie:* Höflichkeit.

34,29 *voltigierte:* voltigieren: hier ›sich hinüberschwingen, hinüber-
setzen‹.

35,17 *das Archidukale:* das Erzherzogliche.

35,27 *Metier:* Beruf.

36,15 *Königin Anna von England:* Anna Stuart (1665–1714).

36,16 *historisch angekränkelten Stück:* Gemeint ist das Lustspiel *Le
verre d'eau* (1840, dt.: *Ein Glas Wasser*) von Eugène Scribe
(1791–1861).

36,20 *Toten bei Malplaquet:* Schlacht im Spanischen Erbfolgekrieg
1709, Sieg der Österreicher und Engländer über die Franzosen.

36,27 f. *Hier bin ich Mensch:* Goethe, *Faust I*, V. 940.

37,8 f. *Freilich fehlt ihm . . . sein Ideal:* Napoleon III. wurde im September 1870 gestürzt. Mit der Regierung im schwarzen Frack ist
die der Dritten Republik gemeint.

37,11 *Viardot:* Pauline V.-Garcia (1821–1910), berühmte Sängerin.

37,12 *Sarah Bernhardt:* eigtl. Henriette-Rosine Bernard (1844 bis
1923), eine der berühmtesten Schauspielerinnen ihrer Zeit.

37,26 *malkontent:* unzufrieden.

41,11 *Fridolin in der Ballade:* Schiller, »Der Gang nach dem Eisen-
hammer«: »Ein frommer Knecht war Fridolin, / Und in der Furcht
des Herrn / Ergeben der Gebieterin.«

41,12 *Maledetto:* Verdammter.

41,15 f. *Meine Ruh' ist hin, mein Herz ist schwer:* Goethe, *Faust I*,
V. 3374 f. Gretchen in ihrer Stube am Spinnrad.

42,10 f. *a tempo:* gleichzeitig.

42,31 *Remisen:* Geräte-, Wagenschuppen.

43,31 *Schoßkelle:* Sitz auf dem Wagen mit darunter angebrachter Vertiefung für Gepäck, auch dieser Gepäckkasten selbst.

44,2 *Lenormand:* Marie Anne L. (1772–1843), berühmte französische Wahrsagerin.

45,33 *Extraktion:* hier: Herkunft.

45,35 *Talbot:* in Schillers *Jungfrau von Orleans* Feldherr der Engländer.

46,6 *schlimmeren Pas: Pas:* Schritt; wohl in Anlehnung an *Fauxpas* ›Fehltritt, gesellschaftlicher Verstoß‹.

Pas de Calais: Ärmelkanal.

Kardinal Antonelli: Giacomo A. (1806–76), engster Mitarbeiter Pius IX., vertrat eine reaktionäre Politik.

46,26 *Großer Freibrief: Die Magna Charta Libertatum (The Great Charter),* 1215 von Adel und Geistlichkeit gegenüber König Johann Ohneland durchgesetzt, schränkt die königliche Machtbefugnis ein, wird als Grundstein der englischen Verfassung angesehen.

Milton: John M. (1608–74), englischer Dichter, Puritaner, Anhänger Cromwells (*Paradise lost,* 1667; dt. *Das verlorene Paradies*).

46,27 *Scott:* Sir Walter S. (1771–1832), schottischer Dichter, Begründer des modernen historischen Romans (*Waverly,* 1814; *Ivanhoe,* 1820; u. v. a.).

Thackeray: William Makepeace Th. (1811–63), englischer Romancier (*Vanity Fair,* 1847/48; dt. *Jahrmarkt der Eitelkeiten*).

47,11 *Pierrot und Harlekin:* Figuren der italienischen Commedia dell'arte.

47,32 *Bauernfeld:* Eduard von B. (1802–90), österreichischer Lustspielautor.

51,13 f. *›Es ist mein Kind . . . nichts dazu‹:* Phemi zitiert hier Goethes Gedicht »Vor Gericht«.

51,34 *Medisance:* vgl. Anm. zu 29,18.

53,8 *fait accompli:* vollendete Tatsache.

54,7 *Tewele:* Franz T. (1843–1914), zu seiner Zeit bekannter Komiker.

54,27 *Trikoteusen:* wörtl. ›Strickerinnen‹. Eine von den Royalisten geprägte Bezeichnung für die Frauen, die während der Französischen Revolution – angeblich strickend – an den Sitzungen des Konvents und des Jakobinerclubs teilnahmen.

55,11 *Sue:* Eugène S., eigtl. Marie-Joseph S. (1804–57), französischer Romancier (*Les Mystères de Paris,* 1842/43; dt. *Die Geheimnisse von Paris*).

206

55,11 *Balzac:* Honoré de B. (1799–1850), französischer Romancier (*La comédie humaine,* 1829–54; dt. *Die menschliche Komödie*).

55,13 *Flaubert:* Gustave F. (1821–80), französischer Romancier (*Madame Bovary,* 1857).

55,16 *Zola:* Emile Z. (1840–1902), französischer Romancier des Naturalismus (*Les Rougon-Macquart,* 1871–93). Nahm mit dem offenen Brief *J'accuse* (1898) Partei für den fälschlich der Spionage angeklagten jüdischen Hauptmann Dreyfus.

55,34 *Gambettistische Levée en masse: Levée en masse:* allgemeines Aufgebot zum Kriegsdienst. Léon Gambetta (1838–82), Führer der Republikanischen Partei, organisierte nach dem Sturz Napoleons III. (1870) den nationalen Widerstand und stellte Volksheere auf. Ministerpräsident 1881–82.

55,37 ›*Der Bauch von Paris*‹: *Le ventre de Paris* (1874), Teil des Romanzyklus *Les Rougon-Macquart.*

56,4 f. *La faute de l'Abbé Mouret: Die Sünde des Abbé Mouret,* ebenfalls Teil der *Rougon-Macquart. Die Sünde des Abbé Mouret* ist 1875, also erst ein Jahr nach dem durch den Freitod von Gablenz datierbaren Romangeschehen, erschienen.

56,28 *Comme toujours:* wie immer.

60,15 *Felix Austria nube:* »Bella gerant alii, / Tu felix Austria nube!« (»Kriege mögen andere führen, du, glückliches Österreich, heirate!«) Gemeint ist damit die Vergrößerung des österreichischen Besitzes durch dynastische Heiraten.

60,30 *unter Zitierung einer gefühlvollen Stelle:* Gemeint sind vermutlich die Eingangsverse von Schillers *Don Carlos.* Domingo: »Die schönen Tage in Aranjuez / Sind nun zu Ende.«

63,29 f. *Stadt an der Ostsee:* Gemeint ist Swinemünde, wo auch Fontane selbst aufgewachsen ist. Vgl. seine Autobiographie *Meine Kinderjahre* (1893/94), Kap. 6 und 11.

63,33 *König von Thule:* Goethes Gedicht »Der König in Thule«. In der Antike galt Thule als nördlichste bekannte Insel (Shetlandinseln oder Island).

64,23 *Vineta:* sagenhafte in der Ostsee versunkene Stadt.

65,36 *Grapen:* metallener oder irdener Topf, gewöhnlich mit Dreifuß und Henkeln oder Griffen.

66,4 *kalfatert:* kalfatern: Schiffswände mit Werg und Pech abdichten.

66,12 *Wrasen:* Dampf, Brodem.

68,30 *Whistspiel:* englisches Kartenspiel mit vier Spielern.

72,19 *Causerie:* Plauderei.

72,32 f. *kleinen, pausbackigen Gott:* Amorknabe.

72,36 *Chopinsches Notturno: Notturno:* »Nachtstück«, in der Klaviermusik des 19. Jh.s einsätzige Komposition von elegischem Charakter. Der französisch-polnische Klavierkomponist Frédéric Chopin (1810–49) schrieb eine große Anzahl solcher Notturnos.

73,17 *Carte blanche:* unbeschränkte Vollmacht.

73,30 f. *Gevatter Schneider und Handschuhmacher:* kleine Leute, Philister (nach Schiller, *Wallensteins Lager,* 10. Auftr.).

74,10 *Minnehof à la Wartburg:* Burg in Thüringen, über Eisenach. Bezug auf Richard Wagners Oper *Tannhäuser und der Sängerkrieg auf Wartburg* (Uraufführung 1845).

74,13 *Marsch aus dem Tannhäuser:* Einzug der Gäste in Wagners Oper.
    Perczel: Fontane hat vielleicht an Moritz P. (1811–99) gedacht, einen ungarischen General der Befreiungsarmee.

74,14 *Szabó:* Mit diesem Namen wird vielleicht auf Anton Sz. (1803–69) angespielt, der allerdings General war und schon 1869 starb.
    Wolfram von Eschenbach: mhd. Dichter (um 1170 – um 1220), eine der Figuren in Wagners Oper.

74,17 *Dekorum:* Anstand, Schicklichkeit.

74,18 f. *mais c'est tout:* aber das ist alles.

74,19 *Dehors:* gesellschaftliche Formen.

76,22 *cercle intime:* enger, vertrauter Kreis.

76,24 f. *Patschuli:* Parfüm.

77,28 *Louis Napoleon:* Napoleon III. (1808–73), Neffe Napoleons I., seit 1852 Kaiser, 1870 gestürzt.
    Redeminister: bezieht sich auf Emile Ollivier (1825–1913), bekannt als brillanter Redner.

77,33 *mulier taceat ...: mulier taceat in ecclesia:* »die Frau schweige in der Kirche« (1. Kor. 14,34).

78,6 *Drolerien:* lustige Erzählungen (von frz. *drôle* ›lustig, witzig‹).

83,3 *Oger:* menschenfressender Riese im Märchen.
    Blaubart: Ritter im französischen Märchen, Mörder seiner sechs Frauen.

84,8 *Galopin:* Laufbursche, Ordonanzoffizier.

85,26 f. *Haus und Grab der Julia Capulet:* Shakespeares *Romeo und Julia,* die heute bekannteste Gestaltung des Stoffes, spielt in Verona, wo den Reisenden Julias angebliches Grab und Elternhaus gezeigt werden.

85,32 f. *des großen Arpasees:* Modell ist der Plattensee.

86,19 *Cicerone:* Fremdenführer.

88,2 f. *Entreetür:* Eingangstür.

90,18 f. *heiligen Stephan:* Stephan I., der Heilige (um 975–1038), erster ungarischer König.

93,8 *Pagoden:* hier: Porzellanfiguren mit beweglichem, nickendem Kopf.

93,14 *Thomas a Kempis' Nachfolge Christi:* Th. a K. (von Kempen), eigtl. Hemerken (1379/80–1471), Mystiker, vermutl. Verfasser von *De Imitatione Christi* (1470, dt. *Über die Nachfolge Christi*).

93,15 *Canterbury Tales:* Zyklus von Vers- und Prosaerzählungen über eine Pilgerfahrt nach Canterbury (entst. um 1380–1400, ersch. um 1478), Hauptwerk Geoffrey Chaucers (um 1340–1400).

93,16 *Rousseau:* Jean-Jacques R. (1712–78), französischer Philosoph und Schriftsteller (*Julie ou La nouvelle Heloïse*, 1761, dt. *Die neue Heloïse*; *Du contrat social*, 1762, dt. *Der Gesellschaftsvertrag*; *Emile*, 1762; *Confessions*, 2 Bde., 1782–89, dt. *Bekenntnisse*).

94,20 *Struensee-Zeit:* Johann Friedrich Graf S. (1737–72), dänischer Staatsmann, 1772 gestürzt und hingerichtet.

94,25 *Dame blanche:* Weiße Frau, Schloßgespenst.

94,30 f. *artesischer Brunnen:* durch Druck des Grundwassers fließender Brunnen.

95,35 ›*Paradies*‹: Gemälde von Tintoretto (eigtl. Jacopo Robusti, 1518–94) für den Dogenpalast in Venedig.

96,26 *Paul Veronese:* Paolo V., eigtl. Caliari (1528–88), italienischer Maler.

96,30 *pastos:* dick aufgetragen (Farbe).

97,34 f. *Honvedfähnrich:* Honvéd (ung., ›Vaterlandsverteidiger‹): Revolutionsarmee von 1848, später Landwehr, seit 1919 die ungarische Armee.

99,8 *Plafond:* Zimmerdecke.

99,28 *Lorgnon:* Stielbrille.

100,23 *Schleife:* einfacher Wagen.

104,4 *Defilee:* Engpaß.

104,13 *Gainsborough:* Thomas G. (1727–88), englischer Porträt- und Landschaftsmaler.
Everdingen: Allart van E. (1621–75), niederländischer Landschaftsmaler.

104,30 *rekolligiert:* rekolligieren: sich sammeln, sich fassen, sich besinnen.

106,24 *Groß-Aspern:* Sieg der Österreicher über Napoleon I. 1809.
Marengo: Sieg Napoleons über die Österreicher 1800.

106,35 f. *Világos 13. August 1849:* Bei Világos kapitulierten an diesem Tag die ungarischen Revolutionstruppen unter General Görgey vor den russischen Truppen unter General Rüdiger.

107,12 *Kiß:* Ernst K., Freiherr von Elemér und Ittebe (1800–49), General der ungarischen Revolutionsarmee, hingerichtet nach der Niederschlagung der Revolution.

107,17 *Nagy:* Sándor N. (1804–49), General der ungarischen Revolutionsarmee, hingerichtet.

107,22 *Leiningen:* Karl August Graf L.-Westerburg (1819–49), General der ungarischen Revolutionsarmee, hingerichtet.

107,23 *Aulich:* Ludwig A. (1792–1849), General der ungarischen Revolutionsarmee, hingerichtet.
Rüdiger: Fedor Wassiljewitsch Graf R. (1784–1856), russischer General, Anführer der zaristischen Armee bei Világos.

107,24 *Görgey:* Arthur von G. (1818–1916), General der ungarischen Revolutionsarmee, nach seiner Kapitulation begnadigt.

107,31 *Batthiany:* Graf Ludwig Batthyány (1806–49), Ministerpräsident der ersten ungarischen Regierung, hingerichtet.

107,32 *Galgenexekution vor Arad:* In Arad ließ der österreichische General Julius Haynau am 6. Oktober 1849 dreizehn ungarische Generäle hinrichten, darunter die Obengenannten.

107,35 *rektifizieren:* berichtigen.

108,27 *Gêne:* Verlegenheit, Unbehagen.

109,35 f. *bon garçon:* guter Kerl.

110,4 f. *Vefour oder Very:* Cafés in Paris.

111,14 *Speidel:* Ludwig S. (1830–1906), Journalist, Mitarbeiter der *Neuen Freien Presse* in Wien.
Spitzer: Daniel S. (1835–93), Mitarbeiter der *Neuen Freien Presse*.

111,15 *Dingelstedt:* Franz Freiherr von D. (1814–81), Lyriker, Erzähler, seit 1871 Leiter des Burgtheaters.
Laube: Heinrich L. (1806–84), Erzähler, Dramatiker, Journalist. 1835 Verbot seiner Schriften, da er den Jungdeutschen angehörte, 1849–67 Leiter des Burgtheaters.

111,16 *Strakosch:* Alexander S. (1845–1909), Schauspieler und Sprecherzieher.

111,17 *von Wilbrandt:* Adolf v. W. (1837–1911), Schriftsteller, Leiter des Burgtheaters seit 1881 (vgl. Anm. zu 6,6).

111,23 *Piquet:* Kartenspiel für zwei Spieler.

111,28 *Czardas:* Csárdás: ungarischer Volkstanz im ¾-Takt, langsam beginnend, dann lebhaft.

112,29 *Dichtung und Wahrheit:* Anspielung auf Goethes Autobiographie.

113,14 *proponiere:* schlage vor.

113,17 *Schratt:* Katharina Sch. (1855–1940), Schauspielerin, seit 1873 am Wiener Stadttheater, seit 1883 am Burgtheater.

Frank: Kathi F., Schauspielerin am Wiener Burgtheater.

114,9 *Franzl:* Franz Joseph I. (1830–1916), österreichischer Kaiser seit 1848.

Ferdinandl: Ferdinand I. (1793–1875), körperlich und geistig schwach, 1835–48 österreichischer Kaiser.

115,32 ›*Pesti Hirlap‹:* Die ungarische Zeitung, von Lajos Kossuth (1802–94), dem Führer der ungarischen Unabhängigkeitsbewegung, 1841 gegründet, bestand bis 1849. Neugründung 1878.

115,33 *Jokai:* Mór Jókai (1825–1904), ungarischer Schriftsteller, mit Petöfi befreundet, zusammen mit diesem Führer der revolutionären Jugend. Als der bedeutendste seiner zahlreichen Romane gilt *Az aranyember* (1872, dt. *Ein Goldmensch*).

117,10 *Es stehen sieben vor Arads Tor:* bekanntes ungarisches Lied, vgl. Anm. 107,32.

120,33 *vulgo:* gewöhnlich, genannt.

121,21 *Mesalliance:* nichtstandesgemäße Ehe.

121,26 *Affront:* Beleidigung.

121,36 *Andrassy:* Gyula Graf Andrássy (1823–90), nach Teilnahme am ungarischen Freiheitskampf und Exil 1867 ungarischer Ministerpräsident, 1871–79 österreichisch-ungarischer Außenminister.

121,37 *Prinzessin Gisela:* Tochter Franz Josephs I.

127,2 f. *das gleichnamige Chamissosche Gedicht:* »Der Szekler Landtag« von Adelbert von Chamisso (1781–1838):

Der Szekler Landtag

Ich will mich für das Faktum nicht verbürgen,
  Ich trag es vor, wie ich's geschrieben fand,
  Schlagt die Geschichte nach von Siebenbürgen.
Als einst der Sichel reif der Weizen stand
  In der Gespannschaft Szekl, da kam ein Regen,
  Wovor des Landmanns schönste Hoffnung schwand.
Es wollte nicht der böse West sich legen,
  Es regnete der Regen alle Tage,
  Und auf dem Feld verdarb der Gottessegen.
Gehört des Volkes laut erhobne Klage,
  Gefiel es, einen Landtag auszuschreiben,
  Um Rat zu halten über diese Plage.

Die Landesboten ließen sich nicht treiben,
    Sie kamen gern, entschlossen gut zu tagen,
    Und Satzungen und Bräuchen treu zu bleiben.
Da wurde denn, nach bräuchlichen Gelagen,
    Der Tag eröffnet, und mit Ernst und Kraft
    Der Fall vom Landesmarschall vorgetragen:
Und nun, hochmögende Genossenschaft,
    Weiß Einer Rat? Wer ist es, der zur Stunde
    Die Ernte trocken in die Scheune schafft?
Es herrschte tiefes Schweigen in der Runde,
    Doch nahm zuletzt das Wort ein würdger Greise
    Und sprach gewichtig mit beredtem Munde:
Der Fall ist ernst, mitnichten wär es weise,
    Mit übereiltem Ratschluß einzugreifen;
    Wir handeln nicht unüberlegter Weise.
Drum ist mein Antrag, ohne weit zu schweifen:
    Laßt uns auf nächsten Samstag uns vertagen;
    Die Zeit bringt Rat, sie wird die Sache reifen.
Beschlossen ward, worauf er angetragen.
    Die Frist verstrich bei ewgen Regenschauern,
    Hinbrüten drauf und bräuchlichen Gelagen;
Der Samstag kam und sah dieselben Mauern
    Umfassen noch des Landes Rat und Hort,
    Und sah den leidgen Regen ewig dauern.
Der Landesmarschall sprach ein ernstes Wort:
    Hochmögende, nun tut nach eurer Pflicht,
    Ihr seht, *der Regen regnet ewig fort.*
Wer ist es, der das Wort der Weisheit spricht?
    Wer bringt in unsres Sinnens düstre Nacht
    Das lang erwartete, begehrte Licht?
Zur Tat! ihr habt erwogen und bedacht.
    Ich wende mich zuerst an diesen Alten,
    Deß Scharfsinn einmal schon uns Trost gebracht:
Ehrwürdger Greis, laß deine Weisheit walten.
    Der stand und sprach: ich bin ein alter Mann,
    Ich will euch meinen Rat nicht vorenthalten.
Wir sehn es vierzehn Tage noch mit an,
    Und hat der Regen dann nicht aufgehört,
    Gut! regn' es denn, so lang es will und kann.
Er schwieg, es schwiegen, die das Wort gehört,
    Noch eine Weile staunend, dann erscholl
    Des Beifalls Jubel-Nachklang ungestört.

Einstimmig, heißt es in dem Protokoll,
  Einstimmig ward der Ratschluß angenommen,
  Der nun Gesetzeskraft behalten soll.
So schloß ein Szekler Landtag, der zum Frommen
  Des Landes Weiseres vielleicht geraten,
  Als mancher, dessen Preis auf uns gekommen.
So wie die Väter stolz auf ihre Taten
  Nach bräuchlichen Gelagen heimgekehrt,
  Erschien die Sonne, trockneten die Saaten,
Und schwankten heim die Wagen goldbeschwert.«

126,8 *Refrainzeile:* »*Der Regen regnet immer noch*«: Gemeint ist die
im Gedicht kursivierte Zeile: »der Regen regnet ewig fort«.

130,13 f. *die Ziegler:* Clara Z. (1844–1909), bekannte Schauspielerin.

132,7 *Avis au lecteur:* Hinweis für den Leser.

136,12 *sans phrase:* fraglos, unbedingt.

137,18 ff. »*Vor jedem steht ein Bild ... Friede voll.*«: Gedicht von
Friedrich Rückert (1788–1866).

140,17 *Tag von Austerlitz:* 2. Dezember 1805, Sieg Napoleons I.
über Österreicher und Russen (»Dreikaiserschlacht«).

143,5 *Papier Fayard:* Rheumapflaster.

144,32 *Burnus:* Kapuzenmantel.

146,12 *come sta?:* wie geht's?

146,13 f. *Infidèle:* Ungläubiger.

146,15 *Voltaire:* eigtl. François-Marie Arouet (1694–1778), französischer Philosoph und Schriftsteller der Aufklärung, kämpfte gegen
Dogmatismus und Intoleranz.

146,31 f. ›*Führ uns nicht in Versuchung*‹: vgl. Mt. 6,13 und Lk. 11,4.

148,30 f. *Goldschmieds Töchterlein:* Anspielung auf die Ballade »Des
Goldschmieds Töchterlein« von Ludwig Uhland (1787–1862).

148,34 *Steeplechase:* Hindernisrennen zu Pferd.

149,15 *Plaine:* Ebene.

155,35 *Istem Magyar:* sprachlich nicht korrekt; gemeint ist: *Istenem
Magyar* ›Mein Gott, Ungar‹.

156,32 *Ukas:* Befehl.

160,3 f. *Gefühlsefferveszenz:* Gefühlsüberschwang.

161,9 *Que faire?:* Was tun?

164,32 *Basseremtete:* sprachlich nicht korrekt; gemeint ist: ›Treff
dich der Schlag!‹

167,35 *Das Glück kommt immer in der Wolke:* In einer Wolke
näherte sich Zeus seiner Geliebten Io. Gemälde von Correggio (um
1530).

168,25 *persiflierend:* verspottend.

168,29 *Komitatsort:* Komitat: ungarischer Verwaltungsbezirk.

172,30 *Gambetta:* vgl. Anm. 55,34.

173,19 *Hospitale zu Charenton:* Irrenanstalt.

173,20 *die ›Augsburgerin‹:* die verbreitete Augsburger *Allgemeine Zeitung.*

173,22 *l'homme de fer:* Mensch aus Eisen.

173,24 *l'homme de verre:* Mensch aus Glas.

174,5 f. *Nur der Irrtum ist das Leben:* Schiller, »Kassandra«: »Nur der Irrtum ist das Leben, / Und das Wissen ist der Tod.«

174,9 *Pilatusfrage:* »Was ist Wahrheit?« sagt Pilatus (Joh. 18,3).

174,28 f. *ein Mann des zweiten Dezember:* 2. Dezember 1851 Staatsstreich Louis Napoleons, 2. Dezember 1852 seine Ausrufung zum Kaiser. Darauf spielt Petöfy an. An einem 2. Dezember (1848) dankte aber auch Ferdinand I. zugunsten seines Neffen ab (Anspielung auf den Fortgang der Romanhandlung und die Rolle, die Petöfys Neffe dabei spielt).

174,37–175,1 *bon gré mal gré:* wohl oder übel.

175,21 f. *et pour combler le bonheur:* und um das Glück vollzumachen.

178,25 *Reunion:* gesellige Veranstaltung.

179,2 *›Partie Piquet‹:* Lustspiel (1855) von Edouard Fournier (1819–80).

179,2 f. *die ›beiden Klingsberge‹:* Lustspiel (1801) von August Kotzebue (1761–1819).

179,6 *Herzog von Chevreuse:* Figur in dem Schauspiel *Ein Duell unterm Herzog von Richelieu* (1832) von Josephe-Philippe Simon, gen. Luckroy (1803–91), und Edmond Badon (1808–49).
Scribesches: (Augustin) Eugène Scribe (1791–1861), französischer Bühnenautor, schrieb über 400 Schauspiele und zahlreiche Operntexte.

179,6 f. *Dumassches Stück:* Gemeint ist hier der ältere Dumas, Alexandre Dumas père (1802–70). In einer Besprechung vom 15. März 1879 nennt Fontane Dumas père und Scribe als vergleichbare Autoren, die er als »immer noch erquicklich« bezeichnet und die er dem jüngeren Dumas, dessen Qualitäten er übrigens gelten läßt, vorzieht.

179,9 *letzten Louis Philipp-Tagen:* Louis Philippe (1773–1850), der sog. »Bürgerkönig«, wurde durch die Februarrevolution 1848 gestürzt.

179,17 *Maintenon:* Françoise d'Aubigné, Marquise de M. (1635 bis 1719), Geliebte, später zweite Frau Ludwigs XIV.

179,18 *Pompadour:* Jeanne Antoinette Poisson, Marquise de P. (1721–64), Geliebte Ludwigs XV.

Figaro: Hauptfigur in den Stücken *Le barbier de Seville* (1775) und *Le mariage de Figaro* (1784) von Pierre Augustin Caron de Beaumarchais (1732–99); kluger, das Geschehen insgeheim dirigierender Diener. Sehr bekannt durch die Opern *Die Hochzeit des Figaro* (1786) von Mozart und *Der Barbier von Sevilla* (1816) von Rossini.

179,19 *Narziß:* Hauptfigur in dem Drama *Narziß* (1857) von Albert Emil Brachvogel (1824–78).

179,20 f. *Sottisen:* Dummheiten, Grobheiten.

179,30 *heiligen Genofeva:* Schutzheilige von Paris; wahrscheinlich auch Anspielung auf Genofeva von Brabant (8. Jh.), Frau des Pfalzgrafen Siegfried, die zu Unrecht des Ehebruchs angeklagt und verstoßen worden sein soll.

180,19 *outriert:* übertrieben.

180,32 *Pombalzeit:* Sebastião José de Carvalho e Mello, Graf von Oeyras, Marquis von P. (1699–1782), portugiesischer Staatsmann des aufgeklärten Absolutismus.

181,6 f. *ein Komödiant könnt einen Pfarrer lehren:* Goethe, *Faust I*, V. 523 ff.

181,18 *Claret:* eigtl. Clairet oder Klarett, gewürzter Rotwein oder junger hellroter Wein.

182,4 *École militaire:* Militärschule.

183,5 *Sultanin Scheherezade:* Märchenerzählerin aus *Tausendundeine Nacht*.

183,6 *heiligen Elisabeth:* Landgräfin von Thüringen (1207–31), ungarische Königstochter, 1235 heiliggesprochen. Bekannt für ihre Mildtätigkeit und Frömmigkeit.

183,7 *Esprit fort:* Freigeist.

183,27 *Schwiegersohn des alten Brabantio:* Othello in Shakespeares gleichnamiger Tragödie.

183,28 *aus der Taschentuch- eine Ringszene machen:* vgl. *Othello* III,4: Othello fordert von seiner Gemahlin Desdemona ein Tuch, das er ihr geschenkt hat und das der Intrigant Jago angeblich in Cassios Besitz gesehen hat – für Othello ein Beweis für die vorgebliche Untreue Desdemonas, die er aus Eifersucht tötet.

184,22 *Ultimo:* der Monatsletzte.

184,32 *Störenfried:* Anspielung auf das Lustspiel *Der Störenfried* von
Roderich Benedix (1811–73).

185,14 *»Burg«:* das Burgtheater.

185,25 *Inkulpaten:* Angeklagten.

185,28 *Numismatiker:* Münzenkundler.

185,32 *Petschaftsspruch:* Petschaft: Siegel.

185,36 *Carlyles:* Thomas Carlyle (1795–1881), englisch-schottischer
Schriftsteller, Historiker, Geschichtsphilosoph (*History of Fried-
rich II of Prussia, called Frederick the Great*, 6 Bde., 1858–65; dt.
*Geschichte Friedrichs II. von Preußen, genannt Friedrich der
Große*).

186,34–187,1 *Bonsens:* gesunder Menschenverstand.

190,22 *Katafalk:* Gerüst für den Sarg.

191,4 *vakant:* frei.

191,12 *Responsorien:* Responsorium: Wechselgesang zwischen dem
Geistlichen und der Gemeinde.

Literaturhinweise

Chapa, Cynthia M.: Theodor Fontane's »Graf Petöfy«. A Revaluation. Diss. University of Chicago 1974.

Demetz, Peter: Formen des Realismus: Theodor Fontane. Kritische Untersuchungen. München 1964. (Literatur als Kunst.)

Gilbert, Mary-Enole: Das Gespräch in Fontanes Gesellschaftsromanen. Leipzig 1930. (Palaestra. 174.)

Gragger, Robert: Ungarische Einflüsse auf Theodor Fontane. In: Ungarische Rundschau für historische und soziale Wissenschaften 1 (1912) S. 220–224.

Jolles, Charlotte: Theodor Fontane. Stuttgart [3]1983 (1972). (Sammlung Metzler. 114.)

Kahrmann, Cordula: Idyll im Roman. Theodor Fontane. München 1973.

Lukács, Georg: Der alte Fontane (1950/64). In: Theodor Fontane. Hrsg. von Wolfgang Preisendanz. Darmstadt 1973. (Wege der Forschung. 381.) S. 25–79.

Mann, Thomas: Der alte Fontane (1910). In: Theodor Fontane. Hrsg. von Wolfgang Preisendanz. Darmstadt 1973. (Wege der Forschung. 381.) S. 1–24.

Martini, Fritz: Deutsche Literatur im bürgerlichen Realismus. 1848–1898. Stuttgart [3]1974. (Epochen der deutschen Literatur. V,2.)

Mittenzwei, Ingrid: Die Sprache als Thema. Untersuchungen zu Fontanes Gesellschaftsromanen. Bad Homburg v. d. H. 1970. (Frankfurter Beiträge zur Germanistik. 12.)

Mommsen, Katharina: Hofmannsthal und Fontane. Bern / Frankfurt a. M. 1978.

Müller, Karla: Schloßgeschichten. Eine Studie zum Romanwerk Theodor Fontanes. München 1986.

Müller-Seidel, Walter: Theodor Fontane. Soziale Romankunst in Deutschland. 2., durchges. Aufl. Stuttgart 1980 (1975).

Nürnberger, Helmuth: Theodor Fontane in Selbstzeugnissen und Bilddokumenten. Reinbek bei Hamburg [16]1988 (1968). (rowohlts monographien. 145.)

– Zur Stoffgeschichte von Theodor Fontanes Roman »Graf Petöfy«. In: Fontane-Blätter 4 (1981) H. 8, S. 728–732.

Plett, Bettina: Die Kunst der Allusion. Formen literarischer Anspie-

lungen in den Romanen Theodor Fontanes. Köln 1986. (Kölner
Germanistische Studien. 23.)

Reuter, Hans-Heinrich: Fontane. München 1968.

Rost, Wolfgang E.: Örtlichkeit und Schauplatz in Fontanes Werken.
Berlin/Leipzig 1931. (Germanisch und Deutsch. Studien zur Sprache und Kultur. 6.)

Voss, Lieselotte: Literarische Präfiguration dargestellter Wirklichkeit
bei Fontane. Zur Zitatstruktur seines Romanwerks. München
1985.

Wandrey, Conrad: Theodor Fontane. München 1919.

Nachwort

> »Schweigen kleid't nicht jeden. Und dann sollen wir uns ja auch durch die Sprache vom Tier unterscheiden. Also wer am meisten red't, ist der reinste Mensch.«
>
> Fontane, *Der Stechlin*, 2. Kapitel

I

»Die Arbeit ist nun ganz was sie sein soll und liest sich wie geschmiert. Alles flink, knapp, unterhaltlich, so weit esprit-volles Geplauder unterhaltlich sein kann; wer auf plot's und große Geschehnisse wartet, ist verloren. Für solche Leute schreib' ich nicht. Ich fühle, daß nur ein feines, vielleicht nur ein *ganz* feines Publikum [...] der Sache gerecht werden kann.«[1] So Fontane in einem Brief vom 30. August 1883 an seine Frau Emilie, der er versichert, die »Novelle«[2], nämlich *Graf Petöfy*, sei nun nach den zahlreichen Überarbeitungen und Korrekturen, nach denen Emilie Fontane das Manuskript jeweils wieder abgeschrieben hatte, »*wirklich* zu Ende«[3]. Die briefliche Äußerung ist in der Tat dazu angetan, Fontanes Kunstintention zu charakterisieren und die später von der Forschung geäußerten Einwände gegen das Werk zu entkräften, das bis in die Gegenwart hinein vorwiegend negativ eingeschätzt wird, dem man Blässe und Künstlichkeit nachgesagt hat und dem man es immer wieder zum Vorwurf gemacht hat, daß Fontane hier die ihm vertraute Berliner und märkische Sphäre verließ zugunsten eines Ungarn, das er nicht aus eigener Anschauung kannte. Wer jedoch genauer

---

1 Fontane, *Briefe*, Bd. 1, hrsg. von Kurt Schreinert und Charlotte Jolles, Berlin 1968, S. 249.

2 Fontane verwendet für viele seiner Erzählwerke die Bezeichnung Novelle, während die Forschung im allgemeinen von Romanen spricht. Bei der Veröffentlichung trägt *Graf Petöfy* die Gattungsbezeichnung Roman.

3 Fontane, *Briefe*, Bd. 1, S. 248. – Hermann Fricke (*Theodor Fontane. Chronik seines Lebens*, Berlin-Grunewald 1960, S. 66) gibt Ende November 1883 als Zeitpunkt der Beendigung des Werkes an.

hinsieht, wird feststellen, daß hier ein bedeutender Kunstverstand am Werke ist und daß der Mangel an Lebensunmittelbarkeit, der dem Werk immer wieder zum Vorwurf gemacht wurde, nicht auf Schwäche der Gestaltungskraft des Autors zurückzuführen ist, sondern ganz im Gegenteil eigentlicher Gegenstand des Romans ist.

Fontane war 65jährig, als *Graf Petöfy* 1884 (zuerst als Vorabdruck in der *Deutschen Romanbibliothek zu Über Land und Meer* und dann als selbständige Buchausgabe) als sein sechster Roman erschien. *Vor dem Sturm* (1878), *Grete Minde* (1879/80), *L'Adultera* (1880/82), *Ellernklipp* (1881) und *Schach von Wuthenow* (1882) lagen vor. Zum Frühwerk zu rechnen sind dabei sowohl *Vor dem Sturm*, die Geschichte vom Vorabend der preußischen Erhebung gegen Napoleon, die sich noch ganz im Bereich der *Wanderungen* hält (und die freilich auch stark balladenhafte Züge besitzt) und in der sich der Romancier erst langsam aus dem »Wanderer« zu entwickeln beginnt, wie auch die beiden folgenden noch ganz dem Bereich des Balladenhaften verpflichteten Werke: *Grete Minde*, die im 17. Jahrhundert spielende, *nach einer altmärkischen Chronik* gestaltete Geschichte der Tangermünder Ratsherrntochter, und die Geschichte vom Mord im *Ellernklipp*. Mit *L'Adultera* hatte Fontane seinen ersten Berliner Gesellschaftsroman geschrieben, mit *Schach von Wuthenow* hatte er zwar wieder einen historischen Stoff gestaltet, aber die *Erzählung aus der Zeit des Regiments Gensdarmes* hatte immerhin den Berliner Schauplatz.

Dem Romanwerk war anderes vorausgegangen. Zwanzig Jahre hatte Fontane nach Aufgabe seines ungeliebten Apothekerberufes als Journalist gearbeitet, von 1850 bis 1859 im Dienste der preußischen Regierung im sogenannten »Literarischen Kabinett« bzw. der »Zentralstelle für Preßangelegenheiten«, für die er auch einige Jahre in London tätig war, von 1860 bis 1870 als Redakteur des englischen Artikels bei der konservativen *Kreuzzeitung*. Die Kündigung dieser letzten festen Anstellung – die Tätigkeit als Theaterkritiker für die *Vossische Zeitung*, die er jetzt aufnahm, bedeutete demgegenüber eine geringe zeitliche Belastung – schuf innere und äußere Unabhängigkeit und damit die Voraussetzung für die Entstehung der Romane, die in den letzten zwanzig Jahren seines Lebens erscheinen. Balladen, Gedichte, Reisebücher, drei Bände *Wanderungen durch die Mark Brandenburg* und drei ›Kriegsbücher‹ sind selbständige Buchveröffentlichungen, die vorliegen, als der erste Roman Fontanes erscheint.

II

Während die zeitgenössischen Rezensenten – so etwa Konrad Telmann im *Magazin für die Literatur des In- und Auslandes*, der die »feinste Detailmalerei seelischer Zustände und Konflikte« rühmt und *Graf Petöfy* »ein Werk von bedeutsamer, eigenartiger, imponierender Dichterkraft« nennt[4], oder Otto Brahm, der in einer sehr positiven Besprechung in der *Deutsche Rundschau* die Darstellung »in balladenmäßigen Sprüngen« und die »aristokratische Kunst der Konversation« hervorhebt[5] – im ganzen eher positiv auf *Graf Petöfy* reagierten, kommt Conrad Wandrey in seinem Fontane-Buch von 1919 zu einem negativen Urteil, das die Forschung lange wiederholt hat. Wandrey rechnet *Graf Petöfy* zusammen mit *Unterm Birnbaum* zu den »epischen Nebenwerken«[6], »die belanglos geblieben oder mißraten sind«[7] und ›Nieten, tote Punkte der Produktion«[8] bedeuten. Von »Mangel an Individualität«, »konventioneller Verblasenheit« ist im weiteren die Rede.[9] Konkret wirft Wandrey dem Roman zweierlei vor: den »Mangel der ethnographischen Basis« und den »Ausgang

---

4 *Magazin für die Literatur des In- und Auslandes*, 14. März 1885. – Vgl. Theodor Fontane, *Romane und Erzählungen in acht Bänden*, hrsg. von Peter Goldammer, Gotthard Erler, Anita Golz, Jürgen Jahn, Berlin/Weimar: Aufbau-Verlag, ³1984 (1969). – (Im folgenden zit. als: AF.) Bd. 4, S. 522.
5 *Deutsche Rundschau*, März 1885. Zit. nach: AF Bd. 4, S. 523.
6 Conrad Wandrey, *Theodor Fontane*, München 1919, S. 312.
7 Ebd.
8 Ebd.
9 Ebd., S. 313.

vom Problem, statt vom erlebten Menschen«.[10] So fehle denn den Gestalten der »geheime Lebensmittelpunkt«[11], sie seien »Retortenmenschen«[12]. Erstaunlicherweise ist Wandrey sogar der Meinung, selbst Fontanes »dominierendes Gestaltungsmittel«, die Gespräche, versagten und isolierten sich »zu Plaudereien eines beliebigen Geistreichlers«.[13] Noch Georg Lukács (1950) sieht einen entscheidenden Makel des *Graf Petöfy* (wie auch des späteren, von C. F. Meyer als Meisterwerk angesehenen Romans *Unwiederbringlich*)[14] darin, daß Fontane die Handlung nicht in Preußen ansiedelt. Nicht nur seien dadurch die »Details unvermeidlich aus zweiter Hand genommen«[15], entscheidender sei, daß »Fontane auf fremdem Boden die notwendige [gesellschaftliche] Verallgemeinerung nicht im konkreten Schicksal seiner Helden verankern«[16] könne, dies bringe »beide Romane, besonders *Graf Petöfy* mit seinen ausgeklügelten Voraussetzungen, der bloßen Belletristik nahe«[17]. Fritz Martini übernimmt dieses Urteil, wenn er in seinem Buch *Deutsche Literatur im bürgerlichen Realismus* (1962) *Graf Petöfy* und *Unwiederbringlich* als mißglückt bezeichnet und den Grund dafür darin sieht, daß »sich Fontane in einem ihm nicht vertrauten Milieu bewegte« und daß »das Problem zum Konstruktiven trieb, sich das rationale Element seines Erzählens, damit das direkte, reflektierte Aufweisen und Ausdeuten vordrängte«.[18] Peter Demetz (1964) ist gar, an den Vorwurf Lukács' anknüpfend, der Ansicht, Fontanes Schaffen sinke »nach der Vollendung des *Schach von Wuthenow*« »für Jahre

10 Ebd.
11 Ebd.
12 Ebd., S. 314.
13 Ebd., S. 315.
14 Vgl. Fontane, *Briefe an Julius Rodenberg*, hrsg. von Hans-Heinrich Reuter, Berlin/Weimar 1969. Anm. zu Fontanes Brief vom 14. April 1891.
15 Georg Lukács, »Der alte Fontane«, in: *Theodor Fontane*, hrsg. von Wolfgang Preisendanz, Darmstadt 1973, S. 25–79.
16 Ebd., S. 63.
17 Ebd., S. 64.
18 Fritz Martini, *Deutsche Literatur im bürgerlichen Realismus*, Stuttgart ³1974, S. 745.

in die Niederungen der gängigen Belletristik« ab[19], *Graf Petöfy* und *Cécile* vertrauten der »ererbten, aber leblosen Methodik des Gesellschaftsromanes, ohne sie durch kühne Einsicht und artistische Energie zu straffen«[20]. Helmuth Nürnberger (1968) betont, daß Fontane aufgrund seiner Unkenntnis der äußeren und inneren Verhältnisse Ungarns und Wiens gezwungen gewesen sei, mit »konventionellen Mustern«[21] zu arbeiten, er stellt aber gleichzeitig die Notwendigkeit einer genauen Untersuchung, »wie das geschehen ist«[22], fest. In einer späteren Arbeit (1981) spricht er in positiver Pointierung von dem »psychologisch und künstlerisch Hochartifiziellen«, das Fontane in *Graf Petöfy* darstelle.[23] Hans-Heinrich Reuter (1968) äußert sich recht detailliert, er konzediert, daß Fontane mit *Graf Petöfy* »eine Stufe darstellerischer Leichtigkeit, stilistischer Eleganz«[24] erreicht habe, die in *Schach von Wuthenow* und in *L'Adultera* noch nicht vorhanden gewesen seien. Der Grund für das Mißlingen des Romans, das freilich auch er annimmt, sei nicht die »angebliche Verirrung in ein ›fremdes Milieu‹«[25]. Nicht von der Darstellung, sondern vom Gehalt her sei der Roman als gescheitert anzusehen: »Der Fehlschlag des Ehekompromisses wird nicht zum Paradigma eines Gesellschaftszustandes, nicht zum Ausgangspunkt und Anlaß einer Kritik«[26]. Als zufällig empfindet Reuter die Katastrophe des Schlusses. Eine positive Bewertung und differenzierte Analyse erfährt der Roman bei Ingrid Mittenzwei (1970), die, in ihrem Buch von der »Sprache als Thema« handelnd, zu dem Schluß kommt, daß *Graf Petöfy* »einen entscheidenden Schritt in Richtung auf

19 Peter Demetz, *Formen des Realismus: Theodor Fontane. Kritische Untersuchungen.* München 1964, S. 164.
20 Ebd., S. 165.
21 Helmuth Nürnberger, *Theodor Fontane in Selbstzeugnissen und Bilddokumenten*, Reinbek bei Hamburg 1968, S. 136.
22 Ebd. – Vgl. auch: ebd., 16. Aufl. 1988, S. 136 f.
23 Nürnberger, »*Zur Stoffgeschichte von Theodor Fontanes Roman Graf Petöfy*«, in: *Fontane-Blätter* 4 (1981) H. 8, S. 728–732, hier S. 731.
24 Hans-Heinrich Reuter, *Fontane*, München 1968, S. 665.
25 Ebd.
26 Ebd., S. 666.

eine ganz vom gesprochenen Wort abhängige Romanstruktur«[27] vollziehe. Sie deutet *Graf Petöfy* als einen »Roman über die Problematik der Konvention«.[28] Auch Cordula Kahrmann kommt in ihrem Buch »Idyll im Roman. Theodor Fontane« (1973) zu einer im ganzen positiven Einschätzung, meint freilich im Gegensatz zu Mittenzwei, die »Probleme der Figuren« seien »nicht repräsentativ für bestimmte gesamtgesellschaftliche Verhältnisse«.[29] Das Thema des Romans nennt Kahrmann »das Verhältnis von Kunst und Wirklichkeit, dargestellt an dem vergeblichen Versuch der Romanfiguren, die Wirklichkeit durch Unterordnung unter die Gesetze der Kunst zu bewältigen«.[30] Eine Einzeluntersuchung des Romans, die amerikanische Dissertation von Cynthia M. Chapa (1974), untersucht Thematik und Aufbau des Romans und plädiert dafür, *Graf Petöfy* als eine Stufe innerhalb der Entwicklung des Fontaneschen Romanwerkes zu sehen. Walter Müller-Seidel (1975) behandelt *Graf Petöfy* zusammen mit den *Poggenpuhls* und dem *Stechlin* unter der Überschrift »Lebensformen des Adels«. Auch er hält den kleinen Roman für ein Nebenwerk, vertritt aber die Ansicht, Wandreys Kritik greife zu kurz; den »stereotypen Einwand«[31], daß der Roman schlecht sein müsse, weil Fontane Ungarn nicht gekannt habe, hält Müller-Seidel für unsinnig; er betont vor allem eine Analogie von Adels- und Theaterwelt. Katharina Mommsen (1978) vertritt die Auffassung, *Graf Petöfy* gehöre »zu Fontanes besten Leistungen«[32]. Eine Analyse des *Graf Petöfy* legt die Verfasserin dieses Nachworts in ihrem Buch *Literarische Präfiguration dargestellter*

27 Ingrid Mittenzwei, *Die Sprache als Thema. Untersuchungen zu Fontanes Gesellschaftsromanen*, Bad Homburg v.d.H. 1970, S. 77.
28 Ebd., S. 66.
29 Cordula Kahrmann, *Idyll im Roman. Theodor Fontane*, München 1973, S. 28.
30 Ebd.
31 Walter Müller-Seidel, *Theodor Fontane. Soziale Romankunst in Deutschland*, 2., durchges. Aufl. Stuttgart 1980, S. 417.
32 Katharina Mommsen, *Hofmannsthal und Fontane*, Bern / Frankfurt a. M. 1978, S. 55.

Wirklichkeit bei Fontane (1985)[33] vor, in dem nachgewiesen wird, daß in dem Werk des Realisten Fontane, des Gestalters zeitgenössischer Wirklichkeit, literarische Traditionen, Zitate, Präfigurationen eine maßgebliche, bisher nicht gesehene Rolle spielen, daß Wirklichkeit von Fontane immer schon durch das Raster von Literatur gesehen wird und daß über dem scheinbar nur realistisch geschilderten Geschehen eine durch Zitate vermittelte poetisch-ideelle Oberschicht liegt. Dem Zitat gilt auch das Interesse der Untersuchung von Bettina Plett *Die Kunst der Allusion* (1986), die *Graf Petöfy* gleichfalls ein Kapitel widmet. Auch in der im gleichen Jahr erschienenen Arbeit von Karla Müller *Schloßgeschichten* erfährt *Graf Petöfy* eine eingehende Interpretation.

III

Auf eine eigentümliche und für Fontane charakteristische Art verschränken sich bei der Entstehung des Romans Realität und Literatur. Die Realität gab den Handlungsrahmen vor: Im Jahre 1880 heiratete die Fontane von seiner Tätigkeit als Theaterkritiker her wohlbekannte 32jährige Schauspielerin Johanna Buska den 68jährigen Grafen Nikolaus Casimir Török von Szendrö. Die Heirat wurde viel beachtet, und die Berliner *National-Zeitung* berichtete am 21.5.1880 von der Abschiedsvorstellung der Schauspielerin und versagte es sich dabei nicht, auf gewisse Beziehungen zwischen dem Stück bzw. einzelnen Textstellen daraus und der Situation der neuen Gräfin Török anzuspielen.[34] Hier ist im Vorliterarischen das Wechselspiel von Kunst und Leben schon vorgebildet.

Was brachte Fontane nun dazu, die Geschichte aufzugreifen? Warum fand er hier seinen Gegenstand, was setzte seine produktive Phantasie dabei in Gang? Ganz offenbar gab ja die Wirklichkeit hier etwas vor, was Fontane als für sich einschlä-

---

33 Lieselotte Voss, *Literarische Präfiguration dargestellter Wirklichkeit bei Fontane. Zur Zitatstruktur seines Romanwerks*, München 1985, S. 119–144.
34 AF Bd. 4, S. 502 f.

gig empfand; vielerlei kam zusammen, und Verschiedenes stand bereit. Im August 1880 macht sich Fontane bereits Notizen, die eigentliche Arbeit fällt dann in die Jahre 1881 und 1883.

»Es gibt Ehen, deren Entstehung die belletristisch geübteste Phantasie sich nicht vorzustellen vermag«, so läßt Thomas Mann seine frühe Erzählung *Luischen* beginnen.[35] Die belletristisch geübte Phantasie Fontanes mochte sich eingeladen fühlen, den Möglichkeiten der Ehe der jungen Schauspielerin, über die er oft geschrieben hatte, mit dem alten Grafen nachzugehen. Die Welt des Theaters war ihm bekannt und bot reiche Möglichkeiten, das Thema der Ehe zwischen junger Frau und älterem Mann hatte er schon vorher gestaltet, es sollte ihn auch noch in seinem späteren Werk beschäftigen. Seine Produktion hatte sich mit *L'Adultera* – und vorher schon mit dem Romanfragment *Allerlei Glück* – zum Gesellschaftsroman hin entwickelt, und in diese Richtung wies auch der neue Stoff, überdies kündigt sich hier das Thema der Verbindung von adeligem und nichtadeligem Partner an, das Fontane später in *Irrungen, Wirrungen* und *Stine* gestalten sollte.

Vermutlich hat Fontane früh geahnt, daß der Stoff große Möglichkeiten bot, etwas »Geistreiches« daraus zu machen und seine eigentliche Stärke, sein Talent zur Plauderei, zur Causerie, nicht nur zur Geltung zu bringen, sondern zum eigentlichen Thema des Romans zu machen. Das erfindende Moment, der Einfall, bestand offenbar darin, daß der 70jährige Petöfy, dessen »jours de fête« vorüber sind (S. 29), um die junge Schauspielerin ausdrücklich deshalb wirbt, weil er von Franziskas »Kunst der Erzählung und Causerie« (S. 72) so eingenommen ist, daß er sich diese Unterhaltungsgabe für sein persönliches Leben sichern will – »Werbung um eine Plaudertasche« (S. 77), sagt Franziska denn auch.

Die Realität, die hier den Anstoß gab, war freilich alltäglicher und banaler als das, was Fontane daraus machte. Der alte

35 Thomas Mann, *Erzählungen*, Frankfurt a. M. 1960, S. 168.

Graf Török starb nach vierjähriger Ehe, in der noch ein Kind geboren wurde, an einem Schlaganfall, und die Schauspielerin heiratete wenig später in zweiter Ehe den Direktor des Deutschen Theaters in Prag, Angelo Neumann[36]. Fontane ist sich der Differenz zwischen der Welt seiner Imagination und der vorgegebenen Realität bewußt, wenn er einen Zeitungsartikel, wieder aus der *National-Zeitung*, der über den Tod Töröks berichtet, an seine Frau schickt mit den Worten: »Török ist Petöfy und die Buska ist Franziska, – sie wird aber wohl weniger geistreich sein und gewiß irgendeinen Egon heirathen.«[37]

Fontanes Können, seiner Gestimmtheit, seiner Weltsicht, seinen Interessen, nicht zuletzt seinem Lebensalter mußte es entgegenkommen, daß hier gerade nicht eine herkömmliche Liebesgeschichte zu schreiben war, was nicht nur nach seiner eigenen Meinung nicht seine Stärke war (*Irrungen, Wirrungen* widerspricht dem nur zum Teil, da die bewegendsten Partien sich da finden, wo Botho in der Rückschau sich des verlorenen Glücks erinnert). Vier Jahre nach Erscheinen des *Graf Petöfy* schrieb Fontane das Gedicht »Aber wir lassen es andere machen« mit den Schlußversen: »Alles hat seine Zeit. / Auch die Jagd nach dem Glück. All derlei Sachen, / Ich lasse

36 Tatsächlich scheint die Situation noch sehr viel prosaischer gewesen zu sein, als die Öffentlichkeit und mit ihr auch Fontane ahnte. Es besteht Grund zu der Annahme, daß die Ehe Buska-Török auf Befehl des Kaisers Franz Joseph geschlossen wurde, um ein Liebesverhältnis der Schauspielerin mit dem Kronprinzen Rudolf zu beenden und eventuell auch ihr Kind zu legitimieren. Helmuth Nürnberger (s. Anm. 23) hat diese Informationen in Egon Erwin Kischs Reportagensammlung *Marktplatz der Sensationen* entdeckt, wo sie sich im Zusammenhang mit dem Prager Theater und dem zweiten Ehemann Johanna Buskas finden. Nürnberger stellt freilich eine Reihe Ungenauigkeiten und Unzuverlässigkeiten bei Kisch fest und betont, es gebe »keinen Hinweis darauf, daß Fontane von diesem Zusammenhang auch nur eine Ahnung hatte« (S. 731).

37 Fontane, *Briefe* I, S. 260 (Brief vom 11. Juni 1884); vgl. auch AF Bd. 4, S. 503 f. – Betrachtet man Fontanes briefliche Äußerungen und die Psychologie seiner Produktion, so möchte man annehmen, daß er etwaigen Klatsch über die Buska nicht kannte. Die Banalität des angenommenen Zusammenhangs hätte vermutlich lähmend auf seine Imagination gewirkt, nur das Nicht-Wissen konnte seine Phantasie in Gang setzen.

sie längst durch andere machen.«[38] Ganz entschieden lagen in dem Thema des Altersunterschiedes, der eine künstliche Situation schuf, eine Situation, da kunstvolles Sprechen an die Stelle der Schilderung eines voll gelebten Lebens treten mußte, Möglichkeiten, etwas Besonderes zu machen und den Typus des Fontaneschen Gesprächsromans weiter zu entwickeln. Daß der Roman gewisse Schwächen hat, ist unübersehbar, aber alle Einwände sind sekundär gegenüber dem glücklichen Einfall, der nicht fontanescher sein könnte: das Leben als Plauderei. Die Konzeption bedeutete einen entscheidenden Vorstoß des Autors hin auf das, was er werden sollte: der Causeur, jener Autor des Realismus, der die Kunst des Gesprächs zu hohen Graden bringen sollte, derjenige zugleich, in dessen Werk das Leben immer schon durch das Raster von Kunst gesehen ist und Literatur sich immer schon aus Literatur entwickelt. Das vorgegebene Element des Theaters mußte beste Gelegenheit bieten, dieses Wechselspiel von Kunst und Leben in Gang zu setzen.

Die Realität gab auch den Schauplatz der Handlung – Wien und Ungarn – vor. Hier war Fontane freilich in Verlegenheit, da er nur geringe Lokalkenntnisse besaß. In Wien war er im Jahre 1875 drei Tage gewesen, hatte, wie er schreibt, in der Stadt, die seine »Erwartungen noch übertraf, drei sehr angenehme Tage zugebracht«,[39] Ungarn freilich kannte er gar nicht. Etwas anderes stand stattdessen bereit, ein literarisch-ideeller Vorstellungskomplex, und es ist charakteristisch für Fontanes Arbeitsweise, daß das eine für das andere eintreten konnte. Fontanes lebenslange Vorliebe für den Dichter Nikolaus Lenau verband sich mit seiner Teilnahme für die nationalen Befreiungskämpfe in Polen, Ungarn und Italien

---

38 Theodor Fontane, *Werke, Schriften und Briefe*, Abt. 1: *Sämtliche Romane, Erzählungen, Gedichte, Nachgelassenes*, hrsg. von Walter Keitel und Helmuth Nürnberger, München: Hanser, ²1970 ff. (Im folgenden zit. als: HF), Bd. 6, S. 353.
39 Wolfgang E. Rost, *Örtlichkeit und Schauplatz in Fontanes Werken*, Berlin/Leipzig 1931, S. 154.

von 1830/31 bzw. 1848/49[40]. Fontanes frühe Erzählung *Tuch und Locke*, 1854 in der *Argo* veröffentlicht, spielt am Vorabend der Schlacht von Temesvár, in der die ungarischen Truppen unter Kossuth der österreichisch-russischen Armee unterlagen; freilich sind die handelnden bzw. sprechenden Personen hier kaiserliche Offiziere. In *Irrungen, Wirrungen* hat die Heldin Lene Nimptsch ihren Namen von Niembsch von Strehlenau, Lenaus eigentlichem Namen; hier vermischten sich das politisch-ideelle und das poetische Element. In *Graf Petöfy* arbeitet der Autor auf der Ebene der zentralen Figuren vor allem mit dem poetischen Reiz Lenaus, der ungarische Befreiungskampf kommt nur im Zusammenhang der Nebenfiguren zur Sprache, so etwa des alten Toldy, der seinen Namen von dem Helden des ungarischen Balladendichters János Arany hat, der ein Freund Sándor Petöfis war.[41]

Sieht man sich an, wie sich das bei Fontane Bereitstehende mit der vorgegebenen Geschichte verbindet, so verläßt man die hier aufgezeigten Voraussetzungen und tritt in die Diskussion der Struktur des Romans selbst ein, die vor allem von der Verwendung des Zitats geprägt ist: Im Salon der alten Gräfin findet sich die junge norddeutsche Schauspielerin in der gleichen Lage wie der Autor. Sie ist nie in Ungarn gewesen und benutzt, als sie aufgefordert wird zu sagen, was sie über Ungarn wisse, die Literatur, um Wirklichkeit zu suggerieren; sie beruft sich auf Lenau und insbesondere auf sein Gedicht »Nach Süden«, das sie seit ihrer Pensionatszeit liebe. Mit der von ihr zitierten Schlußstrophe »Dunkler wird der Tag und trüber, / Lauter wird der Lüfte Streit, – / *Hörbar rauscht die Zeit vorüber / An des Mädchens Einsamkeit*« (S. 22) wird der Brückenschlag ins unbekannte Ungarn – das

40 Zum polnischen Insurrektionskrieg 1830/31 vgl. *Meine Kinderjahre*, HF Abt. 3., Bd. 4, S. 110 ff. Zur ungarischen Revolution 1848/49 vgl. AF Bd. 4, S. 505 ff. – Lenau (1850 gestorben, aber schon 1844 in geistige Umnachtung gefallen) konnte sich für den Freiheitskampf Ungarns 1848/49 nicht mehr engagieren. Durch seine Polenlieder verbindet er sich für Fontane mit den Ereignissen von 1830/31.

41 Vgl. AF Bd. 4, S. 506.

freilich Phantasieraum bleibt – geleistet, doch damit ist ihre Funktion nicht erschöpft. Das Gedicht hat nicht nur die Sehnsucht nach Ungarn, sondern auch Liebessehnsucht und Einsamkeit zum Gegenstand, die beiden Schlußverse werden zum Leitmotiv Franziskas. In ihnen wird sie ihre eigene Situation wiederfinden: Sie wird an der Seite ihres alten Ehemannes, der sich, getreu seiner Gewohnheit, im Theater Lebensersatz zu suchen, seine Privatdarstellerin ins Leben mitgenommen hat, die Lebenszeit und Lebensnähe verlieren, die sie ihm leiht. Über die Qualität des Lenauschen Gedichts mag man geteilter Meinung sein, Fontane hat vermutlich nicht ohne Grund nur die letzte Strophe im – modifizierten – Wortlaut angeführt und von den übrigen Franziska nur ein Resümee geben lassen. Wichtig ist hier, daß die übrigen Strophen zur weiteren Motivbildung innerhalb des Romans beitragen; eine bedeutende Rolle für die Handlung spielt dabei das Regenmotiv. Für sich erscheint die letzte Strophe des Gedichts, vorausweisend, zunächst als Liebesmotiv im Gespräch mit dem Grafen Egon beim Ausflug in Öslau. Vor allem aber wird das Gedicht wirksam in einer Szene im 23. Kapitel, da Franziska im Gefühl der Einsamkeit am Fenster steht und auf das Tosen des vom Regen angeschwollenen Bergbachs lauscht und schließlich die Lichter des Dampfschiffs erblickt, das einen Brief der alten Gräfin bringt, der ihre und ihres Neffen Ankunft ankündigt und damit die Schlußkatastrophe einleitet.

Ist Literatur hier sehr geschickt genutzt zur Vortäuschung einer ungarischen Scheinwirklichkeit sowie zur Verknüpfung der Örtlichkeit mit der inneren Handlung, so hat es Fontane in einem anderen Punkt, dem Titel des Buches, weniger gut getroffen. Der Name des ungarischen Nationaldichters Petőfi beschwört das ungarische Element, ist mit Sicherheit auch Ausdruck von Fontanes Sympathie mit dem ungarischen Befreiungskampf, tatsächlich jedoch ist der Name des 1849 in der Schlacht bei Schäßburg verschollenen Petőfi schlecht geeignet für den Aristokraten des Romans, der bei Ausbruch der Revolution außer Landes geht, um nicht Partei ergreifen zu müssen. Georg Lukács hat es ausgesprochen, daß ein Graf Petöfy ebenso komisch sei, wie es ein Graf Büchner wäre.[42] Andere literarische Elemente sind glücklicher gewählt und vor allem jeweils mit der Handlung verflochten: Im gleichen Gespräch im Salon der alten Gräfin, in dem zum ersten Mal von Lenau die Rede ist, spricht Franziska auch von einer zweiten – mittelbaren – Ungarnimpression, von ihrer Erinnerung an einen Bänkelsänger, der mit Bildtafel und Lied von einem Verbrechen berichtete, das sich zwischen Debreczin und Stuhlweißenburg (in dessen Nähe Schloß Arpa liegt) ereignet hat. Diese düstere Moritat verbindet sich mit einer ungarischen Volksballade, der Barcsai-Ballade, die Franziska auf Schloß Arpa kennenlernt und die von der Untreue einer jungen Frau und der unmenschlichen Rache des Ehemannes handelt. Die Balladenhandlung dient an ihrem Ort als Vorausdeutung auf die »Untreue« Franziskas und bildet – aufs Ganze gesehen – einen betonten Kontrast zur Romanhandlung, da der alte Graf durchaus anders reagiert als der Balladenheld.

In diesem Roman der Mittelbarkeiten, da einer der Hauptschauplätze sich ganz der Literatur verdankt, gibt es indes auch einen Bereich unmittelbar gelebten Lebens, von dem freilich – neue Mittelbarkeit – nur berichtet wird: den Ort von Franziskas Kindheit, der auch der der Kinderjahre ihres Autors ist, Swinemünde. In dem Bewußtsein, daß er sich mit diesem Roman auf fremdem Boden bewegte, mochte Fontane eine Gegensteuerung durch Integration ihm selbst sehr vertrauter Wirklichkeit anstreben.

Neben das die Struktur des Romans weitgehend bestimmende lyrische Zitat des Lenau-Gedichts treten nicht weniger bedeutsame Rollenzitate, deren eines, die Barcsai-Ballade, schon genannt wurde, deren zentrales aber im Roman zunächst in mehreren Gesprächen umspielt wird, bis schließlich am Ende die schlüssige Rollenformel gefunden wird. In dem Gespräch des alten Grafen mit seiner Schwester, in dem

42 Lukács [Anm. 15], S. 63.

er ihr seinen Heiratsentschluß mitteilt und dabei auch zum Ausdruck bringt, was er von Franziska erwartet, bemerkt die alte Gräfin, er spreche »ganz nach Art eines Prinzen, der einen Vorleser [. . .] sucht« (S. 72). Wenn in dem anschließenden Werbungsgespräch Franziska sagt, er suche offenbar »eine Märchenerzählerin, eine Redefrau [. . .] etwa wie Louis Napoleon einen Redeminister hatte« (S. 77), so meint sie das durchaus kritisch. Die eigentliche Formel prägt schließlich der alte Graf selbst, nachdem ihm kein Zweifel mehr an Franziskas und Egons Liebesbeziehung geblieben ist: »Narr, der ich war, als ich mir ein Etwas ausdachte, das halb von der Sultanin Scheherezade, aber halb auch von der heiligen Elisabeth abstammen sollte« (S. 183). Scheherezade, die Geschichtenerzählerin aus *Tausendundeinenacht*, erhält sich mit Erzählen am Leben und darf nur solange leben, wie sie erzählt; Franziska ist nicht Gräfin Petöfy geworden um ihrer Person willen, sondern zur Erfüllung ihrer Erzähl- und Unterhaltungsfunktion. In der Formel »Scheherezade und heilige Elisabeth« – die bis zur Selbstverleugnung wohltätige, im Dienste anderer aufgehende Landgräfin Elisabeth von Thüringen ist übrigens eine ungarische Prinzessin – verbinden sich verschiedene Arten der Identitätsverhinderung und des Opfers. Die Mesalliance, die sich der ungarische Graf im Gegensatz zu anderen Adligen in Fontaneschen Romanen im Bewußtsein seiner Stellung glaubt leisten zu können, bedeutet Entpersönlichung des nichtadligen Partners, bei dem es sich nicht zufällig um die Frau handelt. Wenn Franziska in der Ehe mit dem alten Grafen eine genau festgelegte Rolle, die der Märchenerzählerin des Sultans, zu spielen hat, so überschneidet sich genau hier der literarische Aspekt des Zitats und Rollenspiels mit dem gesellschaftlichen. Petöfys Rollensetzung ist Ausdruck einer voyeuristisch-aristokratischen Lebensform; dem Aristokraten wird von anderen alles abgenommen, fast auch das Leben selbst.

Der Komplex des Rollenzitats kommt in *Graf Petöfy* nicht zuletzt deshalb so stark zur Wirkung, weil hier alles und jedes in Beziehung zum Theater steht. Vom Theater kommt Franziska, zum Theater hingezogen fühlt sich der alte Graf, Theater und Rollenspiel ist die Adelswelt. Theater und Rollenspiel ist die Ehe des ungleichen Paares, die Konsequenz des Rollenspiels ist für den alten Grafen schließlich buchstäblich tödlich. Im Zeichen der Mittelbarkeit stellt Theater die vergleichende Größe dar zur feudalen Lebensform einerseits, zum vorgerückten Lebensalter andererseits, Formen einer jeweiligen Distanz: der Distanz zum Leben, zur Wirklichkeit, zur Jugend.

Ausgerechnet vom Theater kommt schließlich die Wahrheit: Als der alte Graf in Gesellschaft Franziskas, seiner Schwester und seines Neffen ein Theaterstück sieht, in dem der alte Herzog von Chevreuse von seiner Frau betrogen wird und ahnungslos bleibt, führt ihm das Theater seine eigene Situation vor Augen und bringt ihm zum Bewußtsein, daß er so nicht weiterleben kann. Für die Lebensrolle, die er nun zu spielen hat, sucht er in der Literatur Vorbilder: »Sollte er sich den lächerlichen Herzog zum Muster nehmen« (S. 182), so fragt er sich, oder soll er, wie es wenig später heißt, »den Schwiegersohn des alten Brabantio spielen«, »aus der Taschentuch- eine Ringszene machen« (S. 183)? Gemeint ist hier die Othello-Rolle, die Rolle des eifersüchtigen Ehemannes, der seine Frau tötet; auch sie wird verworfen. Auffallend ist die bei allem Lebensernst doch auch detachierte und reflektierte Art und Weise, in der der alte Graf (ähnlich wie andere Fontanesche Helden auch) diese oder jene Rolle erwägt und dabei sogar noch die Überlegung anstellt, daß ein Ring – Franziskas Ring an Egons Finger hat ihm schließlich völlige Gewißheit über die Liebesbeziehung der beiden gegeben – sich besser mache als das Taschentuch der Desdemona in Shakespeares Stück. Wenn er sich zum Freitod entschließt mit den Worten, er wolle die »Rolle« des Störenfrieds »nicht spielen« (S. 184), so wird auch hier auf ein Theaterstück angespielt, den *Störenfried* des von Fontane mehrfach besprochenen Autors Roderich Benedix, das übrigens im Zusammenhang einer Eifersuchtsszene auch in *Cecile* vorkommt. Weitere Rollenzitate (»Mann des zweiten Dezember«, S. 174,

»Adam«, S. 56, der »siebenzigjährige Goethe«, S. 29, »König Sigurd Ring«, S. 29) ergänzen die zentralen Rollen.[43]

Sonderbarerweise findet zum Schluß Graf Petöfy, der sein ganzes Leben lang immer wie im Theater gelebt hat, noch eine Art von Identität, die freilich keine individuelle, sondern die Identität seiner Klasse ist: Am Ende seines Lebens benennt Petöfy seine Lebensform, die des Kavaliers, und als »Kavalierslaune« (S. 187) erkennt er jetzt seinen Ehepakt. Dies geschieht bezeichnenderweise unter seinem eigenen Bild, das ihm mit allen Requisiten des Kavaliers entgegenblickt: Petöfy steht gleichsam einer *Fiktion* seiner selbst, nicht diesem Selbst gegenüber, er blickt nicht in einen Spiegel, sondern sieht das Bild, das er – in Übereinstimmung mit den Angehörigen seiner Gesellschaftsklasse – von sich selbst hat.

IV

Kunstvoll hergestellte Symmetrien und Gegensätze (Theater und Kirche als »Ausfüllversuche«, S. 71, der alten Geschwister, Franziska und Feßler dabei als korrespondierende Personen, Norden und Süden, Katholizismus und Protestantismus, Ungarn und kaiserliches Wien neben den Hauptgegensätzen alter Graf / junge Schauspielerin), der fast regelmäßige Wechsel der Schauplätze (Wien – Öslau – Wien – Schloß Arpa – Wien – Schloß Arpa) sowie korrespondierende Szenen und Ereignisse (Anfang und Ende, 3. und 34. Kapitel stehen in bezug auf Lokalität und Motivation in strenger Korrespondenz) dienen der Herstellung der künstlerischen Geschlossenheit des Romans, streifen freilich bisweilen ans Mechanische. (Auch die Symbolik ist zuweilen noch überdeutlich, so etwa, wenn eine der beiden Glocken zerspringt, die bei Franziskas Einzug auf Schloß Arpa läuten, oder wenn ein Herbstblatt auf die Hand des alten Grafen fällt und von ihm auch noch als Symbol des Lebensherbstes gedeutet wird.) Handlungszeit und Dauer der Ehe sind aus Gründen

43 Vgl. Voss [Anm. 33], S. 141 ff.

der künstlerischen Straffung gegenüber der Vorlage aus der Wirklichkeit auf den Zeitraum eines knappen Jahres verkürzt.

Gab die Konzeption Fontane Gelegenheit, seine überlegene Gesprächskunst auszuspielen, und ist das kunstvolle Verweisungssystem des Romans bemerkenswert dicht, so läßt sich doch nicht übersehen, daß der Roman auch gewisse Schwächen hat, vor allem die, daß die Liebesgeschichte nicht recht überzeugend ist. Darauf hat schon Emilie Fontane hingewiesen; in einem Brief an den Autor vom 4. Juni 1883 formuliert sie die Einwände, die ihr beim Abschreiben des Manuskripts gekommen sind. Die Liebesgeschichte, so schreibt sie, sei nicht genug vorbereitet, die Exposition fehle, »F. u. E. können doch nicht gleich in Liebe verfallen? er wirkt außerdem schemenhaft, man würde nicht begreifen, daß er kam, sah u. siegte. [...] Wenn F. so gleich dem ersten besten, den sie sieht, zum Opfer fällt, dann muß der alte Graf ein schlechter Menschenkenner gewesen sein [...]: die Liebe der beiden, *wenn* eben nichts in den ersten Kapiteln vorausgeht, erscheint so abrupt, daß man nicht so recht daran glaubt.«[44] Diesen Einwänden, die Emilie Fontane in großer Bescheidenheit als »Gequatsch«[45] bezeichnet, wird man beistimmen müssen, sie hat als erste Leserin hier einen schwachen Punkt des Romans erkannt. Fontane, der diese Einwände seiner Frau in seinem Antwortbrief zu widerlegen versucht, wird den Leser/die Leserin kaum überzeugen. In seinem Brief vom 15. Juni 1883 heißt es: »Egon[s] und Franziskas Verhältniß spukt schon in den ersten 12 Kapiteln stark vor; er macht sich nicht viel aus ihr, aber sie liebt *ihn* vom ersten Augenblick an«.[46] Man wird konzedieren, daß es eine ganze Reihe von Vorausdeutungen gibt, die aber nicht unbedingt deutlich zum Ausdruck bringen, daß Franziska Egon »vom ersten Augenblick an liebt«. Dem widerspricht besonders eklatant, daß es im 26. Kapitel im Zusammenhang der

44 AF Bd. 4, S. 516 f.
45 Ebd., S. 516.
46 Fontane, *Briefe* I, S. 201.

Ausritte der schon mit dem alten Grafen verheirateten Franziska in die Umgebung von Schloß Arpa heißt: »Während dieser Ausflüge war es denn auch, daß sich Egon und Franziska recht eigentlich erst kennen und ein Gefallen aneinander finden lernten« (S. 149). Hier hat der Autor offenbar selbst die Übersicht über seinen Erzählzusammenhang verloren, die Inkonsequenzen erklären sich ganz offensichtlich daraus, daß Fontane der Liebesgeschichte nur geringe Aufmerksamkeit geschenkt hat. Sieht man die Handlung von der Person Franziskas her, so ist sie psychologisch nicht recht befriedigend. Die Leser/innen, die zu Beginn die weibliche Hauptfigur als eine junge Frau kennenlernen, die mit bemerkenswerter Kaltblütigkeit – sie spricht von »Ehrgeiz« (S. 84), nennt sich vorher einmal auch »beinahe berechnend« (S. 17) – einen Siebzigjährigen heiratet, der ihr die Stellung einer Gräfin bietet, die sich dann als leidenschaftliche Liebende erweist, bald darauf aber auf eine Verbindung mit dem Geliebten verzichtet, werden diesen zweifachen Wechsel nicht ohne weiteres überzeugend dargestellt finden. Die Elemente Gespräch und Handlung stehen in *Graf Petöfy* nicht gleichwertig nebeneinander: Als Lebensgeschichte einer jungen Frau betrachtet, weist *Graf Petöfy* Widersprüche und Unstimmigkeiten auf, überzeugend ist der Roman dagegen, wenn man ihn vom Schreibimpuls des Autors her betrachtet, der die Plauderei über die Liebesgeschichte stellte. Identifikationsfigur des Autors – und das bestimmt die Struktur des Romans – ist der alte Graf, der sich von einer Tochterfigur unterhalten und ablenken läßt, und dies entspricht durchaus der Gefühlslage des Autors, der sich am 18. Juli 1887 bei seiner Frau bedankt, daß sie ihm die Tochter Mete zur Unterhaltung geschickt habe, die ganz Scheherezade gewesen sei.[47] Dem Bedürfnis des Autors, die Kunst der Plauderei weiter zu entwickeln, mußte sich die Liebesgeschichte unterordnen, die gebraucht wurde, um dem Roman ein Ende zu geben. Den Grafen einfach sterben zu lassen (das reale Vorbild starb ungefähr zu der

47 Ebd., S. 330.

Zeit, da der Roman beendet wurde), wäre eine zu banale Lösung gewesen, eine Ehe der Heldin mit dem jüngeren Mann wäre eine bloße Wiederholung dessen gewesen, was schon in *L'Adultera* gestaltet war. So wurde denn der vorliegende Schluß gewählt und das, was dabei in bezug auf die Psychologie der weiblichen Hauptfigur unbefriedigend blieb, hingenommen. Daß es hingenommen wurde, sagt freilich etwas aus über die Gewichtung von weiblicher und männlicher Hauptfigur und führt zu weiteren Fragen.

V

Inwieweit ist es Fontane gelungen, in Franziska eine glaubhafte Frauengestalt zu konstituieren? Und wie steht es generell mit den Frauen in seinem Werk? Um diese Frage beantworten zu können, ist es nötig, den Zusammenhang zwischen dem Frauenbild und dem Erzählen, das dieses Bild bzw. diese Bilder schafft, zu sehen und zu verfolgen; die auf diese Weise gewonnenen Ergebnisse werden dann nicht nur für den vorliegenden Roman gelten.

Wenn die Figur der Franziska Franz beträchtliche Widersprüche aufweist, so hat dies seinen Grund darin, daß sie von verschiedenen Ansätzen her erzählt ist; zunächst von Petöfy her. Franziska erscheint hier in der Fremdbenennung durch eine andere Romanfigur: als Scheherezade und heilige Elisabeth. Diese Rolle wird ihr von Petöfy zugeteilt, auf dieser Rollenzuweisung beruht der Ehepakt. Der Graf kann seine Rolle am Schluß (Othello, Störenfried, Herzog von Chevreuse, Kavalier) selbst wählen, sie bedenken und sich dafür oder dagegen entscheiden; Franziska könnte in der Realität ihres Lebens den Ehevorschlag ablehnen oder annehmen, aber eine *Definition* dieser Ehe ist ihr verwehrt. Sie spielt eine Rolle nach Petöfys Vorstellung, eine Rolle in seinem Spiel – Phantasie und Macht haben miteinander zu tun.

Die Formel »Scheherezade und heilige Elisabeth«, ergänzt von Petöfy durch »Dame von Welt, aber auch Nonne, weiblicher Esprit fort, aber in Klausur« (S. 183), erfaßt bemerkenswert präzis das, was Petöfy von Franziska verlangt und was sie geleistet hat. Die Unterhaltung, die Scheherezade-Franziska ihrem alten Ehemann bietet, hat etwas eigentümlich Entsagungsvolles, sie ist ganz darauf ausgerichtet, dem Wohlbefinden des alten Mannes zu dienen. Die Konversation Franziskas bewährt sich am besten im Gespräch mit älteren »Respektspersonen«, ein Musterbeispiel ihrer Unterhaltungsgabe gibt sie gleich bei ihrem ersten Erscheinen im Salon der alten Gräfin, wo sie sich auf sehr geschickte Weise einzuführen und angenehm zu machen versteht, während sie verschiedene Klippen (Protestantismus, die norddeutsche Lebensweise) liebenswürdig und gewandt zu umschiffen weiß. Ihre Causerie hat nichts von jenem lebenssprühenden Reiz, den Ebba in *Unwiederbringlich* mit jedem Wort vermittelt. Franziska ist ganz die Pastorentochter, die schöne verwöhnte Frau und die gefeierte Schauspielerin werden sehr viel weniger glaubhaft gemacht. Sie hat im ganzen vor allem etwas Töchterliches, wie es auch Fontanes Frauengestalten Mathilde Möhring und Corinna Schmidt eignet, die alle nach Fontanes eigener Tochter Mete gestaltet wurden. Den ganzen Roman hindurch wahrt Franziska ihrem Ehemann gegenüber diesen Ton, den Ton derjenigen auch, die sich ums Akzeptiertwerden in einem bestimmten Kreis immer wieder bemüht.

Bemerkenswert ist, daß Franziska im Gespräch mit dem jungen Grafen Egon sich kaum als Causeurin erweist, ihm gegenüber spricht sie ernsthaft und heftig (im Gespräch über die »Gefühlsefferveszenz«, S. 160), oder sie ist (auf dem See) fast sprachlos. Scheherezade und heilige Elisabeth ist sie nur gemäß dem Willen ihres alten Ehemannes, nur in bezug auf diesen, der sie festlegt auf diese Präfiguration und der lebendigen Frau keine Möglichkeiten läßt, ihren eigenen Wünschen gemäß zu leben. Was aber auf der Ebene der handelnden Personen geschieht, geschieht auch auf der Ebene des Erzählens: Der Autor arbeitet wie seine männliche Hauptfigur mit literarischen Präfigurationen.

Freilich muß gesehen werden, daß die Formel »Scheherezade / heilige Elisabeth« im Roman kritisch aufgelöst wird, und zwar von der Romanfigur Petöfy selbst, der Franziska auf diese Rolle festgelegt hat, ohne sich zunächst darüber klarzuwerden, was er damit getan hat. Als er schließlich durchschaut, welche Rolle er Franziska zugemutet hat, zieht er die Konsequenz; nicht nur weil er in seinem Ehrenpunkt verletzt ist, entschließt er sich zum Freitod, sondern vor allem auch deshalb, weil er nicht den »Störenfried« für Franziska und ihre Liebe spielen will. Das Rollenzuschreiben endet hier – anders als in anderen Romanen Fontanes – tödlich nicht für die Frau, sondern für den Mann. Für Franziska wird durch Petöfys Freitod der Zwang zu der genannten Rolle gebrochen.

Der Franziska von Petöfy auferlegten Rolle der Scheherezade und heiligen Elisabeth arbeitet Franziskas eigenes lyrisches Zitat entgegen, das Einsamkeits-Sehnsuchts-Liebesmotiv aus dem Lenau-Gedicht, das Franziska von ihren eigenen Bedürfnissen her definiert. Das Gegeneinander der beiden Motive macht die eigentliche innere und äußere Handlung des Romans aus. Dem Bild, das Petöfy von Franziska entworfen hat und das er kraft seiner gesellschaftlichen Stellung durchzusetzen vermochte – wobei noch besonders bemerkenswert ist, daß Franziska in dieser starr festgelegten Rolle Leben vermitteln sollte und vermittelte –, steht die einsame Frau gegenüber, die in einer leeren Ehe mit dem älteren Mann lebt und sich dem hinzukommenden anderen Mann zuwendet. Dies aber ist auch die Situation Effi Briests. In Franziska sind in der Tat verschiedene und verschiedenartige Frauen enthalten, die sich erst im späteren Werk Fontanes entfalten und in deren Lebensgeschichten der Autor ganz Verschiedenes gestaltet. Von hierher rührt auch die Widersprüchlichkeit der Franziska Franz, denn zu viele und sich gegenseitig widersprechende Ansätze hat Fontane in dieser Gestalt vereinigt. Die Geschichte, die sich hier innerhalb der Petöfy-Geschichte findet, war es wert, später selbständig ausgeführt zu werden, und ist tatsächlich in *Effi Briest* sehr viel überzeugender gestaltet, als es in *Graf Petöfy* geschehen konnte. Die Gemeinsamkeiten sind freilich bemerkenswert und gehen bis ins Detail. Hier wie dort findet sich das Motiv der jungen Frau, die aus gesellschaftlichem Ehrgeiz (daß im Fall Effis die Eltern die entscheidende Rolle spielen, versteht sich, sagt aber nichts gegen ihre eigene Motivation) einen älteren Mann heiratet und ein Leben führt, das von Einsamkeit und Langeweile geprägt ist. Dem einsamen Schloß Arpa entspricht das gottverlassene Städtchen Kessin, und der Mangel an gesellschaftlichem Umgang ist beiden jungen Frauen gemeinsam. Das Städtchen an der Ostsee, von dem Franziska so anheimelnd zu erzählen weiß, ist als Ort der Handlung in *Effi Briest* keineswegs mehr attraktiv. In beiden Fällen wird sehr eindrücklich die Ankunft der jungen Frau im eigenen Zuhause geschildert (selbst das unheimliche Geräusch im Saal findet sich hier wie da, wobei freilich das in *Graf Petöfy* blind bleibende Motiv in *Effi Briest* seine reiche Ausformung in der Verbindung mit dem Chinesenspuk findet). Der Ankunft in der neuen Heimat, die die des Mannes ist, in die die Frau sich einzufügen hat, ist in beiden Fällen die Hochzeitsreise nach Italien vorausgegangen mit dem ermüdenden Stehen vor den vielen Bildern, jeweils von der Heldin Vertrauten geschildert, wobei ähnliche Äußerungen fallen: »er [der Graf] ist ja so gut gegen mich« (S. 95), sagt Franziska, er überhäuft sie mit Geschenken. Über Innstetten schreibt Effi an die Eltern, er sei »engelsgut«[48]. Beide jungen Frauen nennen die Umstände ihres neuen Lebens anfangs ein »Märchen«[49], aber in beiden Fällen ist es schließlich Langeweile, die zum ›Ehebruch‹ führt. Frauen, so die Meinung des alten Grafen, könnten »Tod und Unglück« ertragen, »aber nicht Langeweile« (S. 130), Langeweile nennt Frau von Briest die »Todfeindin einer geistreichen kleinen Person«.[50] Wenn Crampas die Rolle Egons hat, also der Liebhaber der jungen Frau wird, so deshalb, weil er einen Gegensatz bildet zum eher langweili-

48 HF Abt. 1, Bd. 4, S. 41.
49 Ebd., S. 79, bzw. S. 111 dieser Ausgabe.
50 HF Abt. 1, Bd. 4, S. 40.

240

gen Ehemann. Leben wird in beiden Fällen dem Lernen vorgezogen: Franziska zieht die »Lektionen im Sattel«, die Ausritte mit dem jungen Grafen, »denen in der Grammatik« (S. 149), den ungarischen Sprachstunden bei dem kleinen Geistlichen, vor, und Effi ist glücklich, das Nacharbeiten der Italienreise anhand von Innstettens Tagebuchaufzeichnungen aufgeben zu können für die Mitwirkung an einer Theateraufführung, dem »Schritt vom Wege«, der die Beziehung zu Crampas einleitet. Aber die Handlung in *Effi Briest* ist in sich geschlossen, das Thema der Ehe einer jungen Frau mit einem bedeutend älteren Mann und des daraus resultierenden Ehebruchs fand hier seine gültige und vor allem sozialkritische Gestaltung, da die als 17jährige von den Eltern an den ehemaligen Bewerber der Mutter verheiratete Effi eindeutig ein Opfer ist. Schlüssig ist auch die Geschichte Melanie van der Straatens, die ihren älteren Mann verläßt, als sie in Rubehn dem ihr gemäßen Lebenspartner begegnet. Für Effi wie in ganz anderer Art für Melanie ist die Beziehung zu dem anderen Mann lebensentscheidend, für die Handlung in *Graf Petöfy*, genauer für das Leben Franziskas, bleibt die Liebesgeschichte widerspruchsvoll und – etwas überspitzt gesagt – fast eine Episode. Franziska ist nicht nur Scheherezade und heilige Elisabeth, sie ist auch nicht nur auf das Einsamkeits-Liebesmotiv festzulegen, denn dieses Motiv gilt ja recht eigentlich nur bis zu Petöfys Tod. Bemerkenswerterweise entscheidet sich Franziska ja zum Schluß für die Einsamkeit, die sie während ihrer Ehe nicht ertragen hatte.

Die Gestalt der Franziska birgt in sich noch eine andere, sehr selbständige Frau; auch diese hat in Fontanes späterem Werk ihre Entfaltung gefunden. Franziska ist nicht Opfer wie Effi, sondern Planende und Handelnde und schließlich Erfolgreiche. Betrachtet man Franziska, wie sie sich auf Schloß Arpa klug ihre neue Umgebung zu eigen macht, so findet man in ihrem Verhalten viel von der geschickten Planung und Berechnung von Fontanes später, emanzipiertester Frauengestalt Mathilde Möhring. Wie Mathilde heiratet auch Franziska um des sozialen Aufstiegs willen, wie Mathilde findet sie nach dem Tod ihres Mannes eine selbständige Tätigkeit. Wird Mathilde – emanzipierter als Franziska – nach dem Tod Hugos Lehrerin, indem sie die Alternative einer zweiten Ehe ablehnt, so bleibt Franziska zwar Erbin ihres Mannes, aber indem sie entschlossen ist, den zu erwartenden Heiratsantrag Egons abzulehnen und ihr Erbe selbst zu verwalten, entscheidet sie sich für ein selbständiges Leben. Im Gegensatz zu Effi ist Franziska die Überlebende, sie übersteht die Liebesgeschichte, für sie öffnet sich am Ende des Romans ein neues Leben. Hier also ist neben den schon genannten Mustern ein weiteres, ein neuer Erzählansatz deutlich geworden. Mathilde Möhring aber wird von Fontane den Lesern als eine höchst nüchterne, prosaische Gestalt vor Augen gestellt, und sie wird auf eine grundsätzlich andere Weise erzählt, sie wird auf keine Präfiguration, kein poetisches Modell festgelegt, sondern ist als die Nüchtern-Aktive ausschließlich sie selbst, vom Autor auch mit anderen, »unpoetischen« Mitteln dargestellt.

Zu den verschiedenen, einander überlagernden und einander teilweise widersprechenden Erzählansätzen, anders gesagt: den Deutungsversuchen, die Fontane angesichts der ihm von der Realität vorgegebenen Geschichte anbietet, kommt noch ein weiterer. Noch eine weitere Gestalt mit ihrer Lebensgeschichte ist in der Figur der Franziska Franz angelegt, die der Fürstengeliebten Cécile. In die Nähe Céciles rückt Franziska nämlich, wenn man bedenkt, daß beide Frauen als »Vorleserinnen« auf ein Schloß kommen, um den Schloßherrn zu unterhalten. Cécile ist im gleichen Jahr konzipiert, in dem Graf Petöfy erschienen ist, die zeitliche Nähe spricht dabei für die innere Verwandtschaft beider Figuren. Oberflächlich gesehen, unterscheiden sich die Bedingungen der Vorleserinnentätigkeit und sind ungleich günstiger in Franziskas Fall. Während Céciles weiteres Leben zerstört wird durch den Makel, Fürstengeliebte gewesen zu sein, schließt Heirat in Franziskas Fall Respektabilität und sozialen Aufstieg ein. Im Gegensatz zu der sehr jungen und passiven Cécile hat Franziska in klarer Abwägung des Gebotenen und Geforderten ihre Entscheidung getroffen. Die sexuelle Ausbeutung Céciles ist direkt, aber auch Franziska wird von ihrem alten Ehemann ausgebeutet, insofern sie sich in einen Käfig gesperrt sieht und zum Verzicht auf ein eigenes Leben gezwungen ist. Trotz ihrer Heirat – und auch dies wird durch die Cécile-Parallele deutlich – behält sie in ihrer Beziehung zu Petöfy etwas von der unstandesgemäßen Geliebten. Es stimmt bedenklich, wenn die zur Schloßherrin aufgestiegene Franziska sich in einem Brief an die alte Gräfin ähnlich wie die Fürstengeliebte Cécile äußert: An ihrem früheren Leben habe ihr »das Sichbewerbenmüssen um Gunst und Liebe« mißfallen, hier habe sie »beides als ein freies Geschenk« (S. 126). Die Leser/innen, die Franziska in ihrem steten Bemühen erleben, dem alten Grafen gegenüber ihre Unterhalterinnenfunktion getreulich zu erfüllen, werden diese Interpretation wenig überzeugend finden und sich an Cécile erinnert finden, die in völliger Verkennung der Rolle, die ihre fürstlichen Liebhaber in ihrem Leben gespielt haben, in ihrem Abschiedsbrief ausgerechnet den Wunsch äußert, neben der fürstlichen Grabkapelle beigesetzt zu werden, da, »wo *die* ruhen, die in reichem Maß mir *das* gaben, was mir die Welt verweigerte: Liebe und Freundschaft und um der Liebe willen auch die Achtung«.[51]

Der Erzähler Fontane arbeitet, wie gezeigt, mit Präfigurationen, er bedient sich eines »poetischen« Verfahrens, das die dargestellten Frauen nicht nur als sie selbst präsentiert, sondern sie durchscheinend macht für dahinterstehende Modelle aus Literatur (und Geschichte). Dieses Erzählen vermittels Präfigurationen geschieht nicht nur in bezug auf Frauen, sondern auch auf Männer, aber für Männer stehen gemäß der kulturellen Tradition andere Modelle bereit, für Frauen finden sich vor allem die überkommenen Weiblichkeitsbilder, wie eine zu Fontanes Zeit schon historische Literatur sie geprägt hat. Die Fontaneschen Frauengestalten, in denen der Leser / die Leserin Bekanntes wiedererkennt, erhalten so Tiefe

51 HF Abt. 1, Bd. 2, S. 316.

und poetische Bedeutsamkeit, der Kunstcharakter des Werkes wird pointiert, das Verfahren verhilft dazu, dem Werk die bekannte »rundere Rundung«[52] zu verleihen. Dieses Verfahren ist poetisch ebenso reizvoll wie – vom Standpunkt von Aufklärung und Emanzipation her gesehen – tief bedenklich gerade in bezug auf die Frauen, die sich zu Fontanes Zeit eben von einengenden kulturellen Definitionen zu befreien suchten und die vom Autor immer wieder auf diese Stereotype zurückverwiesen werden. Dies ist, wie das Scheherezade-Beispiel zeigt, auch da der Fall, wo der Autor sich diesen Rollen und Präfigurationen gegenüber kritisch verhält, wo diese aufgelöst oder apologetisch verwendet werden. Erzählerisch ist Fontanes Verwendung von Präfigurationen und Zitaten, die nur als knappste Hinweise gegeben werden und nur von aufmerksamen Lesern/Leserinnen entschlüsselt werden, von großem Reiz, aber selbst die betonte apologetische Absicht ändert nichts an der Tatsache, daß Fontane diese Bilder eben doch tradiert und perpetuiert und seine Frauengestalten also nicht in die Freiheit entläßt. Eigentümlicherweise verträgt sich Fontanes Arbeiten mit Präfigurationen, Rollen, Bildern, Weiblichkeitsklischees gut mit dem, was in der Forschung – oft zu Recht – Sozialkritik genannt wird: Fontane zeigt, wie Frauen durch die poetischen Rollen, die Weiblichkeitsklischees, zum Opfer gemacht werden – und verfährt ebenso. Eine Darstellung von Frauen (genauer: der jungen weiblichen Hauptfiguren) in der Art Mathilde Möhrings findet sich bei Fontane vergleichsweise selten: Die nüchterne, prosaische Mathilde – sie ist, anders als die Frauen sonst in Fontanes Werk, alles andere als eine Trägerin des Poetischen – ist nur sie selbst, anders gesagt: sie *ist* sie selbst; sie, die Prosaische, ist nicht durch eine poetische Präfiguration eingeengt. Die Befreiung von der Poesie erscheint hier auch als die Befreiung der Frau.

52 Ebd., S. 832.

In seinem berühmten Essay über Fontane von 1910 sagt Thomas Mann: »Man hat ihn oft einen ›Causeur‹ genannt, und er selbst hat es getan. Jedoch die Wahrheit ist, daß er ein Sänger war, auch wo er zu klönen schien«.[53] Bei aller »tapferen Modernität«[54], so heißt es weiter, sei Fontane »als Romanschreiber ein heimlicher Sänger«[55]; gemeint ist damit die »heimliche Neigung zum Balladesken«[56], zur »Poesie«[57], die Fontanes Prosa eigne und die von Thomas Mann freilich nicht näher definiert wird. Erzählerisch, so läßt sich sagen, vermittelt sich diese Neigung durch eine Darstellung in »balladenmäßigen Sprüngen«[58], die Otto Brahm schon früh bemerkt hat, vor allem aber, wie hier gezeigt wurde, durch den Rückgriff auf tradierte Zitate und Präfigurationen aus der Literatur und – in geringerem Umfang – aus der von Fontane anekdotisch verstandenen Geschichte, die feste Bezugsmodelle zur Deutung und Gestaltung einer im späten 19. Jahrhundert zunehmend sinnentleerten Welt bereitstellten – ein Moment, das sich freilich mit anderem verbindet: mit Fontanes »modernerer«, erzählerisch innovativer Gesprächskunst, seinem Causieren, und dem oft außerordentlich scharfen und kritischen Blick auf die bestehenden Verhältnisse.

Die Einschätzung des *Graf Petöfy* durch die Forschung, die lange Wandreys Fehlurteil wiederholt hat, ist zusehends differenzierter geworden, die lange wiederholte Meinung, daß der Roman schlecht sei, weil Fontane die Örtlichkeit nicht kannte, dürfte heute kaum mehr wiederholt werden. Hohle Lebensformen des Adels gab es nicht nur in Preußen zu kritisieren. Daß der von Wandrey kritisierte »Ausgang

---

53 Thomas Mann, »Der alte Fontane«, in: *Theodor Fontane*, hrsg. von Wolfgang Preisendanz, Darmstadt 1973, S. 14.
54 Ebd., S. 17.
55 Ebd., S. 16.
56 Ebd., S. 14.
57 Ebd.
58 AF Bd. 4, S. 523.

vom Problem«[59] gerade zu der so fontaneschen Vorstellung vom Leben als Plauderei führte und reiche Möglichkeiten bot, wurde hier gezeigt.

Wenn Fontane in *Graf Petöfy* auch noch nicht die Meisterschaft von *Unwiederbringlich* und *Effi Briest* erreichte, so ist der Roman doch ein künstlerisch wohlgelungenes, in sich geschlossenes, facetten- und perspektivenreiches Werk, das überdies eine wichtige Entwicklungsstufe von Fontanes Erzählkunst markiert. Schließlich finden sich nicht nur Fontane-Forscher/innen, sondern auch -Leser/innen befriedigt, denn der Roman hat nach allem noch eine weitere, sehr schätzenswerte Qualität: er »liest sich wie geschmiert«, »flink, knapp, unterhaltlich«. »Und so denk' ich denn, man nehme es wie es ist, tadle was nichts taugt und freue sich an dem was gelungen ist«.[60]

59 Vgl. Anm. 10.
60 Fontane an seine Frau, 14. Juni 1883; *Briefe* I, S. 204.

Inhalt

Theodor Fontane

IN RECLAMS UNIVERSAL-BIBLIOTHEK

Philipp Reclam jun. Stuttgart